AF204053

www.tredition.de

CHESTER ROCK

***

DIE NEUE ZUKUNFT

Unruhe

www.tredition.de

© 2019 Chester Rock

Verlag und Druck: tredition GmbH, Hamburg

ISBN
Paperback: 978-3-7482-1835-7
Hardcover: 978-3-7482-1836-4
e-Book: 978-3-7482-1837-1

www.tredition.de

Für meinen Vater:

Ich habe Dich nicht vergessen.

Ich weiß, dass Du auf mich wartest.

Du warst verrückt.

Ich bin verrückt.

Der Apfel fällt nicht weit vom Stamm.

Manchmal ist das gut, manchmal schlecht.

In meinem Fall war es ein Segen.

Danke

Definition: Disparität

Der Ausdruck Disparität (adj. disparat, von lat. disparatum ‚abgesondert‘, ‚getrennt‘) bezeichnet ein Nebeneinander von Ungleichem. Übersetzen lässt er sich mit Verschiedenheit oder Anderssein.

Inhaltsverzeichnis:

Kapitel 1 – Luber

Es klingelte.

Es hörte einfach nicht auf. Er war selber schuld, denn er hatte vergessen, den Anrufbeantworter zu aktivieren. Die Nummer auf dem Display des Telefons schnitt aggressiv fordernde Fratzen. Nicht dass das Telefon dies immer täte, wenn er nicht doch schon die Nummer des Inkassobüros erkannt hätte. Und nein, er bildete es sich nicht ein, dass Display schnitt eine schreckliche, strenge Grimasse. Er atmete durch, befeuchtete seine Lippen wie ein Rockstar, der nun auf die Bühne des Olympiastadions mit Pyrotechnik und Nebelschwaden von unten hochgeschossen wird und die grölende Menge von 71.500 Fans rocken würde.

»Ladiiies and Gentlemeeeen«, röhrte es durch die mächtigen Lautsprecher des Stadions, »ARE YOU READY?? ... Live on stage ... You wanted the best, you get the best!! HE WILL KICK YOUR ASS ... PLEASE WELCOME:«

»Martin Luber, hallo?«, krächzte er mit unsicherer Stimme ins Telefon und rockte den Hörer.

»Herr Luber, hier spricht Gisela Martens von Inf...«

»Hallo, ich weiß, warum Sie anrufen, Frau Martens. Das Geld sollte nächste Woche angewiesen werden. Leider hatte ich einen Zahlendreher in der Überweisung und der Betrag wurde zurückgebucht.«

Ruhe.

Martin hörte Frau Martens tippen, atmen, doch sie sagte kein Wort. Sein geniales und strategisch gut ausgeklügeltes Geplapper schien richtig gut ... danebenzugehen.

»Herr Luber, ich leite das jetzt weiter. Bis Ende der Woche sollten Sie einen gerichtlichen Mahnbescheid bekommen. Viermal habe ich Ihnen die Frist verlängert. Ich kann nichts mehr für Sie tun. Alles Gute.«

Das Gespräch war beendet. Der Applaus und die Zugaberufe aus dem Olympiastadion hallten so lange nach, wie er mit seinen elf Kilogramm Übergewicht sprinten konnte. Und wie es bei allen Rockstars am Ende eines erfolgreichen Gigs ist, fiel auch Martin Luber in ein Loch der Einsamkeit und Verzweiflung. Ohne das Umschwärmen, ohne den Kick auf der Bühne des Lebens. Fakt war, dass er mit dem Rücken zur Wand stand.

Ein Mann in den Dreissigern mit einer wundervollen Frau, optisch zumindest, die in der Finanzbuchhaltung desselben Unternehmens arbeitete und ihn mit dem gemeinsamen Chef betrog. Zumindest sparten sie sich Tag für Tag die Fahrtkosten. Der allmorgendliche Wahnsinn begann jeden Tag gleich. Martin brauchte im Bad mit seinen zehn Minuten natürlich zu lange und hielt das Styling seiner Angebeteten auf. Danach folgte die unheimlich charmante Begutachtung seiner Kleidung, meist mit den Worten »DAS Hemd willst du anziehen? Na ja ...«, gefolgt von einem gekonnten Augenrollen, einem leisen Schnaufen, das eher einem Zischen glich, und dem schnellen Umdrehen und Abgang in das endlich geräumte Badezimmer.

Nach einer schnellen Tasse Kaffee begann die Odyssee im Auto. Eine Autofahrt von sage und schreibe zwölf Minuten lag vor Ihnen. Martin stellte sich, wie so oft, auf einen Monolog und eine Lobeshymne auf seinen Chef ein.

NATÜRLICH bestritt sie, dass es eine Affäre gab, und natürlich wusste die ganze Firma davon. Die Blicke, die ihn tagtäglich in den Büroräumen der Kollegen ereilten, glichen immer dem bemitleidenden und anteilnehmenden Gesichtsausdruck, mit dem man einem Schwein ansieht, das gerade zur Schlachtbank geführt wird.

Auch nach zwölf Jahren Ehe waren ihre finanziellen Verhältnisse getrennt. Sie steuerte kaum etwas von ihrem Verdienst bei, dafür Martin umso mehr von dem Geld, das er gar nicht besaß. Die Urlaube, die das Paar dreimal im Jahr machte, mussten finanziert werden, schließlich war die Welt doch so groß und wundervoll und sollte bereist werden. »Martin, du lebst nur einmal. Hast du denn gar keinen Puls mehr?«

Natürlich hatte er Puls, besonders wenn er auf sein völlig überzogenes Bankkonto sah und in seine Exceltabelle, in die er akribisch jede Kreditrate, jede Inkassovereinbarung und jede Mahnung eintrug. Nur um aktiv zuzusehen, wie es immer weiter und weiter nach unten ging.

Sandra war eine wunderschöne Blondine mit einem charmanten Lächeln und vollem Haar. Ihr Mund war nicht so groß und besonders; wenn sie genervt war, was durchaus am Wochenende mehrmals vorkam, verformten sich ihre Lippen zu einem kleinen weißen Strich. Sie presste ihren Mund so sehr zusammen, dass Martin, während sie ihn wieder anschnaufte, eigentlich nur überlegte, warum man in diesen Momenten die Oberlippe von der Unterlippe nicht mehr unterscheiden konnte. Sie war ein menschlicher Transformer und oft musste er aufpassen, nicht zu lachen, wenn in ihrem Gesicht plötzlich wieder dieser weiße Strich erschien, der ihre Lippen ersetzte.

Seine Gefühle, sein Bedürfnis, zu reden, sich mitzuteilen, ignorierte sie diplomatisch gekonnt seit sieben Jahren. Kurzum, es interessierte sie nicht, was der Loser neben ihr ihr mitteilen oder sagen wollte.

Auf irgendeine Art und Weise mochte sie Martin Luber schon, so wie ein kleines Kind seinen Hamster, an den es sich gewöhnt hat.

Es war der 6. April. Ein typischer Montagmorgen, mit der typischen Fahrt zu den Büroräumen von Culligs Inc, dem IT-Riesen für Security.

Es war der Tag, an dem Martin seinen Freund Michael und seine Kollegen Armin und Frederick verlieren sollte.

Seine Aufgabe bestand im Wesentlichen darin, Virenpattern für die Antivirensoftware zu schreiben. Simpel gesagt, arbeitete Martin auf der guten Seite der digitalen Welt in einem zwanzigköpfigen Team, das den ganzen Tag nichts anderes tat, als die Cyperwelt vor Attacken aus dem bösen Internet zu schützen und dafür zu sorgen, dass die Kunden schnellstmöglich mit dem neuesten Schutz versorgt wurden. Sein Chef Norman Spitz war ein Mann, der trotz seiner fünfundvierzig Jahre immer noch nicht realisiert hatte, nun einmal die fünfundvierzig auf seiner Uhr stehen zu haben. Er konnte sich noch gut daran erinnern, wie Norman im vorherigen Jahr bei einem Grillfest in Jeans mit Löchern und einem viel zu engen Muskelshirt aufgetaucht war. Normans Selbstbewusstsein war unerschütterlich. Norman managte Martins Team und ließ sie weitgehend selbstständig arbeiten. Als Führungsperson war er eine richtige Null. Menschlich ein Arschloch, aber was das Präsentieren der Ergebnisse bei seinem Chef anging, war er ein Genie. Wahrscheinlich der Grund, weshalb Martin niemals so eine Position ergattern würde.

»Hey, Buddy, was geht?«, rief Norman beiläufig, während er Martin nicht eines Blickes würdigte und mit seiner Tasse Kaffee vorbeihuschte.

»Ja, danke, mir ist der Kopf abgefallen heute Morgen, aber ich habe ein Stück Zahnseide gefunden und konnte ihn wieder annähen«, murmelte er vor sich hin und suchte sein Kästchen in dem Großraumbüro.

»Martin, warum bist du heute hier?« Christine war Büronachbarin, Seelenverwandte, Programmiererin und so wie Martin ein gutmütiger Mensch, die das Herz am rechten Fleck hatte.

»Es ist Montag. Wo sollte ich denn bitte sonst sein?«

»Michael, Armin und Frederick sind heute bei Nofox. Hat dir Norman nicht gesagt, dass heute ein Termin vor Ort ansteht?« Sie blickte ihn verwundert an, was sie allerdings nicht davon abhielt, sich einen Schokoriegel in den Mund zu schieben.

»Nofox? In Sofia?«

»Äh ... ja, Nofox ist in Sofia.«

Zu Culligs Incooperated größten Kunden zählte jene Institution Nofox. Nofox war nichts Geringeres als das Pendant zum CERN in der Schweiz. Die Großeinrichtung unterschied sich allerdings in wenigen Merkmalen zur europäisch geförderten Kernforschungseinrichtung in der Schweiz.

Das Gebäude war dreimal so groß wie ihr kleiner Bruder in der Schweiz, bewacht wie das Pentagon und wurde von Ölkonzernen sowie privaten, gut gestellten Anteilseignern finanziert und organisiert.

Wenn man aus Sicht eines IT-Freaks, der er nun einmal war, betrachtete, dass allein das Computersystem in CERN einen Wert von dreihundert Millionen Euro hatte und die Nofox einen Wert von 822 Millionen Euro, mag man sich nicht vorstellen, welche gigantischen Ausmaße die bulgarische Firma insgesamt hatte. Die Fernwartung ist das eine Thema, aber nach Sofia reisen zu dürfen, das andere. Es dauerte nicht lange, bis Martin Luber vor der schwarzen Tür mit der Aufschrift

Norman Spitz – Teamlead – Industry

stand.

»Hallo, Norman, langt wohl nicht, dass du meine Frau flachlegst und mich dumm angrinst? Ach ja, kauf dir mal ein paar Hosen, die deinen fast fünfzig Jahren entsprechen, zudem ist deine Wampe für dieses Hemd wirklich ein bisschen zu fett. Warum hast du mir nicht von dem Außentermin bei Nofox erzählt? Tolle Schuhe übrigens.«

Er öffnete die Augen, atmete tief ein, klopfte zweimal und drückte den Türgriff nach unten.

»Hallo, Norman, störe ich dich gerade?«

»Hey, Martin, was geht?«

»Ja, alles so weit okay. Ich wollte dich nur fragen, wo Michael, Armin und Frederick heute sind?«

Norman schielte von seinem Monitor hoch zu ihm und grinste Martin friedliebend an. So wie er es immer tat.

»Ach, richtig, die drei sind heute in Sofia bei Nofox. Es wird ein neues System auf dem Server ausgerollt, topsecret. Betrifft wohl direkt die Kernforschung und hat nicht unbedingt etwas mit den Sicherheitsregularien der externen Softwaredienste zu tun.«

»Nun, ich gehöre auch zum Team für Nofox. Warum hast du mich nicht auch gefragt?«

»Hey, Martin, der beste Mann hält hier die Stellung, weißt du doch. Ohne dich läuft hier gar nichts. Und ganz ehrlich, weißt du, wie es um die Luftqualität in der bulgarischen Hauptstadt bestellt ist? Da willst du nicht hin.«

Martin hasste ihn.

»Vielleicht wäre ich gerne mitgefahren und hätte mir den Groß-rechner von Nofox auch mal gerne angesehen ...«

Was hatte er getan? War das ein Anflug von Mut, ja, sogar Widerstand, den Martin hier probte? Ein Leben am Limit, immer ganz oben dabei.

Norman sah ihn an, lächelte kühl und musterte das Gesicht seines Mitarbeiters.

Er trat zu Luber, breitbeinig wie ein John Wayne für Arme, setzte sein gütigstes Lächeln auf und legte ihm eine Hand auf die Schulter, so wie es echte Freunde nun einmal taten.

»Martin, du bist mein bestes Pferd im Stall. Ich bin doch auch nur ein kleiner Indianer, der versucht seinen Job zu machen und den Druck von oben nicht an euch abzugeben. Komm, lass uns unseren Job weitermachen.« Und mit diesen Worten drehte er ihn wie eine Marionette sachte, aber bestimmt in Richtung Tür.

Martin nickte automatisch, verließ das Büro und ging zurück zu seinem Schreibtisch.

»Was schaust du denn so bedröppelt, ey?« Christine hatte die Zehn-Riegel-Marke bereits geknackt.

»Was machen die drei in Sofia?«

Christine sah ihn gütig, wie sie nun mal war, an und rutschte mit ihrem Stuhl in seine offene Zelle herüber.

»Nofox hat wohl ein richtig fettes Ding am Start, so wie ich das verstanden habe. Die Jungs sollen wohl einen Stresstest machen, um zu sehen, ob die Systeme der Simulation standhalten werden. Irgendein geheimer Versuch soll wohl demnächst dort losrollen. Alles topsecret. Michael und die anderen beiden Jungs mussten irgendwas unterzeichnen, irgendso ein Stillschweigedingens ... wiff du auch einf? Die fin lecker ...« Und wieder starb ein Schokoriegel.

Der Vormittag zog sich etwas und als Martin wieder auf die Uhr blickte, war es 9:47 Uhr. Er zog sein Handy heraus, öffnete den WhatsApp-Chat und tippte:

Martin: Hey, Michael, habe gehört, ihr macht heute einen Klassenausflug ins schöne Bulgarien. Wie gehts da drüben so?

Michael

Zuletzt online heute um 9:00 Uhr

Luber packte das Handy wieder weg und starrte gedankenverloren auf seinen Monitor. Voller Zahlen, Emails, Ordner und Exceltabellen.

Michael und er kannten sich seit zwanzig Jahren. Damals hatten sie sich regelmäßig völlig betrunken dramatische Online-Duelle in Counterstrike geliefert. Im Gegensatz zu ihm hatte Michael mehr Glück im Leben gehabt. Vor fünfzehn Jahren hatte er seine Jugendliebe Rachel geheiratet. Rachel McGorthy, nun Miller. Eine echte Schottin, nicht sehr hübsch im Sinne dessen, wie es die Medien gerne sehen, aber eine herzliche, humorvolle Frau. Es war so schön, zu sehen, dass er in seinem Leben die richtige Abzweigung genommen hatte.

Vor drei Jahren luden die Millers Martin zur Einweihung ihres Hauses ein, das sie sich am Stadtrand von München hingestellt hatten. Über Geld sprachen sie nie, aber Martin schätzte, dass das schmucke Häuschen mit Sauna, Swimmingpool und einem stattlichen Garten in ruhiger Lage sicherlich nicht unter zwei Millionen zu haben war. Michael hatte wirklich alles richtig gemacht und verdiente, obwohl sie zeitgleich bei Culligs angefangen hatten, mehr als das Doppelte von seinem Freund, sofern er der treuen Seele und dem weitverzweigten Netzwerk Christines glauben durfte. Er konnte sich schon immer besser verkaufen als Martin Luber. Nicht nur im Job, auch bei den Frauen in jüngeren Jahren, aber das ist eine andere Geschichte.

Michael sagte immer zu ihm: »Wenn es nicht gut ist, ist es nicht das Ende.« Martin fand, dass er recht hatte. Viel von seiner positiven Art und Weise schwappte auf seine Mitmenschen über. Seine gute Laune riss Martin förmlich mit und steckte ihn an. Nur leider war die Wirkung bei seinem Freund wie bei einer Droge, je länger er von ihm getrennt war, umso mehr verblasste das Positive, das er versprühte, bis es letztendlich verpuffte, und Martin musste sich wieder seiner kargen Realität stellen. Martin liebte Michael so sehr, wie man einen besten Freund nur lieben konnte.

Es war vor einem Jahr auf dem Olympiaberg im Sommer. Es war Sonntag, die beiden saßen da, tranken Bier und genossen den fantastischen Ausblick über den Münchner Süden.

»Hey, Meeen, ist das nicht ein geiles Leben, das wir haben? Wir haben Bier, wir haben einen coolen Job ohne Stress, wir haben endlich Frauen gefunden, vor denen wir nicht weglaufen, und wir haben uns. Ist das nicht Wahnsinn?«

Diese Sätze würde er nie vergessen. Solange er lebte.

Michael

Zuletzt online heute um 9:52 Uhr

Martin: Hey, du Nase, was macht ihr da drüben denn so? Meld dich mal ☺

Endlich kam der erlösende Ton aus seinem Smartphone, schnell fummelte Martin das Handy aus seiner Jeans, starrte auf das Display und öffnete WhatsApp.

Rachel: Hallo, Martin, hat sich Michael heute schon bei dir gemeldet?

Martin: Hi, Rachel, nein. Ich habe ihn gerade angeschrieben, wie die Lage da drüben ist. Alles gut bei dir? ☺

Einen Moment war sie noch online, las den Text und ging schließlich offline. Untypisch für Rachel, die keine Nachricht unbeantwortet ließ.

Eine männliche Stimme riss Martin aus seinen Gedanken: »Guten Tag, ich suche Norman.«

Martin zuckte zusammen und drehte den Kopf blitzschnell um. Vor ihm stand Herr Ron Wulligs, leibhaftig und in voller Größe. Jener Mann, der mit einem gewissen Hardy Cumbanaro die Firma Culligs gegründet hatte. Sein amerikanischer Dialekt war unüberhörbar. Zuletzt hatte Luber ihn auf dem alljährlichen Meeting gesehen. Herr Wulligs wurde natürlich nur live per Videostream zugeschaltet. Und da stand er nun, mit fünf Anzugträgern hinter sich.

»In seinem Büro, Herr Wulligs. Schön, Sie persönlich zu sehen.«

Er stand auf und gab ihm die Hand.

»Danke. Gut, dann mache ich mich mal auf dem Weg.«

Seine Schattenmänner folgten ihm wortlos wie abgerichtete Hunde in Anzügen. Ohne zu klopfen, betrat Wulligs mit seinem Gefolge das Büro. Die Mitarbeiter im Großraumbüro starrten erwartungsvoll auf die geschlossene Tür ihres Vorgesetzten. Martin wurde von seinem Handy abgelenkt.

Rachel: Ich denke schon, hast du schon was von ihm gehört?

Martin: Nein, ich habe ihm geschrieben, aber noch keine Antwort bekommen.

Michael

Zuletzt online heute um 9:52 Uhr

Er blickte auf die Uhr, der Zeiger wanderte gnadenlos auf halb elf zu.

Rachel ging offline und auch das Großraumbüro war in einem Standby-Zustand. Jeder wartete darauf, dass sich die Tür wieder öffnete und sie dadurch irgendetwas erfahren würden.

Sein Blick wanderte zu seinem Monitor, als just in diesem Moment eine E-Mail mit dem bekannten, roten Ausrufezeichen aufpoppte: **Meeting: Heute 12:00 Uhr – Konferenzraum John Lennon.**

Zwei Dinge fielen Martin sofort auf. Seitdem er bei Culligs arbeitete, waren noch niemals Meetings, Telefonkonferenzen oder To-dos auf eine Zeit von 12:00 Uhr mittags gelegt worden. Die Mittagspause war in diesem Unternehmen heilig, was wirklich für seinen Arbeitgeber sprach. Die zweite Sache war noch beunruhigender als die erste. Abgesehen davon, dass sich irgendein kreativer Vogel von der Marketingabteilung lustige Namen für ihre Konferenzräume ausdachte wie Santana, Prince-Room oder Nirvana so galt doch der John-Lennon-Raum als größter ihrer Niederlassung und dementsprechend verwundert sah er auf die Mail, in der stand, dass alle heute anwesenden Mitarbeiter dorthin eingeladen wurden. Die Technik, der Vertrieb und die Personalabteilung. Wieder ging sein Blick zur Uhr. Es war exakt halb elf. Er sah zu Christine, die im gleichen Augenblick wie er die Nachricht gelesen hatte und ungläubig auf den Monitor starrte.

Michael

Online

Gebannt blickte Luber auf sein Display, fixierte dieses Online-Symbol und hoffte, es würde sich allein durch seine Willenskraft in ein »schreibt« verwandeln.

Michael

Zuletzt online heute um 10:31 Uhr.

Martin: Mein Bruder, langsam ist es gut. Du bist online und schreibst nichts. Sieht dir nicht ähnlich. Dein Schatz hat mich auch schon gefragt, ob alles okay ist. Würdest du dich bitte mal melden???

Das Telefon auf seinem Schreibtisch klingelte, er legte das Handy beiseite.

»Luber?«

»Ja, ich weiß, dass du Luber heißt, Martin. Wann gewöhnst du dir endlich mal an, auf das Display deines Bürotelefons zu sehen, wir haben ...«

»Hallo, Sandra«

»... die neuen Telefone schon seit zwei Jahren. Sollte langsam auch deine einsame Synapse erreicht haben. Es ist doch nicht zu viel ...«

Martin atmete tief durch.

»Was kann ich für dich tun, Schatz?«

»... verlangt, sich das einfach mal zu merken! Was meinst du?«

»Wie ich dir helfen kann?«

Ruhe. Er stellte sich vor, wie sich ihre Lippen wieder in den schmalen, blutleeren Strich verwandelten.

»Weißt du, was das für ein Meeting ist um zwölf?«

»Nein.«

»Norman sitzt doch gleich nebenan, frag ihn.«

Wieso fragst du ihn nicht? Schließlich fickst du ja mit ihm und nicht ich.

Beinahe wäre ein schallendes Grunzen aus ihm gekommen, doch er behielt die Contenance.

»Die Tür ist zu. Ron Wulligs und ein paar Männer, die ich nicht kenne, sind bei ihm.«

Pause.

»Okay, danke. Bis dann.« Sandra legte auf.

»Ich liebe dich auch, mein Schatz, und klar freu ich mich auf heute Abend. Bis dann«, faselte er in seiner monotonen, ironischen Art zu dem Piepen des Telefons und legte wieder auf.

Die Uhr näherte sich der Zwölf und Martin beschloss, sich langsam auf den Weg zu machen, als ihn der Signalton seiner WhatsApp davon abhielt.

Michael: Ich kann nicht viel schreiben. Martin, das ist totaler Wahnsinn, was die hier vorhaben. Ich stehe am LH.

Luber hatte feuchte Hände. Sein Freund, der die Gelassenheit in Person war. Vollkommen relaxt jedem Problem gegenüberstand und selbst bei seiner Tumor-Diagnose vor sechs Jahren, wenn auch zum Glück erfolgreich behandelt, mit einem Lächeln entgegnete.

Jener Mann, der seinem Melanom auf der einen Hand furchtlos mit der anderen den Mittelfinger zeigte. Genau dieser Kerl hatte Angst.

Michael

Schreibt

Gebannt starrte Martin auf das Handy, sah oben die Uhrzeit: 11:57 Uhr.

»Mann, tipp schneller, verdammt«, zischte er.

Kapitel 2 – God gave Rock 'n' Roll to you

Mark fixierte die immer und immer wiederkehrenden Ventilatorenblätter an der Decke. Wupp, wupp, wupp, wupp. Ein friedliches und konstantes Brummen in seiner sonst so stillen Apartmentwohnung. Ein ohrenbetäubender Rülpser durchbrach die Geräuschkulisse und seine Hand fiel vom Bett, um nach einer neuen Dose Bier zu suchen. Es gab einen Gott. Er griff sich die Dose, setzte sich auf und blickte auf die Uhr.

Riiing

Riiing

»Mark Allison am Apparat. Nicht ansprechbar und in der Findungsphase, vielen Dank für Ihren Anr...«

»Mark, hör auf mit dem Blödsinn. Komm sofort ins Labor. Dr. Shepard braucht dich hier. Es geht um den Report fürs Labor.«

»Betty, ich kann nicht, ich bin betrunken und kommuniziere mental mit dem Ventilator. Ich melde mich morgen, Schätzchen.«

Er legte auf. Ein genialer Forscher mit einem immensen Gehalt, einer kleinen, nicht besonders aufgeräumten Wohnung im Herzen von Manhattan. Die hoch dotierten Auszeichnungen, wie der AMA-Award, die Fields-Medaille, der Physik-Nobelpreis, etliche Zeitschriften mit Artikeln über seine Person, ob auf dem Cover des Magazins oder nicht, sowie ein mit Erdnussbutter befleckter Scheck über 150.000 Dollar lagen in der linken Ecke neben dem Bett. Beschwert von seiner Akustik-Gitarre. Seit Mark seinen Durchbruch im Projekt seines Chefs Dr. Shepard erzielt und dem kompletten Forschungsteam einen Geldsegen von circa 1,8 Millionen Dollar beschert hatte, hatte er mehr oder weniger Narrenfreiheit in der Forschungseinrichtung. Man konnte fast behaupten, dass das komplette Team der Teilchenforschung in New York einzig und allein auf Mark Allison hörte. Obwohl Dr. Shepard disziplinarisch der Vorgesetzte des dreißigköpfigen Teams im Norden der Stadt war, schien doch die Meinung des verpeilten, langhaarigen und oftmals ungepflegt wirkenden Forschers mehr Gewicht zu haben. Es war eine Win-win-Situation. Dr. Marvin Shepard profitierte von der Arbeit Allisons und ließ ihn im Gegenzug walten, wie immer er mochte.

Wieder klingelte das Telefon. Mark stellte genervt sein Hopfengetränk zur Seite und hob ab.

»Betty, ich mag dich wirklich, aber es geht heute nicht. Ich habe bestimmt schon zwei Promille im Gesicht und bin heute einfach nicht in der Lage ...«

»Hallo, Mark. Hier spricht Dr. Shepard. Bitte kommen Sie umgehend ins Büro. Es ist verdammt wichtig.«

Mit einem Schlag saß Mark aufrecht im Bett und konnte nicht glauben, was er gerade gehört hatte. Es war die Tatsache, dass Dr. Shepard ihn höchstpersönlich anrief und die Worte »Kommen Sie ins Büro« und »verdammt« in den Mund genommen hatte. Es war genauso typisch, Dr. Marvin Shepard diese Worte aussprechen zu hören wie Queen Elisabeth II. im Wembley-Stadion bei einem Metallica-Konzert abrocken zu sehen.

»Was ist passiert?«

»Henry aus Kanada hat uns vor einer Stunde angerufen. Es gibt auffällige Messungen aus dem osteuropäischen Raum, genauer gesagt aus Bulgarien.«

»Was sind das für Auffälligkeiten?«

»Heute Vormittag wurden kalte und heiße Massenströme in einer unglaublichen Geschwindigkeit aufgezeichnet. Das Frequenzspektrum ist anormal.«

Mark versuchte in seinem biergetränkten Schädel nach den richtigen Schubladen zu suchen und wurde fündig. »Kamen die Messungen aus Sofia?«

»Ja.«

»Ich trinke nur noch schnell einen Kaffee und mache mich sofort auf den Weg, Dr. Shepard.«

Er legte auf, ging in seine Küche und setzte sich einen Kaffee auf. Einen sehr starken Kaffee.

»Ich brauche bitte ein Taxi in die East Elmhurst drei, danke.«

Während der Kaffee hastig mit viel Milch und Zucker runtergeschlungen wurde, scannten seine Augen bereits den Berg ungebügelter Wäsche nach etwas halbwegs Passablen.

Letztendlich stand Mark Allison vor seinem Spiegel. In Jeans, Turnschuhen und einem schwarzen T-Shirt, auf dem in weißer Schrift geschrieben stand:

Duschen zu zweit spart Wasser und Zeit

Einer seiner unglaublich genialen Einfälle, um zu jeder Zeit, an jedem Ort flirten zu können und um sein tristes Singledasein doch eines Tages beenden zu können. So hervorragend Mark auch im Bereich der Teilchenphysik war, so verkrüppelt war seine soziale Kompetenz in Bezug auf das weibliche Geschlecht. Optisch betrachtet würden sich wahrscheinlich achtundneunzig Prozent der Frauen alle zehn Finger nach einem Mark Allison lecken. Doch seine einzigartige Fähigkeit, im falschen Moment das Dümmste zu sagen, was man nur vom Stapel lassen konnte, war in gewisser Weise eine Mischung aus einer Dramakomödie, einer gehörigen Portion Fremdschämen und der Frage »Wie zum Teufel kommt er GERADE JETZT auf so was Schwachsinniges?«.

Die Straße vor seinem Apartment pulsierte wie wohl jede Ecke Manhattans. Das hektische Treiben der Menschen war für jeden

Touristen, der das Privileg hatte, einmal diese Stadt zu besuchen, ein Teil der vielen Attraktionen, die diese Stadt, die niemals schlief, zu bieten hatte. Mark betrachtete die Bäckerei auf der anderen Seite der Straße. Wie so oft erkannte er dort Harry Mendes, der in seiner kleinen Bäckerei hinter der Auslage seines schmucken Geschäfts stand und lächelnd irgendetwas in Papier wickelte. Harry war einer der wenigen Zeitgenossen in Marks sozialer Welt, der ihn nahm, wie er war. Vor ein paar Jahren, als Mark Allison noch keinen Durchbruch in der Teilchenphysik erzielt hatte und sich von seinem mickrigen Gehalt von Monat zu Monat hangelte, kam es ab und an mal vor, dass sich sein Geld auf eigenartige Weise vier bis sechs Tage vor dem nächsten ersehnten Gehaltseingang verflüchtigt hatte. Mark konnte gar nicht zusammenzählen, wie oft Harry ihm seine Waren angeboten und mit einem Lächeln gesagt hatte: »Hey, Mark, nimm es mit, bevor du mir umkippst, und zahl es einfach, wenn frisches Geld da ist.«

Harry war nicht nur sein Lieblingsbäcker, Harry war in gewisser Weise ein Freund geworden. Wenn auch die beiden privat nie etwas unternommen hatten, so zählte er Harry Mendes zu seinen Freunden.

Zurück im Hier und Jetzt zuckte Mark kurz zusammen und war wieder im Jahr 2015 angekommen. Er blickte kurz auf die Uhr, als sein Handy klingelte.

»Mark hier, hallo?«

»Hi, Mark, ich bin es, Henry Tomber aus Calgary. Hat dich Dr. Shepard erreicht?«

Mark hatte bisher einmal mit dem Mann gesprochen. Er fragte sich, woher er seine Mobilfunknummer hatte.

»Hallo, Herny, ja hat er. Was macht ihr denn alle für einen Alarm? Ich stehe bereits unten und warte auf mein Taxi.«

»Schaffst du es in dreißig Minuten? Ansonsten müssen wir die Telefonkonferenz verschieben.«

Verschieben? Nur weil der leicht nach Bier stinkende und unheimlich gut gekleidete Mark nicht rechtzeitig im Büro war? Wegen seismischen Messungen? Langsam war sich Mark nicht mehr sicher, ob er an diesem Tag wirklich nur Bier getrunken hatte. Er starrte sein Telefon an, hob es wieder zum Ohr.

»Nein, ich schaffe es in fünfzehn Minuten«, zischte Mark genervt. »Aber sag doch Dr. Shepard Bescheid und dann rufen wir dich später an, wenn es wirklich noch länger dauert«, fügte er hinzu, um die Nervosität aus Henrys Stimme zu nehmen.

»Mark, in diesem Call sind ein paar mehr Leute und wir verschieben das einfach um zehn Minuten. Ich habe die Mail gerade an den Verteiler geschickt. Sicher ist sicher.«

»Ein paar mehr Leute? Ist Betty auch drin oder was meinst du?«

Stille.

»Nein, Mark, in diesem Call sind zweihundertfünfzig Forscher aus den USA, Europa und dem asiatischen Raum. Mach so schnell du kannst. Danke dir.«

Henry legte auf und Mark starrte ungläubig sein Handy an. Natürlich war er eine Nummer auf seinem Gebiet, bekannt aus den Medien, der Rockstar der Teilchenphysik. Nur war es in seinem Milieu wohl doch sehr unüblich, dass sich zweihundertfünfzig Forscher zu einem Conference-Call hinreißen lassen würden. Er rätselte, was zur Hölle für ein Thema dahintersteckte, das all diese brillanten Köpfe dazu brachte, sich dort einzuwählen.

Sie verschieben den Call wegen mir. Sie verschieben den Call wegen mir. Zweihundertneunundvierzig Forscher warten wegen mir auf den Call. Was für ein Call? Sie warten nur auf mich. Seine Gedanken spielten langsam verrückt und er merkte, wie seine

Hände schlagartig klamm wurden. Ein Wagen bremste vor ihm und ein Al-Pacino-Verschnitt in dick ließ das Fenster runter.

»Taxi bestellt, ay?«

Er hatte sich geirrt. Es war nicht Al Pacino. Mark stieg wortlos in die Black Pearl auf Rädern und segelte endlich davon.

Erwartete fünfzehn Minuten später bezahlte Mark, Jack Sparrow, den Fahrer und stand vor dem Eingang des Dr. Muntwine Research Centers. Jener Forschungseinrichtung, die dafür sorgte, dass er monatlich genügend Bier, Donuts und DVDs beziehen konnte.

Mark hielt seinen Ausweis an das Lesegerät und wartete auf das leise Piepsen, gefolgt von dem unscheinbaren kleinen Licht an dem Scanner, das man selbst nachts kaum erkennen konnte. Die verspiegelten Glastüren öffneten sich und zum Vorschein kam Betty.

»Wir haben richtig Scheiße an der Backe, Mark.«

Er konnte sich nicht erinnern, Betty jemals so ordinär reden gehört zu haben.

»Was ist denn hier los? Und warum machen alle so einen Alarm wegen ein paar Massenströmen, die verrücktspielen? Die ganze Welt spielt verrückt und das nicht erst seit gestern. Kannst du dich …«

Mark holte gerade zu einem umfangreichen philosophischen Monolog aus, als Betty ihn barsch unterbrach: »Halt die Klappe. Halt einfach deine Klappe und komm mit.«

Sie packte ihn an der Hand und zog ihn hinter sich her. Vor dem großen Konferenzraum des Dr. Muntwine Research Centers blieben sie stehen. Der Raum bot nur Platz für fünfzehn Personen und dennoch war die Anzahl der Teilnehmenden immens hoch. Die Tatsache, dass sich weitere zweihundertfünfunddreißig Personen in den Conference-Call einwählen würden, wurde Mark immer mehr und mehr bewusst. Er schluckte, öffnete die Tür und blickte in einen vollen Raum, in dem nur noch zwei Stühle frei waren. Wortlos traten die beiden ein und setzten sich auf die freien Stühle. Marks Augen streiften Dr. Shepards Blick, der ihn allerdings keineswegs verurteilend oder strafend ansah. Viel schlimmer. Dr. Shepards Mimik war voller Sorge und Angst.

Wortlos griff Dr. Shepard zur Konferenzspinne und begann eine Nummer einzutippen, drückte auf den Lautsprecherknopf und ließ sich wieder auf den Stuhl fallen.

Das Piepen signalisierte, dass er on air war und anscheinend auch der Leiter des Conference-Calls.

»Ich begrüße Sie reeeeeeeeeeeeeecht heeeeeeeeeerzlich heute an diesem wundervollen rockigen Morgen. Kommen wir zum ersten Musikwunsch, den ich hier live auf meinem Monitor sehe. Henry Tomber aus Calgary ist in der Leitung. Hey! Wie geht's dir, Henry? Alles fit im Schritt?«

Mark stieß ein leises, aber unüberhörbares Geräusch, das einem Wiehern ähnelte, aus. Sein Kopfkino übermannte ihn wie immer am falschen Ort zur falschen Zeit.

»Ich begrüße Sie zu unserem außerordentlichen Zusammentreffen. Ich danke Ihnen, dass Sie sich die Zeit genommen haben.« Dr. Shepard fixierte einen Punkt an der Wand und wüsste man es nicht besser, sähe es so aus, als würde er seinen Text von der in Gelb gehaltenen Wand ablesen. »Wir haben heute Morgen an den Messstationen einen kumulativen Alarm ...«

»Entschuldigen Sie, dass ich Sie unterbreche, Dr. Shepard. Hier spricht Dr. Manson aus Madrid. Welche Messstation haben denn heute Morgen Alarm geschlagen?«

Dr. Shepard ließ seinen Blick nicht von der Wand, befeuchtete kurz seine Lippen, atmete tief ein und antwortete: »Es haben alle Messstation weltweit angeschlagen. Absolut alle.«

In der Leitung herrschte Totenstille.

Dr. Shepard fuhr fort: »Alle Messstationen sendeten um 7:53 Uhr unserer Zeit exakt dieselben Daten. Extrem kalte und heiße Strömungsschwankungen der höchsten messbaren Stufe, die in dieser Art und Weise nur in der Theorie vorkommen können. Die Konstellation der Daten beschreibt eine Eiszeit und das Verglühen des Planeten in einem.«

»Dr. Shepard, hier spricht Simone Marian aus Italien. Die Daten zeigen auf, dass sowohl die seismischen als auch Temperaturdaten in einem Bereich liegen, der einen Weltuntergang zur Folge hätte. Bei einer Station kann man sicherlich noch von einem technischen Defekt oder einer Störung reden, bei allen Stationen weltweit ist das eher unwahrscheinlich. Haben Sie prüfen lassen, ob es sich hierbei eventuell um einen Hackerangriff oder einen Virus handeln könnte?«

»Ja, das haben wir bereits ausgeschlossen. Die Systeme sind virenfrei und wurden eine Stunde nach den Messungen einem kompletten Security Check-up unterzogen. Wir können einen technischen Defekt oder eine Manipulation der Systeme komplett ausschließen.«

Wieder war es still in der Leitung. Vereinzelt ertönte ein Räuspern oder ein Tippen auf einer Tastatur.

»Kommen wir auf den Punkt, meine Damen und Herren.« Dr. Shepard ergriff erneut das Wort. »Nach Absprache mit sämtlichen Leitern der Messstationen sind wir einstimmig zu dem Ergebnis gekommen, dass es eine nicht angemeldete und somit auch nicht genehmigte Aktivität im Teilchenbeschleunigungszentrum der Nofox in Sofia, Bulgarien, gab. Die seismischen Aktivitäten waren in diesem Raum am höchsten. Da wir die Messungen weder deuten noch erklären können, haben wir vor knapp einer Stunde eine Anfrage auf Stellungnahme bezüglich dieser Aktivitäten bei der Geschäftsleitung der Nofox gestellt. Wir möchten nicht unterstellen, dass diese geplant oder beabsichtigt war. Möglicherweise kam es auch zu einem Zwischenfall. Solange wir kein offizielles Statement von Nofox haben, bleibt all dies reine Spekulation.«

Mark zog die Augenbrauen nach oben.

»Ist etwas unklar, Mark?«, fragte Dr. Shepard.

»Nun ja, bitte helfen Sie mir, wenn ich jetzt mit gefährlichem Halbwissen auffahre, aber befasst sich die Erforschung eines Teilchenbeschleunigers nicht mit dem Aufbau der Materie und der Wechselwirkung der Elementarteilchen? Soweit ich das mit meiner Synapse begreifen kann, hat das wenig mit seismischen Messungen zu tun.«

Das Raunen, das über die Leitung direkt in den Konferenzraum des Dr. Muntwine Research Centers überschwappte, war kaum zu überhören. Marks simple Art, Dinge zu formulieren, hatte schon immer seine wissenschaftlichen Kollegen belustigt.

Auch Dr. Shepard konnte sich ein Grinsen nicht verkneifen. Im Grunde genommen mochte er Mark Allison, auch wenn er ihm etwas zu chaotisch, verspult und zeitweilig zu sehr den alkoholischen Getränken zugetan war.

»Ihre Synapse trügt Sie nicht, Dr. Allison. Fakt ist aber, dass das Zusammenspiel der Messdaten der Seismologie sowie die Messung der Kalorimeter exakt zur gleichen Zeit die gleichen Schwingungen erfasst haben. Weltweit. Stellt sich mir die Frage, ob das ein Zufall oder eine Laune der Natur war. Was meinen Sie?«

Dr. Shepard hatte scharf zurückgeschossen und Mark war klar, dass dies natürlich kein Zufall sein konnte. Besonders unter Berücksichtigung der Tatsache, dass die seismischen Daten sowie die des Kalorimeters immer zusammen gemessen wurden, wenn auch es sich hierbei um zwei verschiedene Systeme handelte. Jede Messstation verfügte über die Technologie, beide Aktivitäten unabhängig voneinander zu tracken und weltweit zu verfolgen.

»Haben Sie irgendeine Erklärung, was passiert sein könnte?«

»Nein«, antwortete Dr. Shepard knapp.

»Wenn ich hier kurz einhaken dürfte ... Hier spricht Paul aus dem Forschungsinstitut aus Sri Lanka. Wie Sie wissen, ist unser Forschungslabor mit einer der Messstationen gekoppelt, sprich, ich hatte die Auswertungen in Echtzeit vorliegen und war bei den Kalorimetern, als der Irrsinn begann. Meine Vermutung ist auch, dass Nofox einen Zwischenfall hatte. Anders kann ich mir diese Daten nicht erklären, da sie in keinster Weise einen Sinn ergeben würden. Was auch immer dort passiert ist, war in meinen Augen nicht geplant. Wenn Sie sich die Daten einmal ansehen, so macht es den Anschein, als wären hier unkontrolliert die Regler und Schalter im Teilchenzentrum gedrückt worden, ohne auch nur im Entferntesten ein Ziel zu verfolgen. Schließlich beschäftigt sich Nofox mit der Erforschung von Materie und deren Auswirkung bei Belastung. Die Daten, die wir weltweit gesammelt haben, sehen eher so aus, verzeihen Sie mir meine einfache Ausführung, als würde man die Materie nehmen, in ein Glas stecken und wild ohne Sinn und Verstand herumschütteln.«

»Wie lange ging denn diese Achterbahnfahrt?«, warf Mark ein.

»Um 7:53 Uhr erfassten wir die ersten abnormen Schwankungen und die letzte Aufzeichnung, bevor sich alles wieder normalisierte, war um 7:56 Uhr«, erwiderte eine Stimme aus der Telefonspinne, ohne den Namen des Sprechers zu nennen.

»Also reden wir hier von drei Minuten?«

»Ja.«

»Dr. Shepard, bitte missverstehen Sie mich nicht, und so sehr das Ganze auch wirklich eigenartig erscheint, aber wir machen hier eine Telefonkonferenz mit zweihundertfünfzig Wissenschaftlern wegen einer Abnormität von ganzen drei Minuten?« Mark konnte es sich nicht nehmen lassen, dieses ganze Theater wegen einhundertachtzig Sekunden zu hinterfragen.

Kapitel 3 – Justin, Bustin

Kannst du es fühlen, **Bustin?** Du bist und bleibst eine Null, **Bustin!** Hast du wirklich gedacht, er bleibt unentdeckt? Dein kleiner, jämmerlicher Testlauf, **Bustin?** Die hellste Kerze auf der Torte warst du wirklich noch nie, **Bustin**, aber dass du dich so dumm anstellst. So dilettantisch. So beschissen amateurhaft, **Bustin.** SIEH MICH GEFÄLLIGST AN, DU DUMMER JUNGE IN DEINEM SCHICKEN ARMANI-ANZUG!!! **BUSTIN, ICH REDE MIT DIR!**

»Es ist nur in meinem Kopf, es ist nur in meinem Kopf. Ich atme ein, ich atme aus, weg ist der Schreckensgraus!« Justins Stimme zitterte.

Bustin?

»Ich atme ein, ich atme aus, weg ist der Schreckensgraus!«

Deine Mutter hat immer recht gehabt. Du bist ein seltsamer Junge, **Bustin.** Ohne Selbstwertgefühl, ohne soziale Kompetenz, ohne Willenskraft. Eine seelische Missgeburt in einem normalen Körper.

»Ich atme ein, ich atme aus, weg ist der Schreckensgraus!«

Ich werde allen erzählen, was du getan hast, du dummer Junge. Und dann kannst du einpacken, **Bustin.** Ich werde allen ...

»ICH HEIßE JUSTIN! JUSTIN MORTENSEN! MEIN NAME IST JUSTIN!!«, schrie Justin hinaus und nahm seine Handflächen von seinen Augen.

Die Stimme war weg. Er sah sich in seinem dreißig Quadratmeter großen Büro um. Die Auszeichnungen hingen akkurat an den Wänden. Sein Mahagonischreibtisch blitzte vor Sauberkeit. So wie er ihn jeden Morgen vorfinden wollte. Und sein teurer Mont-

Blanc-Füller stand exakt in der Richtung im Füllfederhalter, wie er ihn jeden Tag neu ausjustierte.

Justin nahm ein Taschentuch aus der Schublade und wischte sich den Schweiß von der Stirn. Er stand auf und ging langsam um seinen Schreibtisch. Seine Handfläche streifte sanft auf der Oberfläche entlang, bis er letztendlich gegenüber von seinem Ledersessel stand. Er blickte auf sein Schild, das präzise im gleichen Abstand zu den Enden des Schreibtisches positioniert war.

Justin Mortensen

Chief Executive Officer

NOFOX INC.

»Das bin ich. Ich bin wer«, flüsterte er leise und schob seine runde Brille ein Stück weit die Nase hoch.

Nichts bist du, **Bustin**. Ein Versager bist du. Dein Leben lang hast du dich nur durchgeschummelt und ...

»HALT DEINE VERSCHISSENE SCHNAUZE!«, schrie Justin und drehte sich ängstlich um. Er war nicht da. Seine Augen wanderten langsam in die andere Richtung seines Büros.

»Ich atme ein, ich atme aus. Weg ist der Schreckensgraus«, flüsterte er und versuchte seine Angst wieder in den Griff zu bekommen.

Das Telefon klingelte. Auf dem Display sah er den Namen seiner PA. Ruth war seit zwei Jahren seine Personalassistentin. Seit seiner Einstellung bei Nofox begleitete Ruth ihn und erledigte nun mal all die Dinge, die eine Sekretärin der Geschäftsleitung machen musste.

»Alles in Ordnung, Mr. Mortensen?«, fragte Ruth zögerlich.

Justin sagte nichts und rieb sich die Augen hinter seiner Brille.

»Ich habe Geräusche gehört, es klang als wäre etwas umgefallen, da wollte ...«

»Es ist alles in Ordnung, Ruth. Vielen Dank.« Er klang fast schon wie Clint Eastwood. Leise, rauh und bedrohlich. Justin beendete das Gespräch.

Automatisch und ohne hinzusehen, tippte er eine Nummer in Rekordschnelle in die Tastatur und wartete.

»Dr. Oswalds Praxis, mein Name ist ...«

»Ja, hallo, hier ist Justin Mortensen, könnte ich bitte Dr. Oswald sprechen?«

»Aber natürlich Herr Mortensen, einen Augenblick bitte.«

Justin öffnete seinen obersten Kragenknopf. Ihm war heiß und kalt zugleich, er hatte das Gefühl, durchzudrehen.

»Hallo, Justin, wie geht es Ihnen?« Die beruhigende und dunkle Stimme von Dr. Oswald erklang und sofort spürte Justin dieses Gefühl der Geborgenheit und Ruhe in sich aufkommen. Die Stimme des Arztes brummte wie die eines Bären.

»Ich habe schon bessere Tage erlebt, um ehrlich zu sein, Dr. Oswald.«

»Ist er wieder da?«

Justin schämte sich, das sagen zu müssen. Er schämte sich so sehr, dass er den Blick senkte wie ein kleiner Schuljunge, der auf frischer Tat ertappt worden war und nun vor seinen Eltern stand, um seine gerechte Strafe abzuholen.

»Ja.«

Dr. Oswald erwiderte nichts. Justin hörte das langsame Atmen seines Gesprächspartners.

»Nun, seine Stimme ist da, laut und deutlich. Aber optisch ist er nicht da. Ich habe überall nachgesehen, Dr. Oswald. Ich kann ihn nicht sehen.«

»Haben Sie die Übungen gemacht, die wir für diesen Fall vereinbart hatten?«

»Nein.«

»Warum nicht?«

»ICH HABE SIE EINFACH NICHT GEMACHT, OKAY?«, fauchte Justin bissig in den Hörer.

Stille.

»Es tut mir leid, Dr. Oswald. Heute ist nicht wirklich mein Tag.«

Wieder hörte Justin nichts am anderen Ende der Leitung. Nicht mal ein Atmen. Nichts. Als wäre die Leitung tot. Und so fühlte er sich auch.

»Nehmen Sie Ihre Medikamente ein?«

»Ja, das mache ich«, erwiderte Justin kleinlaut.

»Wann könnten Sie in meine Praxis kommen?«

Justin Mortensen huschte um seinen Schreibtisch und begann im Outlook seine Termine für diese Woche zu checken.

»Am Freitag könnte ich ... ach nein. Nächste Woche Montag?«

»Früher schaffen Sie es nicht?«

»Nein, Dr. Oswald!«, plärrte Justin in den Hörer und hatte massive Schwierigkeiten, ruhig zu bleiben.

Dr. Oswald erwiderte wieder nichts. Diese Taktik nervte Justin ungemein, diese anprangernde Ruhe, um zu zeigen, dass sich der kleine Junge wieder einmal danebenbenommen hatte. Justin biss sich auf die Lippe und verfluchte den Moment, in dem er diesen

Psychodoktor angerufen hatte. Für einen Moment überlegte er, ob Dr. Oswald nicht doch zu denen gehörte. Möglich war es zumindest.

»Nun, kommen Sie, wenn Sie Zeit finden, Justin.«

Ohne sich zu verabschieden, legte Justin auf. Er blickte auf den NOFOX-Kalender an der Wand. Natürlich war es der firmeneigene Kalender, der am Anfang des Jahres großzügig an Kunden und Sponsoren verteilt wurde.

NOFOX – We research for your future

stand auf jedem der einfallslosen Bilder, die Monatsblatt für Monatsblatt des Kalenders schmückten. An diesem 6. April zierte das Monatsbild eine Einöde über Schottland. Nicht dass Schottland kein schönes Plätzchen auf Erden wäre. Dennoch gab es wohl kaum ein langweiligeres Motiv in den Weiten der schottischen Vegetation zu knipsen als dieses.

»Heute ist der 6. April, **Bustin**. Du weißt, dass gleich das Telefon klingeln wird und man dich fragen wird, was heute Morgen passiert ist. BUSTIN? Ruth kann dir die Meute nicht ewig vom Hals halten, Bustin?! Stell dich deiner Verantwortung, du dummer, feiger Junge. Bist du denn immer noch nicht in der Lage ...«

»HALT DEN MUND!! HALT DEIN BESCHISSENES MAUL!!«

Justin ließ sich in den Ledersessel fallen und vergrub sein Gesicht in seinen klammfeuchten Händen. Das Telefon klingelte erneut und ohne auf das Display zu blicken, hob er entnervt ab.

»Was ist?«

»Mr. Mortensen?«, fragte eine ihm unbekannte männliche Stimme.

»Ja, am Apparat.«

»Mein Name ist Mr. Crowley vom FBI. Haben Sie ein paar Minuten Zeit, um mit mir zu sprechen?«

»Nein.« Justin legte auf und wurde sich just in diesem Moment bewusst, was er gerade getan hatte. Ungläubig starrte er auf seine Hand.

Es klopfte. Ruth trat ein und sah mit verstörtem Blick zu ihrem Chef.

»Mr. Mortensen, ich hoffe, ich störe nicht. Ich habe hier auf Leitung drei einen Herrn vom FBI, der Sie gerne sprechen möchte.«

Justin musterte seine Sekretärin, ohne ihr wirklich zuzuhören. Was für ein hässliches blaues Kostüm sie heute anhatte. Ruth war eine Frau in den Vierzigern, ein Engel und gut beleibt. Sie gehörte ihr ganzes Leben schon nicht zu jenen Frauen, welche man gerne in der Fernsehwerbung an einer Karotte knabbern sah. Jene Damen, die euphorisch über den Bildschirm hüpften und ekstatisch in die Kamera stöhnten: »Ja, ich kann essen, was ich will, und fühle mich glücklich dabei!«

Ihre Speckrollen zeichneten sich an jeder Stelle des Kleides ab, sodass sie aussah wie eine blau gefärbte Pellwurst. Justin ertappte sich bei seinen oberflächlichen Gedanken und schämte sich für den weiteren schwachen Moment an diesem Tag. Ruth stand immer zu ihm, auch nach einem seiner cholerischen Anfälle war sie nicht nachtragend. Ertrug all seine Launen und zweifelte keine seiner Entscheidungen auch nur eine Sekunde lang an.

»Ja, Ruth, stellen Sie durch«, sagte er sanft und wartete auf das Klingeln des Telefons.

»Jetzt bist du am Arsch, **Bustin**. Sie werden dich auseinandernehmen und du wirst dich erklären müssen.«

Justin rieb immer fester seine Augen, bis das Läuten ihn unterbrach und er mechanisch nach dem Hörer griff.

»Justin Mortensen?«

»Guten Tag, Herr Mortensen. Hier ist noch mal Mr. Crowley. Ich denke, unsere Verbindung wurde gerade unterbrochen«, mahnte die dominante Stimme.

»Ja. Die Verbindung war weg. Verzeihen Sie«, antwortete Justin monoton und ergab sich seinem Schicksal.

»Mr. Mortensen, haben Sie eine Idee, warum ich Sie kontaktiere?«

»Natürlich. Es geht um den Test der Nofox heute Morgen, nehme ich an.«

»Richtig. Sie können sich mit Sicherheit vorstellen, was heute Morgen bei uns los war. Sämtliche Forschungseinrichtungen weltweit sind Sturm gelaufen, sodass unsere Leitungen zeitweise überlastet waren. Bis dato gibt es keine Stellungnahme der Nofox bezüglich des Testes, genauso wenig ist uns ein Antrag irgendeines Tests bekannt.«

Justin drehte sich mit seinem Stuhl in Richtung Fenster und blickte auf die bulgarische Hauptstadt Sofia. Wie friedlich dieses Bild doch war. Hier im vierten Stock des Gebäudes sah doch alles so beschaulich und ruhig aus. Unter ihm fuhren kleine Autos und gingen kleine Menschen von a nach b. Der Blick in das gegenüberliegende Gebäude, etwas weiter unter ihm, ließ ihn immer wieder grinsen, wenn er in das Fitnessstudio sah, wo sich die verschwitzten Körper abmühten. Er lächelte.

»Mr. Mortensen, sind Sie noch da?«

»Ja, natürlich bin ich da. Ich, ich habe Ihnen zugehört.«

»Möchten Sie mir vielleicht etwas hierzu sagen?«

Nein, möchte ich nicht, du blöde FBI-Nase. Rate doch mal? Na? Na? Ich geb dir 'nen Tipp: Ein Grillfest war es nicht! Hahahaha!

Justin musste sich zusammenreißen, um nicht loszulachen.

»Ja, es gab einen Test und soweit mir bekannt ist, müssen wir die Tests auf unserem Firmengelände nicht anmelden. Bin ich hier richtig informiert?« Er war über seine selbstsichere Stimme so verwundert, dass er seine Augenbrauen nach oben zog.

»Es gibt zwei Möglichkeiten, Herr Mortensen, ich denke, Sie sollten sich das anhören«, konterte der FBI-Angestellte wie abgelesen und fast schon gelangweilt. »Entweder wir beide unterhalten uns jetzt über die Vorkommnisse des heutigen Morgens oder ich werde diesen Vorfall umgehend meinem Vorgesetzten weiterleiten, was zur Folge hätte, dass innerhalb der nächsten sechzig Minuten eine Armada von Agenten vor den Toren Ihrer Firma stehen wird. Ihre Entscheidung.«

Die Schweißperlen bildeten sich in Sekundenschnelle auf Justins Stirn. Wieder drehte sich Justin zu seinem Fenster, seiner Zuflucht. Er blickte in das Fitnessstudio hinüber und sah niemanden. Wenige Sekunden zuvor hatten sich die körperbewussten Bulgaren wie wild in dem Studio ausgetobt und ein paar Momente später schien das Studio leer zu sein. Möglicherweise hatte gerade ein Kurs angefangen und die Meute war in das Nebenzimmer gewandert, welches er nicht einsehen konnte. Womöglich flüchtete die Menschheit aber auch aus Justins Nähe, da sich etwas zusammenbraute, das nichts Gutes verheißen sollte. Wie der Himmel über Sofia, der durch das Gewitter, welches schon gestern angekündigt war, immer grauer wurde und der Wind, der die Bäume immer stärker und stärker wehen ließ. Ein Sturm zog auf.

Kapitel 4 – Seltsame Zeiten

RAUM »JOHN LENNON«

Die Meetingräume von Culligs waren nach Rocklegenden der vergangenen Zeit benannt worden. Einfallslos und so hohl, dass man sich nicht einmal darüber aufregen konnte. Der Raum war brechend voll von Mitarbeitern und inmitten der Belegschaft saß Martin, fernab seiner heiß geliebten Frau Sandra, die es sich vier Reihen weiter hinter ihm bequem gemacht hatte. Vor der versammelten Mannschaft standen Mr. Wullig und Norman Spitz, der mit ernster Miene auf den Boden starrte. Untypisch für eine Rampensau, die er sonst immer war, dachte sich Martin. Mr. Wulligs hingegen blickte musternd durch die Reihen der Angestellten. Es war 12:07 Uhr.

»Vielen Dank, dass Sie sich so kurzfristig Zeit genommen haben. Für alle neuen Mitarbeiter, die mich noch nicht kennengelernt haben: Ich bin Ron Wulligs und Teilinhaber der Culligs Incooperated. Heute Morgen wurde auf dem Firmengelände der NOFOX ein nicht genehmigter Test durchgeführt. Wie wir erfahren haben, handelte es sich hierbei um einen Test im Teilchenbeschleuniger, der für die Erforschung der Kernspaltung verantwortlich ist. LHC steht für Large Hadron Collider und genau diese LHC-Detektoren, die an vielen Forschungsmessstationen an den seismischen Geräten der wissenschaftlichen Forschungseinrichtung geschaltet sind, schlugen weltweit Alarm. Um es kurz zu machen: NOFOX hat seinen LHC aktiviert und irgendwas durch die achtundneunzig Kilometer lange Röhre gejagt. Was auch immer es war, es gab eine Messung, die in diesen Ausmaßen noch nie zuvor registriert worden ist. Offensichtlich hat ES nicht funktioniert und es kam zu einem Zwischenfall, so das offizielle Statement der NOFOX.« Ron Wullig unterbrach seine Ausführung und atmete schwer ein und aus. »Ich habe die traurige Aufgabe, Ihnen mitzuteilen, dass es bei diesem Zwischenfall etliche Verletzte und drei Tote zu beklagen gibt. Es handelt sich um Armin Stanley, Michael Chriss und Frederick Frehley. Unsere drei Mitarbeiter waren heute Morgen nach Sofia gereist, um die Sicherheit der Systeme zu gewährleisten.« Ron unterbrach seinen Monolog.

Das Raunen und Schluchzen war unüberhörbar. Hier und dort stöhnte jemand und Martin Luber saß wie versteinert da und versuchte die Worte, die gerade sein Gehirn erreicht hatten, zu realisieren. Sie starben bei dem tragischen Zwischenfall heute. Sie starben bei dem tragischen ... Sie starben ...

Martin spürte eine Hand auf der seinen und drehte sich zur rechten Seite. Christine starrte nach vorn. Tränen liefen ihre Wange hinab und sie hielt seine Hand fest. Ganz fest.

»Unser Mitgefühl möchten wir allen Freunden der Verstorbenen aussprechen. Ferner werden wir uns natürlich auch um die Hinterbliebenen kümmern und sie finanziell unterstützen. Leider kann ich zu dem Vorfall nichts weiter sagen, da die Ermittlungen der örtlichen Polizei aufgrund des Zwischenfalls noch andauern. Uns wurde aber zugesichert, dass wir umgehend informiert werden, sobald es neue Erkenntnisse gibt. Aufgrund der schrecklichen Ereignisse möchte ich sämtliche Führungskräfte bitten, für heute Nachmittag einen Notdienst in den Teams einzurichten. Der Rest der Mannschaft soll sich bitte den Rest des Tages freinehmen. Kommen Sie gut nach Hause.« Mr. Wullig beendete seinen Monolog und verschwand aus dem John-Lennon-Besprechungsraum. Zurück blieb eine Schar von Mitarbeitern, die geschockt nach vorn blickten. Kein Geflüster, keine Stimme war mehr zu hören ... Es war totenstill.

Norman stand auf und kam nach vorne. »Ähm ... nun, wir gehen am besten alle zurück und die jeweiligen Teamleader werden aufteilen, wer heute dableibt und wer nach Hause gehen kann. Natürlich nach Absprache mit den jeweiligen Mitarbeitern, danke.«

Wortlos stand die Belegschaft auf und verließ den Konferenz-raum. Martin blieb sitzen und auch auf Christines Bitte, mitzukom-men, reagierte er nicht, lächelte sie kurz an und signalisierte ihr, dass er nachkommen würde. Der Raum leerte sich so schnell, wie er sich zuvor gefüllt hatte.

12:20 Uhr stand auf der großen, hässlichen weißen Uhr im Be-sprechungsraum. Nachdem sich der Geräuschpegel der Mitarbeiter gesenkt hatte, konnte Martin den Sekundenzeiger klar und deutlich ticken hören.

Tack

Tack

Tack

Leer und ohne den Anflug eines Gedankens hypnotisierte er den sich immer weiter bewegenden Sekundenzeiger der Uhr. Sein Handy summte. Martin zog wie automatisch sein Handy aus der Jeans.

WhatsApp vor 1 Min.

Michael

Foto

Ungläubig starrte Martin auf sein Handy. Schnell tippte er die Zahlenkombination ein, die ihn zu dem Bild bringen sollte. Drei hektische Versuche später hatte er es geschafft und blickte auf das entsperrte Display seines Handys. Tatsächlich. Michael hatte ihm vor einer Minute eine Nachricht geschickt.

»Das kann nicht sein ... das ist nicht möglich«, flüsterte er.

Er blickte auf ein verschwommenes Bild. Er tippte es an, um den Download zu starten. Durch seine Hände fuhr ein starkes Kribbeln und sein Atem wurde hektischer. Das Bild öffnete sich und was er sah, war verstörender als die Tatsache, dass sein toter Freund ihm gerade eine Nachricht geschickt hatte: Martin sah einen Wald. Dennoch, irgendwas stimmte mit diesem Bild nicht. Martin blickte oben auf die Anzeige und sah, dass Michael wieder offline war. Martin stand auf, verließ den menschenleeren John-Lennon-Raum und setzte sich wieder an seinen Schreibtisch.

»Hey, geht's wieder?«, fragte Christine leise und nahm wieder Martins Hand.

»Ja, alles okay so weit. Christine, darf ich dir mal ein Bild zeigen?«

Sichtlich irritiert stimmte Christine zu und Martin zeigte ihr das Bild.

»Was soll das sein?«, fragte sie mit brüchiger Stimme.

»Das ist ein Urwald, sieht man doch.«

»Martin, du hast gerade erfahren, dass dein bester Freund gestorben ist, und alles, was du ein paar Minuten danach machst, ist, mir ein Bild zu zeigen? Und nein, das ist kein Urwald«, antwortete Christine selbstsicher.

Das Telefon auf dem Schreibtisch klingelte und Martin erkannte die Nummer seiner Frau.

»Natürlich ist es ein Urwald.«

»Möchtest du nicht ans Telefon gehen?«

»Sieh doch mal, du hast hier Bäume, das Dickicht ist wie im Dschungel und ...«

»Martin, das Telefon klingelt immer noch.«

Entnervt hob Martin ab. »Hallo, Sandra, ich ruf dich zurück, ich kann jetzt nicht.« Und mit diesen Worten legte er wieder auf. Erstaunt von seiner Entschlossenheit und der Tatsache, dass er noch niemals seine Frau einfach so abgewimmelt hatte, wendete er sich wieder dem Bild zu.

Ungläubig starrte Christine ihn an. »Das hast du jetzt nicht gerade wirklich gemacht, oder?«

»Christine, bitte konzentrier dich mal auf das Bild.«

»Du stehst unter Schock. Soll ich einen Arzt ...«

Martin fasste mit beiden Händen die Wangen seiner Kollegin an und drehte ihren Kopf zu seinem. »Hör mir zu, Christine. Ich stehe weder unter Schock noch habe ich nicht realisiert, was mir gerade erzählt worden ist. Ich erkläre dir das alles, aber nun bitte ich dich wirklich, wirklich von ganzem Herzen, dass du dich einen Moment auf dieses Foto konzentrierst. Würdest du mir den Gefallen bitte erweisen?« Martin ließ wieder ab von Christine, die ihn mit ihren großen rehbraunen Augen ansah, wie ein Kaninchen, das gerade den Scheinwerfer eines Lkw erblickt hatte. »Jetzt sieh mich nicht so an, Christine, ich bin bei Sinnen!! Aber glaube mir, da... «

»Das ist kein Urwald«, wiederholte Christine.

»Was soll es denn bitte sonst sein?«

Sie nahm Martins Handy und ehe er sich versah, steckte ein Kabel in seinem Smartphone und das Bild von Michael erschien auf Christines Vierundzwanzig-Zoll-Monitor. Zu sehen war eine Lichtung inmitten eines Waldes. Nach wie vor konnte Michael nichts anderes erkennen. Die Sonne brach durch das Dickicht der hohen Bäume und erhellte einen kleinen Fleck in diesem unbewaldeten Plätzchen, umgeben von massiven Baumstämmen und Wildnis. Christine setzte ihre Brille auf und bewegte ihren Kopf näher an den Bildschirm. Sie zog die Augenbrauen zusammen und zoomte etwas näher heran, vorbei an der Lichtung, bis hin zu dem urwaldartigen Gestrüpp, das hinter den Bäumen zu sehen war. Sie stoppte die Vergrößerung bei einem Busch.

»Was fällt dir auf?«

Martin kam ebenfalls näher an den Bildschirm und kniff die Augen zusammen.

»Siehst du es nicht? Das Blaue.«

»Was meinst du mit dem Blauen?«

Christine zog den Cursor unter die Blätter und erst jetzt sah Martin, dass die Stängel der Pflanze nicht grün waren, sondern unnatürlich blau. Christine zoomte zurück.

»Was fällt dir noch auf?«, fragte sie.

Irritiert von der Tatsache suchte Michael das Bild akribisch nach Anormalitäten ab.

»Ich kann nichts erkennen.«

»Siehst du das Licht der Sonne auf der Lichtung?«

»Ja, na klar. Da sind ein paar Sonnenstrahlen durchgekommen«, antwortete Martin.

»Das ist richtig, aber nun sieh mal nach oben. Soweit wir oben am Rand des Fotos erkennen können, geben die Bäume der Sonne nur eine Chance des Lichteinfalls, und das ist rechts oben, richtig?«

Martin erkannte, was Christine ihm zu sagen versuchte. Der Ausschnitt des Bildes endete recht weit oben und wurde aus einer Entfernung geschossen. Alles war verdeckt, bis auf einen Teil rechts oben. Das müsste der einzige Weg für die Sonnenstrahlen sein. Allerdings schien es so, als würde das Licht direkt von oben nach unten in der Mitte aufschlagen wie ein künstliches Spotlight auf einer Bühne.

»Wir kennen nicht das ganze Bild. Vielleicht kam das Licht von hinten herunter«, konterte Martin und suchte nach einer logischen Begründung.

»Ja, vielleicht ... Aber was siehst du noch?«

»Noch was?«

»Das Unglaublichste hast du noch gar nicht gesehen.«

Dr. Shepard erhob sich von seinem Stuhl, ging mit bedächtigen Schritten um den Konferenztisch herum und blieb direkt vor Mark stehen. Er nahm seine Brille ab, holte ein Putztuch, das seine beste Zeit schon hinter sich gelassen hatte, hervor und begann seine Gläser sorgfältig zu putzen.

»Nein, Mark, es täuscht Sie nicht. Wir machen tatsächlich diese riesige Telefonkonferenz mit zweihundertfünfzig Wissenschaftlern nur wegen drei Minuten, das ist korrekt.«

»Nun, finden Sie nicht, dass solch ein Aufwand wegen einer abnormen Messung von drei Minuten etwas viel Aufwand ist? Schließlich ist nicht wirklich etwas passiert. Wir sind immer noch da und offensichtlich hat sich keine Katastrophe ereignet«, entgegnete Mark Allison. Langsam hatte er dieses Theater dick.

»Nun, es kam zu einem tragischen Unfall auf dem Gelände der Nofox, wie ich vorhin schon mitteilte. So ganz scheint Ihre Ausführung ...«

»Ja, Dr. Shepard, und das ist auch schrecklich. Aber Unfälle mit Menschen passieren nun einmal, wir beraumen doch nicht jedes Mal eine Telefonkonferenz mit der Top-Elite der Molekularwissenschaftler ein, wenn ein Unfall passiert, oder?«

Dr. Shepard steckte sein Brillenputztuch bedächtig wieder ein und beugte sich zu Mark vor. »Mark, Sie wissen ganz genau, was diese Messungen bedeuten könnten. Auch wenn Sie, wie Sie selbst erwähnten, Ihre eine Synapse diesbezüglich noch nicht aktiviert haben. Aber Sie WISSEN, was das bedeuten kann, nicht wahr?«

Mark öffnete und schloss eine Sekunde später wieder seinen Mund.

Dr. Shepard hatte recht und Mark hatte zu Beginn des Meetings schon einen unangenehmen Gedanken in seinem Kopf gehabt, den er aber schnell wieder in das Hinterstübchen seines genialen Gehirns verbannt hatte. So sehr er ein Paradiesvogel in der wissenschaftlichen Landschaft war, so genial und einzigartig konnte er Rückschlüsse ziehen, die ihn bis dato nie getrogen hatten. Mark stand auf und spazierte im Meetingraum auf und ab. Es wirkte fast so, als würde er sich an einem lauen Herbsttag den Wald und die Natur ansehen und relaxt vor sich hinschlendern. Er drehte drei Runden um den großen Konferenztisch, bis er wieder zum Stehen kam und die hässliche Konferenzspinne, die in der Mitte des Tisches aufgestellt war, begutachtete. Ruhig und rhythmisch pulsierte das grüne Licht der Spinne. Licht an, Licht aus, Licht an, Licht aus.

»Nehmen wir an, Nofox hat einen nicht genehmigten Test zur Erforschung des Gottesteilchens durchgeführt ...«

»Nein«, unterbrach Dr. Shepard seinen Angestellten. »Nehmen wir an, Nofox hat einen nicht genehmigten Test durchgeführt, der dazu dienen sollte, dass Raum-Zeit-Kontinuum zu brechen beziehungsweise zu öffnen«, vollendete Dr. Shepard den Satz richtig.

Mark blickte in die Augen seines Chefs und er konnte fühlen, wie sein Gehirn auf Hochtouren arbeitete. »Sie meinen, wie in Stargate? Ein kleines Tor, das uns das Universum abseits unseres Raum-Zeit-Gefüges zeigt?«

»Ich kenne Stargoat nicht.«

»Stargate.«

»Auch das kenne ich nicht, aber wenn Sie es damit vergleichen wollen, bitte sehr. Unsere Messungen deuten darauf hin, dass genau so etwas versucht worden ist. Der Large Hadron Collider wurde konzipiert, um Teilchen zu beschleunigen, um eben besagtes Gottesteilchen zu finden. Verändert man aber die Daten des Colliders, so ist es theoretisch möglich, Einsteins Theorie über Raum und Zeit zu simulieren, um zu erforschen, ob Raum und Zeit tatsächlich beherrschbar sind.«

»Sie reden also von einer Zeitmaschine«, kommentierte Allison hämisch.

»Nein, ich spreche davon, dass Nofox versucht eine Tür zu einem Paralleluniversum zu öffnen oder es bereits getan hat. Wie Sie sicher durch die Ausführungen von Dr. Stephen Hawking wissen, sagt seine Theorie aus, dass es neben unserer Welt in unserer Zeit und unserem Raum ein x-faches an Parallelwelten gibt. Die Dreidimensionalität, in der wir gefangen sind, besagt nicht, dass es nicht doch Welten neben unserer gibt. Und wie es der Zufall so will, hat Nofox in den letzten Jahren eine immense Summe an Geldern in die Erforschung schwarzer Löcher gesteckt. Nun könnte man böswillig behaupten, dass dies nur unter dem Tarnmantel der Erforschung des Gottesteilchens geschah. Fakt allerdings ist, dass dieses Wissen unter anderem auch sehr wertvoll dafür sein kann, das Raum-Zeit-Gefüge zu manipulieren.«

Das Schweigen in der Leitung der pulsierenden Telefonspinne sowie im Konferenzraum ließ der Uhr an der Wand den Auftritt.

Tack

Tack

Dr. Shepard fuhr fort. »Das FBI ist bereits an der Sache dran und wir stehen mit der Pressesprecherin sowie dem zuständigen Verantwortlichen in Sofia in ständigem Kontakt. Ich denke, wir sollten die Konferenz an dieser Stelle beenden und warten, was die neuesten Ergebnisse bei der Auswertung der Messungen, die nach wie vor detailliert analysiert werden, zeigen und auf ein Feedback des FBI warten. Davor können wir nur mutmaßen, was sich auf dem

Gelände der Nofox abgespielt hat. Sollte ich mit meiner Theorie recht behalten, dann lassen Sie uns alle beten, dass dieses Experiment fehlgeschlagen ist.«

Die Konferenz war beendet. Dr. Shepard nahm Mark zur Seite und brachte ihn in sein Büro, das nur unweit des Meetingraumes lag.

Dr. Shepard setzte sich auf den alten, bräunlichen Ledersessel, der die Siebzigerjahre sicherlich schon erlebt hatte. An der Wand seines Büros hingen Auszeichnungen längst vergangener Tage sowie ausgeschnittene und eingerahmte Zeitungsberichte über Forschungen, bei denen Dr. Shepard seinerzeit maßgeblich beteiligt gewesen war. Die geschmückten Trophäenwände vermittelten aber nicht den Eindruck eines Angebers, der sich mit seinen Erfolgen brüsten wollte. Vielmehr hatte man unweigerlich ein beklommenes, ja, sogar mitleiderregendes Gefühl, wenn man all die Berichte, Auszeichnungen und Urkunden ansah. Es war wohl das Gesamtbild des Raumes oder vielmehr die Aura, die dieses Gefühl einem Gast injizierte. Die Reliquien vergangener Tage zu sehen, Dr. Shepard inmitten des chaotischen Büros zu erblicken und zu realisieren, dass dieser Wissenschaftler sein Leben lang für seine Arbeit gelebt hatte. Mit dem Ergebnis, Jahrzehnte später in einem fünfundzwanzig Quadratmeter großen Büro des Dr. Muntwine Research Centers bis zur Rente dahinzuvegetieren. Aus dieser Perspektive zumindest sah es Mark Allison.

»Warten Sie einen Augenblick«, sagte Dr. Shepard, griff zum Hörer und wählte eine Nummer.

Mark starrte ungläubig auf das Wahlscheibentelefon. »Das funktioniert mit DSL?«, fragte Mark und bereute die Worte schon, aber sie hatten seinen Mund bereits verlassen.

Dr. Shepard zog gelangweilt eine Augenbraue nach oben und konzentrierte sich wieder auf sein Telefonat.

»Ich frag ja nur. Darf ich davon ein Bild machen, Dr. Shep...«

»Allison! Setzen Sie sich einfach auf den Stuhl. Ich denke, Ihre Synapse ist auch müde von dem Meeting, gönnen Sie ihr eine kleine Auszeit.«

Mark lachte. Er setzte sich artig wie ein Schuljunge auf den Stuhl, der Gott sei Dank schon nach der Jahrtausendwende produziert worden war und wartete still auf was auch immer.

»Ja, am Apparat«, sagte Dr. Shepard kurz und knapp.

»Normalerweise meldet man sich am Telefon mit seinem Namen, aber gut«, murmelte Mark leise in seinen nicht vorhandenen Bart und achtete penibel darauf, dass sein Gemecker von seinem Chef und Ernährer nicht gehört wurde.

»Verstanden. Nun, das kann ich Ihnen zusenden, wobei die Auswertungen aller Messstationen die gleichen Ergebnisse zeigen. Wenn es aber hilft, haben Sie die Daten aus Asien in der nächsten halben Stunde in Ihrem Postfach ... Ja, ist gut. Bis dann, danke schön.« Dr. Shepard legte auf und blickte seinen Mitarbeiter an. »Nun, das war Mr. Crowley vom FBI. Sie stehen gerade in Kontakt mit Mr. Mortensen von Nofox, um herauszufinden, was sich abgespielt hat.«

»Okay«, antwortete Mark knapp und gelangweilt.

»Okay?«

»JA. Und weiter??«

»Nichts weiter, Mr. Crowley teilte mir mit, dass der CEO von Nofox zu dem Zeitpunkt noch nicht ganz kooperativ ist und die

Sache eher herunterspielt. Sie haben ein weiteres Telefonat vereinbart, in dem sie Mr. Mortensen mit weiteren Fakten konfrontieren,
um einen Medienrummel zu vermeiden.«

Mark kratzte sich an seinem Kinn und blickte auf die hässliche
Deckenleuchte. Er hatte gar nicht gewusst, dass man den optischen
Fehlgriff des ekligen Lederstuhls noch übertreffen konnte.

»Wissen Sie, was mich bei der ganzen Sache ein wenig stutzig
macht, Dr. Shepard?«

»Ich bin ganz Ohr, Mark.«

»Das alles passt nicht zusammen, denken Sie einmal nach. Alle
Details, die wir bisher kennen. Fällt Ihnen hier irgendeine Ungereimtheit auf?«

»Machen Sie Witze?«

»Nein, ganz und gar nicht.«

»Die ganze Situation ist eine Ungereimtheit, weltweit haben alle
Messstationen ein und dieselbe Verhaltensstruktur aufgezeichnet
und da fragen Sie mich ...«

»Nein, Dr. Shepard. Das meine ich nicht. Es gab einen Zwischenfall, welcher auch immer, das lassen wir jetzt mal dahinge-
stellt. Okay?«

»Okay.«

»Bei diesem Zwischenfall gab es Tote, richtig?«

»Ja, auch das stimmt.«

»Und das FBI bittet den Nofox-Vorstand um Kooperation, um
auf das Gelände zu kommen?«

Dr. Shepard zog die Augenbrauen weit nach oben und öffnete
den Mund leicht.

»Wenn es einen Unfall mit Toten gab, warum bittet dann das FBI darum, das Gelände zu betreten? Wo sind die Leichen? Ich nehme an Polizei und Notarzt waren auch vor Ort. War das so? Habe ich hier einen Denkfehler?«, sagte Mark.

»Nein, Mark, haben Sie nicht«, stammelte Shepard.

»Irgendwas stimmt hier ganz und gar nicht. Ich frage mich, welche Rolle das FBI hier spielt.«

Mark Allison und Dr. Shepard saßen sich an jenem Tag in dem kleinen Büro gegenüber und starrten sich minutenlang an, ohne ein weiteres Wort zu wechseln.

»Ich würde vorschlagen, wir treffen uns auf ein Gespräch, Mr. Crowley.« Endlich hatte Justin Mortensen die Ruhe in der Leitung unterbrochen.

»Mr. Mortensen ...«

»Kommen Sie ruhig in mein Büro, ich werde unten Bescheid geben und Sie erwarten«, antwortete Justin ruhig.

»Mr. Mortensen, Sie wissen schon, dass ich nicht in Bulgarien sitze? Ich würde vorschlagen, wir machen eine Videokonferenz.«

Justin hatte gehofft, noch ein paar Minuten Zeit zu gewinnen, um sich sammeln zu können und sich einen Schlachtplan, den es gar nicht gab, auszuarbeiten.

»Wann?«

»Jetzt, Mr. Mortensen, wo liegt das Problem? Ich denke, Sie haben momentan keinen wichtigeren Termin als mich.«

Diese Ansage saß und letztendlich hatte jener ominöse Agent Crowley mit seiner ruhigen, tiefen Stimme recht. Mr. Crowley wirkte keineswegs bedrohlich oder beängstigend und dennoch schwang in seiner Stimme eine Autorität mit, die es Justin fast unmöglich machte, dagegenzuhalten, geschweige denn in Augenhöhe mit diesem Mann zu kommunizieren.

»Natürlich, Mr. Crowley, Sie haben recht. Entschuldigen Sie bitte. Geben Sie mir nur ein paar Minuten, um alles einzurichten.«

»Kein Problem, Mr. Mortensen. Ich schicke Ihnen die Einwahldaten per Mail zu, sagen wir in zehn Minuten.«

»Sie haben meine E-Mail-Adres... Vergessen Sie es, alles klar.«

»Bis gleich, Mr. Mortensen.«

Justin schloss die Tür hinter seinem Büro leise und bedächtig zu.

»Ich atme ein, ich atme aus, weg ist der Schreckensgraus«, flüsterte er, bevor er langsam auf den Flur hinaustrat. Er ging an Ruth vorbei und nickte ihr kurz zu. Auf der Toilette wusch er sich ausgiebig das Gesicht. Er fühlte sich, als hätte er den ganzen Tag in der prallen Sonne gelegen. Das kalte Wasser auf seiner müden Haut erfrischte ihn. Justin blickte in den Spiegel. Er hasste dieses Bild. Er sah sich als einen kleinen Jungen im Anzug eines Mannes mit einem nassen Gesicht. Seine Brille hatte er neben das Waschbecken gelegt und Justin sah sich lange in die Augen.

»Was hast du nur getan?«, flüsterte er zu sich selbst. »Was hast du hier angestoßen? Es gibt kein Zurück mehr. Was hast du dir nur dabei gedacht? Um Gottes willen, was hast du dir ...«

»Du hast dir mal wieder nichts dabei gedacht, **Bustin**.«

Justin zuckte zusammen. Die Stimme kam aus einer der fünf Kabinen, die sich hinter ihm aneinanderreihten. Er drehte sich blitzschnell um und betrachtete die Kabinen. Schnell scannten seine

Augen die fünf Kabinen und blieben bei der äußersten auf der linken Seite hängen. Sie war versperrt.

»Wer ist da?«, fragte er mit zittriger Stimme, die von den kalten Fliesen widerhallte.

»Na, wer wird wohl da sein, **Bustin**?«, kam es von der äußeren Tür der rechten Seite. »Du bist am Arsch. Dein kranker Plan ist wohl nicht aufgegangen, **Bustin**! Dafür wirst du heute Abend vor dem Schlafengehen sicher keinen Keks bekommen!« Die Stimme kicherte boshaft.

Justin klammerte sich mit schwitzigen Händen am Rand des Waschbeckens fest. Er versuchte sich auf seine eigene Stimme zu konzentrieren: »Ich atme ein, ich atme aus, weg ist der Schreckensgra...«

»Atme, so viel du willst und solange du noch kannst, du dummes Stück Scheiße. Du hast es verkackt. So wie alles in deinem Leben. Du hast es wieder einmal verschissen, du dummer Junge.« Wieder lachte die verzerrte Stimme aus der verschlossenen Kabine.

Justin setzte seine Brille auf. Er atmete tief ein und aus. Langsam bewegte er sich auf die Tür zu. Das rote Signal unterhalb des Knaufes zeigte an, dass sie verschlossen war. Er hob die Hand und bewegte sie auf die Tür zu. Er konnte seinen Atem hören. Schnell und nicht vollendet im Zug, rang Justin nach Luft. Kein halber Meter trennte ihn von der Kabine.

»Sie ist verschlossen, sie ist tatsächlich verschlossen, ich sehe es mit eigenen Augen. Sie ist zu.« Seine Gedanken kreisten immer und immer wieder um die verschlossene Tür. Das rote Signal unterhalb des Türknaufes bestätigte es. Er musste immer wieder hinstarren, um sicherzugehen, dass sein Gehirn ihm nicht wieder einen Streich spielte.

»Mr. Mortensen, ist alles in Ordnung?« Ruths Stimme unterbrach die Ruhe und Justin zuckte zusammen, als würde er einen Stromschlag erleiden.

»Ja, ich war doch nur pissen, gottverdammt!«, schrie Justin hysterisch in Richtung Eingangstür.

Ruths Gesichtsausdruck änderte sich schlagartig. Sie zog die Augenbrauen leicht in die Höhe und fuhr mit kühler Stimme fort: »Mr. Mortensen, ich habe Mr. Crowley in der Leitung. Sie hätten jetzt eine Videokonferenz, meint er.«

»Ich komme gleich!«, fauchte Justin aggressiv zurück. Er ging langsam Schritt für Schritt rückwärts von der Tür weg, ohne das Besetztzeichen unterhalb des Türknaufes auch nur eine Sekunde aus den Augen zu verlieren. Wieder am Waschbecken angekommen, blickte er noch einmal auf die verschlossene Tür und beschloss, seinen Wahnvorstellungen keine weitere Aufmerksamkeit zu widmen.

»Du gehst jetzt da raus und machst deinen Job, gottverdammt!«, befahl er seinem Spiegelbild. Justin öffnete die Tür und verließ die Toilette wieder.

An seinem Schreibtisch angekommen, öffnete er die Mail von Mr. Crowley, folgte dem Link zur Videokonferenz, meldete sich ordnungsgemäß an und las letztendlich die drei Wörter, die ihn direkt zu Mr. Crowley führen sollten.

Join the Meeting

Justin drückte den Knopf. Der weiße Bildschirm mit dem blauen Button verschwand und das Bild verfärbte sich schwarz. Hastig nahm Justin noch einen Schluck Wasser zu sich und starrte gebannt auf sein Notebook. Das kleine blaue Licht unterhalb seiner

Kamera begann zu leuchten, was bedeutete, dass sie nun aktiv war. Es war ja nicht so, dass dies Justins erste Videokonferenz war, und dennoch betrachtete er das Geschehen mit Aufregung. Keine zwei Sekunden später blickte Justin in das Gesicht jenes Mannes, der ihn in diesen Stresszustand versetzt hatte. Er war Mitte vierzig und trug ein T-Shirt der Rockband Kiss. »Psycho Circus – Worldtour 2015« stand in großen Lettern unterhalb des Bandnamens. Wie passend. Justin hatte einen Anzugträger erwartet und entspannte sich bei dem Anblick des nett lächelnden Mr. Crowley.

»Hallo, Mr. Crowley«, sagte Justin und wunderte sich etwas darüber, wie freundlich seine Stimme klang.

»Hallo, Mr. Mortensen, schön, dass es funktioniert hat«, erwiderte der Mann. An seinen dunklen Augen zeichneten sich Lachfalten ab. Zusammen mit dem dunklen, kräftigen Haar und dem etwas schmalen Kinn erinnerte er Justin an Nicolas Cage. Im Hintergrund erkannte er ein freundlich eingerichtetes Büro, soweit er es erblicken konnte. In dem Einfallswinkel der Kamera standen weiße Möbel mit Blumen und nichtssagenden, aber angenehmen Bildern an der Wand.

»Ja, das hat es«, erwiderte Justin fast schon erfreut und einfach nur glücklich, dass ihm niemand den Kopf abgerissen hatte. Wie immer in seinem Leben regierte die Angst sein Tun und Denken.

Mr. Crowley beugte sich nach vorn und betrachtete irgendetwas auf dem Bild, lehnte sich wieder zurück und begann zu lächeln. »Nun, es scheint, auch wenn Sie es nicht sehen können, dass ich besseres Wetter habe als Sie in Sofia.« Mr. Crowley schmunzelte.

Justins konnte kein Fenster erkennen. »Wo sitzen Sie, Mr. Crowley?«

Mr. Crowley lächelte, wenn diese verklärten Augen das Bild nicht getrügt hätten. »Nun, nicht in Sofia«, antwortete er und zwinkerte in die Kamera.

»Wie kann ich Ihnen helfen?«

»Sie? Mir? Vielmehr ist doch die Frage, wie ich Ihnen helfen kann, die Kuh vom Eis zu holen und Sie nicht ins Gefängnis zu bringen, Mr. Mortensen.«

Justin atmete tief ein und versuchte dem Blick des FBI-Manns standzuhalten. »Mr. Crowley, wir haben heute einen firmeninternen Test auf unserem Gelände durchgeführt. Tragischerweise ist das missglückt und es kam zu Kollateralschäden. Das bedeutet allerdings nicht, dass Sie das Recht haben ...«

»Kollateralschäden? Mr. Mortensen, hier sind Menschen gestorben. Die Messstationen weltweit haben verrücktgespielt und sämtliche Forschungsinstitute rennen uns die Bude ein! Sie können von Glück sprechen, dass die Medien von der Sache noch keinen Wind bekommen haben beziehungsweise die bevorstehende Wahl in den USA die volle Aufmerksamkeit für sich beansprucht.«

Justin bekam Kopfschmerzen, öffnete den Mund und schloss ihn gleich wieder.

»Mr. Mortensen, was haben Sie an Ihrem Large Hadron Collider versucht?«

»Was?«

»Was wurde heute mit dem LHC versucht?«

»Der Nofox gehört dieses Grundstück und soviel ich weiß ...«

»Was wurde heute mit dem LHC der Nofox getestet?« Mr. Crowley sprach nach wie vor ruhig und leise mit Justin.

Justin konnte in seinen Augen lesen, dass er keine Chance hatte, einer Antwort zu entrinnen. Er winkte ab und sagte leise: »Ach, das würden Sie ja sowieso nicht verstehen ...« Er rieb sich die Augen und als er sie wieder öffnete, schien es so, als wäre Mr. Crowley zwei Millimeter von seiner Webcam entfernt. Sehr deutlich blickte Justin in die Augen des FBI-Angestellten.

»Dann werden Sie jetzt versuchen, es mir zu erklären wie einem Kind, in Ordnung?« Seine Stimme war leise, autoritärer als je zuvor und dennoch höflich und voller Respekt.

Vielleicht war es auch genau diese professionelle Mischung, mit der Justin nicht klarkam. In seiner »Businesswelt« wurde geschrien, gedroht und das Männchen, das den wildesten Balztanz im Meetingraum aufführte und jedem seine dicken Eier zeigte, gewann. So lief es immer ab und würde wohl immer so sein. In der Welt des Mr. Crowley schien all das keine Rolle zu spielen. Es ging hier um Tatsachen, um Fakten. Wie sie ans Licht kamen, überließ Mr. Crowley seinem Gegenüber, aber es war wohl in Stein gemeißelt, dass er an sein Ziel gelangen würde. Über welchen Weg entschied Justin Mortensen und er hatte sich entschieden.

»Sie kennen Albert Einstein und Stephen Hawking?«, murmelte Justin.

»Aber natürlich.«

»Sie kennen die Relativitätstheorie von Einstein?«

»Ja. Sie basteln an einer Zeitmaschine?«

Justin lachte. »Entschuldigen Sie, Mr. Crowley, ich wollte Sie nicht auslachen, so war das nicht gemeint. Und nein, wir basteln an keiner Zeitmaschine«, antwortete Justin und konnte sich seinen amüsierten Gesichtsausdruck einfach nicht verkneifen. Er öffnete eine Schublade, kramte ein wenig hektisch umher und zog schließlich einen Ordner hervor und hielt ihn in die Kamera seines Notebooks.

Kapitel 5 – Unlogische Erkenntnisse

Christines Augen waren scharf wie die eines Adlers. Sie starrte Martin erwartungsvoll an.

»Und? Siehst du es nicht?«

»Nein, was meinst du?«, fragte er irritiert.

»Sieh dir den Boden an«, sagte Christine beiläufig und tötete den Rest des Riegels.

»Laub, nichts weiter als Erde und Laub ... Was soll ich da sehen?«

»Schau mal hier. Dieser einzelne Busch. Da etwas weiter hinten.« Sie deutete mit dem Finger auf eine Pflanze, die von dem einfallenden Licht erhellt wurde. Dann vergrößerte sie die Stelle im Bild.

Martin kniff seine Augen zusammen. Schließlich war er auch nicht mehr der Jüngste.

»Ich sehe den Busch. Und?«

»Der Busch steht allein da, rundherum ist nur Erde, kein Laub, richtig?«

»Ja, richtig.« Martin sah Christine wie ein Fragezeichen an und wartete auf die Auflösung.

Sie vergrößerte die Stelle des Bildes. Immer mehr und mehr verschwanden die Lichtung, die ominösen Pflanzen und das Licht der Sonne, bis sie kurz vor diesem Busch mit der Vergrößerung stoppte.

»Es ist schwer zu sagen, wie groß dieser Busch ist, da wir nicht wissen, aus welcher Entfernung Michael dieses Bild geschossen hat. Womöglich ist er einen halben Meter oder zwei Meter hoch, aber ich tippe mal eher auf einen halben bis einen ganzen Meter. Wie siehst du das?«

Martin versuchte die Höhe des Busches einzuschätzen. »Ja, ich würde sagen, vielleicht höchstens einen Meter oder so«, antwortete Martin mit dem Wissen, dass er keine Ahnung hatte, wie groß dieser verdammte Strauch war.

Christine zoomte noch ein Stück näher zum Busch und schlagartig sah Martin endlich, wovon sie die ganze Zeit redete.

»Eine silberne Kugel«, schrie er laut durch das Büro.

Für eine Sekunde war es still im Großraumbüro von Culligs Inc. Aber eben auch nur für eine Sekunde, das Gemurmel begann wieder und alles nahm seinen normalen Gang im Hamsterrad.

»Kannst du bitte nicht so schreien?« Christine verdrehte die Augen und griff mit ihrer Hand, ohne auch nur einen Blick zu riskieren, in die Schublade mit den unendlichen Riegeln.

Oftmals hatte sich Martin gefragt, was wohl passieren würde, wenn ihre Hand eines Tages ins Leere greifen würde, aber vermutlich würde das genauso oft passieren wie Schnee im August.

Martin versuchte zu erkennen, was diese seltsame silberne Kugel darstellen sollte. Sie sah aus wie eine Bowlingkugel aus Metall.

»Kannst du bitte näher rangehen?«

Christine zoomte bis zu dem glänzenden Gegenstand, das zur Hälfte aus dem Gebüsch herausragte. Nun konnte man deutlich erkennen, dass es sich um eine hochpolierte, glänzende, geschlossene Kugel handelte. Sie schien kein Loch oder eine Öffnung zu haben.

»Scroll bitte noch m...«« Weiter musste Martin nicht reden.

Christine scrollte ein Stück aus dem Busch heraus und beide betrachteten jenes sonderbare WhatsApp-Bild von Michael.

»Was macht eine Silberkugel mitten im Urwald?«, murmelte Martin erstaunt und starrte abwechselnd auf die Kugel und den Busch. Er schaute wieder auf sein Handy. Michael war, seitdem er das Bild geschickt hatte, nicht mehr online gewesen.

»Sag mal, Christine, wenn ich bei WhatsApp zwei graue Häkchen habe, bedeutet das doch, dass meine Nachricht zugestellt worden ist, oder?«

»Yep.«

Martin begann eine Nachricht an Michael zu schreiben. »Hey, Michael, uns wurde gesagt, dass ihr alle tot seid, verstorben bei einem Werksunfall bei Nofox. Ich weiß, dass du nicht tot bist. Was ist das für ein Bild? Wo bist du?«

Martin drückte auf Senden und die zwei grauen Häkchen erschienen.

Michael online

Ungläubig starrte Martin auf den Chat.

»Michael ist online.«

»Was?«

»Er ist online.«

Die Häkchen färbten sich blau und Michael war tatsächlich online.

Hektisch begann Martin wieder zu tippen

»Alles okay, mein Freund? Bitte schreib doch etwas!«

Auch diese Nachricht wurde von Michael gelesen, im nächsten Moment ging er jedoch wieder offline.

»Das gibt es doch nicht!«, sagte Martin verzweifelt.

»Er ist nicht tot.« Wie ein Honigkuchenpferd strahlte Christine von einem Ohr zum anderen.

»Daran habe ich nie gezweifelt. Irgendwas stimmt hier ganz und gar nicht.«

»Ruf ihn an!«, bat ihn Christine, deren Gesicht kreidebleich war.

Die Aufforderung seiner Kollegin ließ Martin im nächsten Moment die Nummer tippen. Gespannt presste Martin sein Handy ans Ohr und hörte das erlösende Freizeichen. Plötzlich knackste es in der Leitung. Es klang, als wäre Martin im Jahre 1982 angelangt und würde mit einer Vermittlungsstelle verbunden werden. Immer wieder knackte es in der Leitung.

»Hörst du was?«, fragte Christine.

»Es knackt.«

Plötzlich ertönte ein Freizeichen. Weit entfernt, wie bei einem R-Gespräch aus längst vergangenen Tagen, hörte er leise und seltsam versetzt den Klingelton.

»Es klingelt.«

Mit geöffnetem Mund starrte Christine Martin an und wartete auf Neuigkeiten. Das Freizeichen wurde unterbrochen, die Verbindung zu Michael stand.

»Michael?«

Leise und weit entfernt konnte Martin jemanden atmen hören. Die Hintergrundgeräusche waren nicht definierbar, aber er hörte irgendetwas. Die Verbindung wurde unterbrochen.

»Die Verbindung ist abgebrochen. Aber da war etwas ...« Ungläubig betrachtete Martin sein Smartphone.

»Gib mir das Handy.« Und kaum hatte seine Kollegin die Worte ausgesprochen, hatte sie es bereits in der Hand. Sie verband es erneut mit ihrem Rechner und öffnete dort ein Programm. Martin erkannte das Logo. Es handelte sich um die Software Watchdogg, mit der Securityunternehmen Angreifer identifizieren und verfolgen konnten. Außerdem ermöglichte Watchdogg es dem Anwender, Monitore zu kapern und auf fremde Systeme Livebilder zu übertragen. Am häufigsten wurde es jedoch genutzt, um Telefonleitungen abzuhören. Martin brauchte nicht lange, um zu verstehen, was Christine vorhatte.

»Wähl noch mal die Nummer.« Christine überreichte Martin das verkabelte Smartphone.

Er drückte auf Wahlwiederholung. Die Prozedur schien sich exakt zu wiederholen, so wie er es vor wenigen Minuten schon einmal erlebt hatte. Das Klacken. Dreimal. Viermal. Fünfmal. Schließlich eine Reihenfolge undefinierbarer Geräusche, bis das Freizeichen ertönte. Und schließlich war der befreiende Klingelton wieder da. Nur schien es diesmal nicht so lange zu klingeln. Endlich wurde abgenommen.

»Michael? Sag doch bitte was?!« Martin erschrak vor seiner zittrigen, leisen Stimme.

Er vernahm ein schwaches Atmen und das Orchester eines undefinierbaren Geräuschebreis, welches weit entfernt zu spielen begann.

»Michael? Hörst du mich?«

Für zwei oder drei Sekunden wurde der Hintergrundbrei lauter, verschwand wieder und mit ihm die Verbindung zu Michaels Handy. Resigniert senkte Martin seinen Kopf.

»Wir haben, was wir wollen, Martin. Ich werte das mal aus.«

Christine öffnete eine Vielzahl von Programmen im Hintergrund, kopierte eine Audiodatei nach der anderen und jagte sie durch etliche Filter und Analyzerprogramme. Martin betrachtete den Wirrwarr an Zahlen und Daten, die über Christines Monitore huschten. Fenster öffneten sich, wurden von Monitor eins zu Monitor zwei gezogen, um sich schließlich minimiert zwischen bereits verkleinerten Fenstern und einer Prozentanzeige zum aktuellen Verarbeitungsstand einzureihen.

»Was machst du da?«, fragte Martin und wusste gar nicht, wohin er zuerst schauen sollte.

»Ich verarbeite das Signal, um es zurückzuverfolgen.«

Martin blickte wieder auf sein Handy. Es hatte sich nichts getan. Kein Anruf, keine Nachricht. Sein Magen begann sich zu melden, schließlich hatte er seit dem Frühstück nichts mehr zu sich genommen.

»Gibst du mir einen von deinen Schokoriegeln?«, fragte er. Auch wenn er noch nicht wusste, wo Michael steckte, spürte er Hoffnung in sich aufkommen. Er beobachtete Christine, deren Kampfgeist sich langsam auf ihn übertrug.

Wie ein Honigkuchenpferd strahlte Christine über beide Ohren und gab ihm einen Riegel. »Daf find die beften.« Christine kredenzte Martin ihre Lieblingssorte.

Die Minuten verstrichen und Martin folgte den Decodierungsprogrammen so gut er konnte. Gezählt hatte er die offenen Fenster nicht, aber geschätzt waren es um die zehn bis zwanzig Stück, die hier wohl taten, wozu sie programmiert worden waren. Schließlich schloss sich ein Fenster nach dem anderen, bis alle drei Monitore frei von den hektischen Prozentzeichen und Berechnungsparametern waren. Als er den Riegel aufgegessen hatte, fühlte er neue Energie und verfolgte zuversichtlich ihre schnellen Bewegungen am Computer. Nachdem sie etliche Fenster geschlossen hatte, fuhr der Zeiger ihrer Maus auf ein minimiertes Fenster. Es öffnete sich: Watchdogg completed.

Mark stand langsam auf und durchbrach mit dem Rücken seines Stuhls die Ruhe in Dr. Shepards Büro. Er sah wieder zu der Lampe, schließlich zu dem Lederstuhl von Dr. Shepard und letztendlich blieb sein Blick an den Augen seines Chefs haften.

»Was hier vorgeht, kann ich nicht begreifen. Ich kann es drehen und wenden, wie ich es will. Es macht einfach keinen Sinn. Offensichtlich weiß das FBI etwas, verhält sich allerdings gegenüber Nofox so, als wüssten sie nichts. Wir müssen herausbekommen, was es ist«, sagte er zu seinem Vorgesetzten.

Dr. Shepard sah erschöpft aus. Er fuhr sich mit der Hand über seine Stirn und schloss für einen Moment die Augen. »Was an der ganzen Sache etwas verwirrend ist, ist der Fakt, dass Nofox offensichtlich noch nicht auf den Gedankengang gekommen ist.«

»Oder eben eingeweiht ist«, ergänzte Mark den Satz.

»Es bleibt uns zum jetzigen Zeitpunkt nichts weiter übrig, als das Spiel mitzuspielen. Sich dem entgegenzustellen, ist sowieso aussichtslos. Schließlich möchte nicht der Gärtnerverband von Queens diese Daten haben, sondern das FBI.«

Mark nickte Dr. Shepard zu und verließ das Büro. Wenige Momente später fand er sich an seinem Schreibtisch wieder. Er öffnete die Dateien mit den Auswertungen der Messstationen eine nach der anderen und prüfte akribisch die für einen Laien unverständlichen Kurven, Diagramme und Messwerte. Mark öffnete die Datensätze aus Ungarn, Italien, New York, Calgary ... Ein File nach dem anderen. Er wusste nicht recht, warum er das tat, aber in seinem beruflichen Leben brachte ihn sein Instinkt meist auf die richtige Fährte, wenn nicht sogar zu einem bahnbrechenden Erfolg.

Schließlich stoppte Mark in der Datei von Yokohama. »Zeile 18«, murmelte er.

Er griff nach dem Telefon und wählte die Kurzwahltaste für Dr. Shepards Büro. Kurze Zeit später stand sein Vorgesetzter neben ihm und blickte über seine Schulter gebeugt auf den Monitor.

»Hier, sehen Sie?« Mark deutete mit seinem Finger auf die Zeile 18.

»Ja, natürlich. Das ist die Messung des Erdmagnetfeldes. Aber was soll damit sein?«

»Sehen Sie hier. Keine Messung! Zwei Minuten.« Mark zeigte auf die Abfassung des Aufzeichnungsgeräts.

Wellen und Striche, die in unterschiedlichster Art und Weise die Messungen darstellten. Inmitten der Aufzeichnung schien ein Aussetzer zu sein. Keine Messung, keine verworrenen Striche, nichts. Ein kleines leeres Feld umringt von dem seismologischen Wissen des einundzwanzigsten Jahrhunderts. Mark stand auf und bot Dr. Shepard seinen Platz an. Dieser setzte sich und überprüfte konzentriert die Tabelle. Schließlich faltete er die Hände vor seinem Gesicht zusammen und stützte sein Kinn auf die Daumen. Entgeistert und mit aufgerissenen Augen murmelte er: »Oh mein Gott.« Er ließ die Fenster übereinanderlappen und verglich die Daten der verschiedenen Messstationen.

»So etwas ist nicht möglich, oder?«, fragte Mark, dem es schwerfiel, sich der Lethargie Shepards unterzuordnen.

»Nein, Mark. Das ist nicht möglich«, murmelte Dr. Shepard, ohne den Blick von dem Bildschirm abzuwenden. Nun schien wieder Leben in den Wissenschaftler zu kommen. Er griff nach dem Telefon auf Marks Schreibtisch, tippte eine Nummer ein und stellte den Lautsprecher an.

»Tomber.«

»Hallo, Henry, hier spricht Dr. Shepard. Mark Allison hört auch zu. Kannst du dir bitte mal die Messdaten irgendeiner Station aufrufen?«

»Warte kurz.«

Ein schnelles Tippen und das Atmen des Seismologen aus Calgary ertönten aus der Leitung.

»Ist offen.«

»Sieh bitte in Zeile 18.«

Stille.

»Bist du noch am Telefon?«, fragte Mark ungeduldig.

»Ja, ja, bin ich. Ich ... ich vergleiche nur die Messdaten von anderen Stationen. Ich glaube, hier liegt ein Fehler vor. Das kann doch gar nicht sein.«

Mark und Dr. Shepard sahen sich an.

»Wenn ich das richtig verstehe, hatten wir ganze zwei Minuten während dieser Messung keine Erdanziehungskraft mehr?«

»Richtig, Henry. Wenn man den Aufzeichnungen glauben schenken darf, hatten wir von 7:53 Uhr bis 7:55 Uhr keine Erdanziehung. Der Spuk endete um 7:56 Uhr, daraus schlussfolgere ich, dass sich in der letzten Minute sämtliche Ströme wieder normalisiert hatten. Sehe ich das falsch?«, antwortete Mark.

»Haben wir einen brauchbaren Kontakt zur NASA?« In Henrys Stimme schwang Unsicherheit mit, die kaum zu überhören war.

»Ich habe doch irgendwo die Nummer von diesem ... na ... ach, im Büro vielleicht.« Dr. Shepard machte sich auf, den Gang herunter, zweimal nach links, einmal nach rechts zu gehen, um in seiner genialen chaotischen Ordnung zielsicher nach einer Telefonnummer zu suchen.

»Henry? Hier ist Mark, Dr. Shepard hat wohl etwas und sucht gerade nach dem Kontakt. Hältst du es für möglich, dass unsere Messgeräte ein richtiges Ergebnis anzeigen?«

»Sollte die Magnetosphäre gestört sein, wie zum Beispiel bei einem Pol-Sprung, würden sämtliche Vögel, Meerestiere, ja, fast alle Lebewesen, komplett desorientiert sein. Des Weiteren wären wir der gefährlichen Strahlung des Weltalls ausgeliefert. So eine Störung im Erdmagnetfeld sorgt zudem für verheerende Störungen in der Satellitentechnik, sprich GPS und Co wären fehlerhaft oder nicht vorhanden.«

»Wenn ich dich richtig verstehe, hältst du es also für möglich.«

»Nein, Mark. Ich sprach von einer Störung in der Magnetosphäre. Nicht von einer kompletten Auflösung dessen.«

»Was würde denn theoretisch passieren, wenn wir kein Magnetfeld mehr hätten?«

»Zwei französische Physiker des Nasa Space Weather Prediction Center haben vor einem Jahr eine Theorie veröffentlicht, die besagt, dass bei einer kompletten Aufhebung des Erdmagnetfeldes alles, was nicht fest verankert wäre, langsam aber sicher in Richtung Weltall gleiten würde. Bis vor einem Jahr konnte das nicht belegt werden. Die Konstellation von Schwerelosigkeit und natürlichem Kohlenstoffdioxid, Argon und den anderen Stickstoffen ließ viele Wissenschaftler zweifeln, ob dies auf der Erde tatsächlich diese Reaktion hervorrufen würde. Unsere Kollegen aus Frankreich haben allerdings den theoretischen Beweis geliefert.«

»Keine Schwerkraft mehr.«

»Nein. Nicht für uns, nicht für die Tiere, nicht für unsere Ozeane, alles würde emporgleiten.«

Mark versuchte seine Gedanken in logische, panische und rationelle Einheiten zu sortieren. Wohlwissend, dass es in so einem emotionalen und unlogischen Moment fast unmöglich erschien, einen klaren, sachlichen Gedanken zu fassen.

»Ich habe die Nummer.« Dr. Shepard betrat das Büro und schien außer Atem. Rote Flecken bedeckten sein Gesicht und seinen Hals. Mark war sich nicht sicher, ob es von körperlicher Anstrengung oder Nervosität kam. Noch nie zuvor hatte er seinen Chef in einer solchen Ausnahmesituation erlebt. »Es handelt sich um Dr. Rewcliff. Ich kenne ihn aus Genf. Wir haben uns bei einer Tagung dort vor etwa zehn Jahren kennengelernt. Na ja, das ist jetzt auch egal. Ich gehe auf Konferenzschaltung und versuche ihn zu erreichen.«

Ein paar Tastenklicks weiter klingelte es. Dr. Shepard, Henry und Mark warteten gespannt.

»Hallo, Dr. Rewcliff, hier spricht Dr. Shepard. Störe ich Sie gerade oder haben Sie einen Moment Zeit?«

»Dr. Shepard? Schön, wieder von Ihnen zu hören. Wir haben uns ja eine halbe Ewigkeit nicht mehr gehört. Ich glaube, das letzte Mal war es bei dem Vortrag von Professor Bach in Paris, richtig?«

»Ja, es ist wirklich schon sehr lange her. Entschuldigen Sie, ich möchte nicht unhöflich sein, aber ich benötige Ihre Hilfe. Haben Sie gerade Zugang zu Ihren E-Mails?«

»Habe ich. Sie klingen etwas aufgebracht, mein Guter. Alles in Ordnung? Was macht die Gesundheit? In unserem Alter muss man ja ...«

»Bitte, Dr. Rewcliff. Es ist sehr dringend. Bitte schauen Sie in Ihre E-Mails. Ich habe Ihnen gerade einen Screenshot von den Aufzeichnungen einer Messstation geschickt. Können Sie bitte einmal in Zeile 18 nachsehen?«

»In Ordnung, ich höre es. Ach, hier habe ich sie ja. Moment.«

»Dr. Rewcliff, sind Sie noch am Apparat?«, fragte Shepard, nachdem er eine Minute auf eine Antwort gewartet hatte.

»Ja, das bin ich.« In Dr. Rewcliffs Stimme schwang ein merkwürdiger Unterton mit, den Dr. Shepard zuvor nicht wahrgenommen hatte. Eine Mischung aus Distanz, Sachlichkeit und höchster Konzentration.

»Was sagen Sie dazu?«

»Dr. Shepard, ich schätze Sie als Menschen und Wissenschaftler sehr. Das wissen Sie, richtig?«

Dr. Shepard zog seine Augenbrauen nach oben. »Falls Sie darauf anspielen, dass diese Daten Mumpitz wären, es handelt sich hierbei um Messungen der seismologischen ...«

»Nein, das unterstelle ich Ihnen nicht, Dr. Shepard. Ich arbeite für das Space Weather Prediction Center der NASA. Ich obliege in vielen Bereichen einer NDA-Vereinbarung.«

Mark kannte den Begriff NDA. Als Mark mit seiner Entdeckung seinerzeit den bahnbrechenden Durchbruch in der Teilchenphysik errungen hatte, die ihn in die Liga der angesehensten Wissenschaftler weltweit katapultierte, musste er vor der Publizierung seines Werkes auch ein NDA unterschreiben. Ein Non-disclosure-Agreement, das ihm verbot, jegliche Informationen preiszugeben.

»Was wollen Sie mir damit sagen, Dr. Rewcliff? Dass Ihnen diese Erkenntnis nicht neu ist?«

Wieder herrschte Schweigen in der Leitung. Dr. Shepard sah Mark mit großen Augen an und konnte nicht fassen, was er gerade von seinem langjährigen wissenschaftlichen Kollegen hören musste. Die Situation wurde immer abstruser.

»Darf ich Ihnen einen Rat geben, Dr. Shepard?«

»Ich höre«, sagte Shepard mit matter Stimme. Seine Energie schien wieder aus seinem Körper gewichen zu sein.

»Hören Sie auf damit.« Das war alles, was Dr. Rewcliff seinem wissenschaftlichen Mitstreiter mitteilte.

»Hören Sie auf damit? Womit? Bei aller Ehre, Dr. Rewcliff. Sie können mir nicht verbieten, daran zu arbeiten. Es ist meine Pflicht als Wissenschaftler ...«

»Dr. Shepard, ich warne Sie eindringlich. Hören Sie auf damit. Sie begeben sich gerade auf ein Terrain, auf das Sie und Ihre Kollegen sicher nicht hingehören. Vergessen Sie Zeile 18.«

Marks Chef schüttelte ungläubig den Kopf. Sein Körper war in sich zusammengesackt.

»Ich wünsche Ihnen noch einen schönen Tag, Dr. Rewcliff, und vielen Dank für Ihren Rat.«

»Verstehen Sie mich nicht falsch, Dr. Shepard. Es wäre äußerst gefährlich, sollten Sie weiterhin versuchen ...«

»Ich wünsche Ihnen einen schönen Tag, Dr. Rewcliff.« Dr. Shepards Stimme war laut und autoritär.

»Ich wünschte, Sie hätten mich heute nicht angerufen. Schönen Tag.« Mit diesen Worten legte der Wissenschaftler der NASA auf und in der Leitung verblieben Henry, Mark und Dr. Shepard.

»Was war das denn bitte?«, fragte Henry.

»Das? Das war eine Warnung der NASA, mein lieber Freund«, erwiderte Mark.

Schlagartig blieb Elena stehen.

»Was ist?«, fragte Wanko verwundert und versuchte dem Blick von Elena zu folgen. Irgendetwas hatte sie fixiert.

»Ich habe meinen Stift in der Uni liegenlassen.«

»Ach bitte, Elena, wir sind schon fünfzehn Minuten von der Uni entfernt. Willst du noch mal den ganzen Weg zurück wegen eines Stiftes?«

»Ja, richtig. Den ganzen Weg zurück wegen eines Stiftes, den mir meine Oma geschenkt hat. Du hast es richtig erfasst. Du kannst ja hier warten, aber ich gehe zurück«, sagte sie bestimmt, drehte sich um und ging wieder in Richtung St.-Kliment-Ohridski-Universität.

Seit sie ein Paar waren, machte das Leben wieder mehr Freude. Beide waren nicht mit dem goldenen Löffel im Mund geboren worden und deshalb verbanden Elena und Wanko ein Ehrgeiz und eine Leidenschaft, etwas aus ihrem Leben zu machen. Für junge Menschen war das Leben in Bulgarien generell nicht leicht, doch wenn man es schaffte, einen Studienplatz an den renommierten Universitäten Bulgariens zu ergattern, konnte sich das Blatt schnell wenden.

»Elena, ich glaube, es zieht ein Gewitter auf«, protestierte Wanko leise vor sich hin und trottete seiner Liebsten beleidigt hinterher.

»Das seh ich selbst. Bist du aus Zucker?«, konterte sie und wieder einmal wurde Wanko, der seine Elena abgöttisch liebte, klar, wer in der Beziehung die Hose anhatte und wer nicht.

»Ich wollte damit auch nur meinen Protest zum Ausdruck bringen, Schatz! Aber kein Problem, wir laufen einfach den ganzen Weg zurück, um dann pünktlich auf dem Rückweg in ein Gewitter zu geraten. Finde ich super. Schließlich könnten wir zu dem Zeitpunkt auch schon kuschelnd auf der Couch liegen, aber hey, so ein Sturm hat schon was«, keifte Wanko Elena an.

»Weißt du, wie das alles für mich klingt, Wanko?«

»Nein. Nach einer Schnapsidee?«

Elena blieb stehen, drehte sich zu Wanko um und blickte ihm spöttisch in die Augen. Ihr Freund stand mit hängenden Schultern vor ihr. Sein Haar lag unordentlich auf seinem Kopf und ein trockenes Blatt hatte sich in einer Strähne verfangen.

»Nein, aber deine Worte klingen für mich so nach Mimimi!« Elena tanzte auf der Stelle herum wie ein Huhn, während sie ihre Arme anwinkelte und versuchte mit ihren imaginären Flügeln abzuheben.

Wanko sah Elena mit großen Augen an.

»Du siehst aus wie ein frisch gefickter Uhu, der nicht weiß, wie ihm geschieht«, prustete Elena los.

Wanko konnte nicht mehr und begann zu wiehern wie ein Pferd. Elena hatte bereits ihre Tasche fallengelassen und versuchte in der Hocke nach Luft zu ringen, während ihr die Tränen die Wange hinunterliefen.

»Wie ein Uhuuuuu...«, gackerte sie weiter und Wanko stimmte mit seinem wiehernden Gelächter zu.

Das Leben konnte so schön sein.

»Jetzt regnet es«, stellte Wanko fest und hielt seine Handfläche nach oben wie ein Kellner ohne Tablett.

»Oh, Gaston, bitte einen Weißwein für mich und für den Uhu eine Brause, danke«, gackerte Elena weiter und lag bereits auf dem Rasen des saftig bewachsenen Parks inmitten der bulgarischen Hauptstadt Sofia.

Wanko konnte nicht mehr, er fiel auf die Knie und gab sein bestes Wiehern von sich.

Dies war einer der Momente, den beide in ihrem Leben nie wieder vergessen würden. Es war die Situation, die Verkettung der

Umstände, gepaart mit der wunderbaren Harmonie, die zwischen Elena und Wanko fast schon magisch war. Sie nutzten die Gelegenheit des Lachens und Rumalberns, um sich, nachdem beide wieder zu Luft gekommen waren, innig auf dem Boden des Parkes zu umarmen und sich gegenseitig Liebesbekundungen ins Ohr zu hauchen. Es dauerte eine Weile, bis das Pärchen wieder auf den Beinen war, um fest entschlossen den Weg zur Universität fortzusetzen.

Wanko blickte in den Himmel, um abzuschätzen, wie viel Zeit sie noch hatten, bis der Sturm sie mit voller Wucht treffen würde, als er plötzlich zwei Vögel erblickte.

»Sieh nur, die Vögel«, sagte er und blickte ungläubig in den Himmel.

»Uhu sieht Vögel«, kicherte Elena los und wischte sich die verbliebenen Tränen aus dem Gesicht.

»Elena, die Vögel.«

»Ja, mein kleiner Uhu, die Vögel, die Bäume, der Rasen. Das nennt man Natur«, gackerte Elena wieder los.

Mit einem Mal packte Wanko seine Liebste schroff am Arm und hob ihn in Richtung Himmel.

»Aua, du tust mir weh!«, zischte Elena und sah erst Wanko entgeistert an, der allerdings keinen Blick von den Vögeln ließ. Bis ihr Blick seinem folgte und sie sah, was Wanko sah.

»Was zum Teufel soll das?«, flüsterte sie und vergaß just in diesem Moment die unsanfte Berührung ihres Freundes.

Die zwei großen Vögel flogen so schnell flatternd im Kreis, dass es unweigerlich den Eindruck machte, man sähe es sich durch einen Zeitraffer an. Die Flügel der gefiederten Freunde schlugen so wild und so hektisch, wie es Elena und Wanko noch niemals zuvor gesehen hatten. Immer und immer wieder flogen die beiden Tiere eine Achterformation in einer Geschwindigkeit, die unheimlich war.

»Das ist doch nicht normal«, sagte Wanko und hatte Probleme, den Vögeln zu folgen. Sie waren einfach zu schnell.

»Was ist denn los mit den beiden?« Elena konnte nicht glauben, was sie da sah, als sich plötzlich das Muster der Flugbahn auflöste. Es machte den Anschein, als wären sie aus ihrem Achtermuster herausgesprengt worden. Die pechschwarzen Tiere flatterten wie wild in einem Abstand von drei Metern umher, ohne sich weiter fortzubewegen.

»Vielleicht haben sie etwas Falsches gegessen oder so«, mutmaßte Wanko und glaubte selbst nicht an seine Theorie.

»Sieh nur!«, rief Elena.

Die Vögel hörten schlagartig auf, mit den Flügeln zu schlagen, und fielen wie schwere Steine vom Himmel. Elena konnte beobachten, wie eines der Tiere direkt auf die Straße fiel und vom Bus der Linie fünf überfahren wurde. Der zweite Vogel schlug wenige Meter neben Elena und Wanko auf der Wiese auf. Beide sahen sich an und begannen zu der Absturzstelle des Vogels zu laufen.

»Ein Rabe. Das ist ein riesiger Rabe«, murmelte Wanko.

»Fass ihn nicht an, Wanko. Du weißt nicht, was das Tier hat.«

Der Rabe lag mit geöffneten Augen auf dem Boden. Wanko erkannte an dem Brustkorb, dass das Tier noch lebte.

»Was machen wir denn jetzt?«, fragte Elena. Immer noch sah sie vor ihrem geistigen Auge den Bus der Linie fünf auf seinen Artgenossen zufahren.

Wanko erschrak, als der Rabe plötzlich laut aufschrie. Er rappelte sich auf und schoß wie eine Rakete in den Himmel. Elena und Wanko schrien vor Schreck auf und betrachteten das Spektakel ungläubig. Binnen weniger Sekunden war der Rabe nur noch als Punkt am Himmel zu sehen. Er hatte eine Höhe erreicht, die das Paar mit dem menschlichen Auge kaum mehr erfassen konnte.

»Kannst du ihn noch sehen?«, fragte Wanko seine Freundin und versuchte die Sonnenstrahlen mit seiner Hand zu verdecken.

»Ja, ich seh noch einen kleinen Punkt. Nein, warte, das war, glaube ich, ein Flugzeug, keine Ahnung. Das gibt es doch gar nicht.« Elena suchte den Himmel ab und konnte nach wie vor nicht fassen, dass sie den Raben nicht mehr sehen konnte.

»Wie hoch fliegt denn so ein Vogel bitte schön?«, murmelte Wanko ungläubig.

»Raben fliegen bei gutem Wetter um die sechzig Meter hoch. Du bist doch auch auf der Uni, oder?« Elena konnte es sich nicht nehmen lassen, ihren Freund damit aufzuziehen, und entschärfte die befremdliche Situation, in der sich beide befanden.

Wanko sah seine Freundin ungläubig an, rollte mit den Augen und versuchte wieder das Tier zu erkennen.

»Und bevor du weiter fragen solltest: Der Mensch kann so große Objekte wie einen Raben bis zu einhundertfünfzig Meter mit bloßem Auge erkennen«, legte sie nach und sicherte sich somit den Platz als Hut. Ein Spielchen, welches die beiden immer wieder einmal austrugen. Wenn Elena etwas wusste und Wanko nicht, war sie für den Rest des Tages der Hut und Wanko der Schuh. Resümeeziehend konnte man während der langjährigen Partnerschaft zwischen Wanko und Elena sagen, dass Wanko zweimal den Hut für sich ergattern konnte. Wanko war einfach der geborene Schuh. An manchen Tagen verlor man eben.

Beide blickten wortlos in den Himmel. In das Nichts.

»Sieh nur«, rief Wanko und deutete mit seinem Finger nach oben.

Elena versuchte seinem Fingerzeig zu folgen, bis sie sehr schnell erkannte, was Wanko entdeckt hatte. Ein kleiner, bläulicher Kranz erschien am Himmel. Der Durchmesser war nicht größer als zwei Meter, dennoch schien er sehr kräftig und erinnerte Elena unweigerlich an ein Hologramm eines großen, blauen Adventskranzes.

»Was zum Teufel ...« Weiter kam Elena nicht, als das Spektakel seinen Lauf nahm und ihre Ausführung unweigerlich unterbrach.

Der ominöse Adventskranz schien zu implodieren. Es sah aus, als würden weiße Strahlen vom äußeren Rand des blauen Kranzes auf die Mitte des Ringes zusteuern. Der blaue Ring war ausgefüllt von weißen Strahlen, als eine kleine Druckwelle Elenas und Wankos Ohren erreichte.

»Hast du das gespürt? Hast du das auch gespürt?«, fragte Wanko hektisch.

»Ja, habe ich«, antwortete Elena.

Das blau-weiße Mysterium verschwand und die Gewitterwolken schwollen weiter an.

»AUA!« Wanko hielt sich seinen Kopf.

»Was ist passiert?«

»Verdammt, tut das weh!«, fluchte er, nahm seine Hände vom Kopf und sah das Blut in seinen Handinnenflächen.

»Zeig her.« Elena untersuchte seinen Kopf und entdeckte eine kleine Platzwunde.

»Irgendwas ist mir auf den Kopf gefallen.« Wanko rieb immer noch seinen Kopf. Es war nur eine kleine Wunde und dennoch brannte es höllisch.

Elena untersuchte den Boden, um herauszufinden, was Wanko getroffen haben könnte, bis ihr Blick links neben seinem rechten Schuh haften blieb.

»Oh mein Gott.« Elena begann zu zittern und Tränen schossen ihr in die Augen.

»Was ist?«

Auf dem Boden lag der säuberlich skelettierte Schädel eines Raben. Während Wanko sich neben Elena hemmungslos übergab, inspizierte Elena den Schädel des verstorbenen Vogels genauer. Weder Federn noch Fleischreste waren auf dem sauberen Schädel zu sehen. Unwillkürlich musste Elena an die Nachricht denken, die 2015 rund um die Welt ging, als in Warna, der drittgrößten Stadt Bulgariens, ein 7,5 Meter großes Skelett eines Dinosauriers gefunden wurde. Monate später hatte Dr. Valeri Yotov seinen Fund der Presse präsentiert. Säuberlich ausgegraben, geputzt und blitzeblank wurde der Koloss der Presse vorgestellt.

»Das ist doch nicht möglich«, flüsterte Elena zu sich selbst, während Wanko noch mit seinen unappetitlichen Würgegeräuschen zugange war. Elena kramte ihr Handy heraus und tippte hektisch eine Nummer.

»Wen rufst du ...« Wanko hatte plötzlich doch beschlossen, auch noch den Rest seines Frühstücks, auf den schönen Rasen des Parks zu verteilen.

»Die Polizei, du Memme. Und hör endlich auf zu kotzen. Das ist nur ein Schädel und er ist nicht mal eklig, da er aussieht wie geleckt.«

»Ja, hallo? Können Sie bitte in den Park, nahe des St.-Kliment-Ohridski-Universitätsgebäudes kommen? Hier fallen skelettierte Vögel vom Himmel.«

»NEIN, ich bin nicht betrunken!! Kommen Sie bitte, das ist kein Witz. In Ordnung.« Elena legte auf und sah Wanko an, der sich langsam wieder gefangen hatte.

»Kommt jemand?«

»Ja, sie schicken einen Wagen vorbei.«

Elena und Wanko standen da, starrten auf den Schädel und warteten darauf, dass die Polizei eintreffen würde.

»Sicher werden sie sofort da sein.«

»Nein, Schatz, sie werden deswegen weder Blaulicht noch Sirenen einschalten. Fantastisch, meinen Stift kann ich heute wohl vergessen. Ich hoffe, er liegt morgen noch in der Uni, verdammt noch mal«, keifte Elena.

»Es gab einen Zwischenfall bei einem nicht genehmigten Experiment. Es wundert mich etwas, dass bei einem Unfall mit Personenschaden keine Polizei, kein Notarzt, keine Feuerwehr auf unser Gelände kommen, wenn Sie schon davon wussten. Es wundert mich weiterhin, dass Sie mir drohen, eine Armada von Agenten vor oder auf das Gelände zu schicken, wenn Sie sich doch durchaus darüber im Klaren sind, dass hier etwas nicht Genehmigtes, so wie Sie es nennen, vor sich gegangen ist. Soweit mir bekannt ist, benötigt weder das FBI noch die NSA einen Durchsuchungsbeschluss, wenn Gefahr im Verzug ist. Kurzum möchte ich von Ihnen wissen, was zur Hölle hier eigentlich vorgeht?« Damit beendete Justin seine Ausführung und schloss den Ordner wieder, in dem er sich augenscheinlich ein paar Notizen gemacht hatte. Auf einer Skala von eins bis zehn gab er sich eine glatte Zehn. Das Intro, den Hauptteil und die Kür lieferte er perfekt ab und beobachtete sein virtuelles Gegenüber in seinem Notebook mit versteinerter Miene.

Mr. Crowley erhob sich von seinem Stuhl und ging nach hinten, sodass Justin gerade noch sehen konnte, wie er etwas aus einem Sideboard herauskramte. Es dauerte ein wenig, bis Mr. Crowley fand, wonach er letztendlich gesucht hatte. Wenige Momente später setzte er sich wieder auf seinen Stuhl und legte eine dünne Mappe vor sich auf den Schreibtisch.

»Jetzt bist du im Arsch, **Bustin**. Er hat dich, du dummes kleines Kind.«

»Ich atme ein, ich atme aus. Weg ist der Schreckensgraus«, flüsterte er zu sich und schloss seine Augen.

»Sie werden dich einbuchten, **Bustin**. Und dann wirst du jeden Abend von einem anderen Knastbruder rangenommen, so wie du es verdient hast, **Bustin**. Die neue Pussy im Knast. **Bustin**, der neue Wanderpokal. Wahrscheinlich wirst du die ersten Wochen nicht mehr auf deinem Arsch sitzen können, du Verlierer. Aber das hast du dir dann auch redlich verdient, **Bustin**.«

»Halt deinen Mund«, zischte Justin und zwang sich, seine Augen wieder zu öffnen.

Mr. Crowley sah ihn mit ernstem Blick an. »Sie sollten öfters zu Dr. Oswald gehen, Mr. Mortensen. Sonst bekommen Sie das nie in den Griff. Was ist heute bei Ihnen passiert?«, fragte er.

Justin zog seine Augenbrauen nach oben, seine Pupillen weiteten sich.

»Woher wissen Sie das? Ach ... natürlich wissen Sie das«, lenkte er ein und ließ sich mit seinem Rücken gegen die Stuhllehne fallen.

»Mr. Mortensen, wir wissen alles. Ich habe lediglich versucht, mit Ihnen auf eine Art und Weise zu kommunizieren, die für beide Parteien die angenehmste und respektvollste ist. Sie wollen Tacheles mit mir sprechen? Fein. Dann nehmen wir diesen Weg.«

»Ich bitte darum und kompromittieren Sie mich nicht wegen meiner Krankheit.«

»Das habe ich mit keinem Wort getan, Mr. Mortensen. Was war das ursprüngliche Ziel des heutigen Tests?«, wiederholte Mr. Crowley seine Frage.

»Antworten Sie mir, dann antworte ich Ihnen«, erwiderte Justin leise. Das Pochen in seinem Kopf machte es ihm schwer, sich weiter zu konzentrieren.

»Jetzt wird er dich richtig ficken, **Bustin**. Du bist und bleibst einfach eine Missgeburt, du dummes kleines Kind.«

Justin wischte sich mit seiner Hand die kleinen Schweißperlen von der Schläfe.

»Wir beobachten die Nofox schon seit einigen Jahren, Mr. Mortensen. Lange bevor Sie auch nur mit dem Gedanken gespielt haben, sich hier zu bewerben. Lassen Sie es mich so formulieren: Die Thematik der Forschung im Bereich der Teilchenphysik ist nicht nur auf nationaler, sondern auch internationaler Ebene sehr interessant und wird von Regierungen aus achtzig Prozent der Länder dieser Erde beobachtet und auch gefördert. Seit das Thema der dunklen Materie populärer wurde und auch das CERN in der Schweiz in die Schlagzeilen gelangte, ist das Weiße Haus natürlich sehr darauf bedacht, den Wettlauf gegen die Europäer nicht zu verlieren. Um allerdings negative Schlagzeilen in der Weltpresse zu vermeiden, haben wir, wie auch im heutigen Fall, immer dafür gesorgt, dass nichts an die Presse gelangt. Ein großes Aufgebot an Rettungskräften sowie FBI-Agenten würde nicht gerade dazu dienen, dieses Vorhaben weiter voranzutreiben, wenn Sie verstehen, was ich meine.«

»Ja, das leuchtet mir ein«, sagte Justin, dessen Kopfschmerzen stärker wurden.

»Gut. Wir sind natürlich im Bilde darüber, dass die Nofox ein Experiment im Teilchenbeschleuniger plant, um die Auswirkungen der dunklen Materie zu testen und als Erstes dem sogenannten Gottesteilchen näherzukommen oder es gar zu entdecken. Auswertungen sämtlicher Messstationen belegen hier jedoch eine Aktivität, die nichts mit einem Experiment dieser Art zu tun haben könnte. Ist meine Vermutung richtig?«

»Nun, nicht ganz, Mr. Crowley. Es handelte sich heute um einen Testlauf für unser Experiment. Nur haben wir heute die Teilchen nicht in gewohnter Geschwindigkeit und auch nicht in gleicher Konsistenz wie geplant aufeinanderprallen lassen. Dunkle Materie entsteht nur, wenn ...«

»Machen wir es kurz. Ich bin kein Physiker, Mr. Mortensen. Haben Sie für mich Daten, die Sie mir zusenden können, damit ich das an unsere Fachabteilung weiterleiten kann?«

»Aber natürlich. Das kann ich anfordern und Ihnen umgehend zusenden.«

»Sehen Sie. Kooperation ist der einzige Weg in unserer Welt, um nicht vor die Hunde zu gehen. Ich freue mich, dass wir uns hier einig sind.« Mr. Crowley lächelte zufrieden.

»War's das jetzt?«

»Mehr oder weniger. Sie schicken mir bitte die Daten Ihres Testlaufes inklusive der Auswertung Ihres Colliders zu und wir werden dafür sorgen, dass es keine unangenehmen Fragen bezüglich des Unfalles geben wird. Wurden die Leichen schon abtransportiert? Ihre hausinterne Medizinstation wird ja schon den regulären Weg eingeschlagen haben, nehme ich an.«

»Ja, es wurde bereits alles organisiert. Auch Culligs wurde darüber informiert, dass es zu einem schweren Unfall bei uns gekommen ist.«

»Gut, bitte senden Sie mir dann morgen eingescannt die Leichenpässe zu, dann können wir diesen Vorfall abschließen.«

Leichenpässe ... Leichenpässe ... Leichenpässe.

Das Wort schlug in Justins Kopf Alarm.

Justin spürte, wie seine Hände zu zittern begannen.

»Natürlich. Sobald ich die Bestätigung von der Gerichtsmedizin vorliegen habe, schicke ich Ihnen den Scan sofort zu. Haben Sie noch einen schönen Tag.« Schnell beendete der CEO der Nofox das Gespräch und verließ die Besprechung. Justin wollte nicht, dass Mr. Crowley seine ansteigende Nervosität bemerkte. »Leichenpässe«, flüsterte Justin zu sich und schlug die Hände über seinen Kopf zusammen. »Leichenpässe ohne Leichen. Verdammte Scheiße noch mal.« Er griff sich verzweifelt ins Haar.

Justin stand auf und ging zum Fenster. Die dunklen Wolken bedeckten Sofia. Regentropfen schlugen bereits vereinzelt an die Scheibe, in der er sich spiegelte. Sein Gesicht war verzerrt und sein Haar lag wirr auf dem Kopf. Ein Donnergrollen ertönte und kündigte den Sturm an. So wie es die Vorhersage prophezeit hatte. Justin ging zu seinem Schreibtisch und wählte die Nummer seiner Sekretärin.

»Bitte setzen Sie ein Meeting morgen früh um 8:00 Uhr in meinem Büro an. Die Teamleitung der Ionenoptik und die Verantwortlichen des Colliders sollen mit den Messergebnissen und der Fortschrittanalyse von Projekt Nehebkau zu mir kommen ... Es ist mir relativ egal, wer im Urlaub ist. Sorgen Sie dafür, dass morgen alle vollzählig bei mir erscheinen. Danke.«

Für eine Sekunde beobachtete er noch sein Telefon. Er hörte das leise Piepen der unterbrochenen Leitung und tippte mit seinem Zeigefinger rhythmisch zu dem Ton. Justin legte auf, drehte sich zu seinem Fenster und betrachtete die Baumwipfel, die sich gegen den aufkommenden Sturm zu wehren versuchten.

Er öffnete die Haustür und betrachtete das morgendliche Treiben der Natur. Für Anfang April war es relativ warm und die Tatsache, dass es 6:30 Uhr am Morgen war und er nur mit einem Bademantel bekleidet und einer Kaffeetasse bewaffnet in der Eingangstür seines noch nicht abbezahlten Hauses stand und es ihm kein bisschen fror, ließ ihn wieder an die Erderwärmung denken. Nur für einen kleinen Moment. Die Vögel zwitscherten und ein Mann ging im Halbschlaf mit seinem völlig überdrehten Hund spazieren. Sandra meckerte im Hintergrund, kaum hörbar, dass Martin mal wieder seine Tasse nicht in die Spüle gestellt hatte. Doch alles, was er an diesem Morgen in seinem Kopf hatte, war die Tatsache, heute mit Christine als Allererstes die Auswertungen von Watchdogg anzusehen. In der Nacht hatte Martin immer und immer wieder auf sein Handy gesehen, um zu überprüfen, ob Michael online gewesen war. Seine beiden anderen Freunde, Armin und Frederick, waren seit dem Abflug nach Sofia offline. So blieb seine Hoffnung nur bei seinem besten Freund Michael. Doch der hatte sich, seitdem er das Foto geschickt hatte, nicht mehr gemeldet.

»Können wir endlich los oder musst du dich mental noch auf die Arbeit da draußen vorbereiten?«, giftete Sandra im Hintergrund. Ihre Stimme war nun deutlicher zu hören und Martin schlussfolgerte daraus, dass seine Frau den Weg aus der Küche in den Flur gefunden hatte.

»Ich werde sie einfach erschießen. Eines Tages werde ich sie einfach erschießen«, flüsterte Martin zu sich.

»Was hast du gesagt? Nuschel nicht immer so, Darling, das habe ich dir schon x-mal gesagt«, gackerte Sandra im Hintergrund weiter.

»Nichts, nur dass ich mich jetzt fertigmache. Wir können gleich los, Schatz«, antwortete Martin laut und deutlich. »Eines Tages werde ich ihren Puls stoppen, einfach so«, murmelte Martin wieder zu sich und begann leise zu kichern.

Eine halbe Stunde später und geschätzte fünfundsechzig Vorwürfe später stiegen Sandra und Martin Luber aus ihrem Fahrzeug und betraten wie jeden Morgen das Gebäude der Firma Culligs.

»Ich habe heute Mittag bis circa 15:00 Uhr ein Meeting und bin erst gegen etwa 16:00 Uhr wieder erreichbar«, teilte der Rücken seiner Frau Martin mit und verschwand im Fahrstuhl.

»Aber sicher doch, viel Spaß und benutzt Kondome«, murmelte Martin leise. Ihm war klar, dass natürlich und zufälligerweise auch sein Chef Norman einen nicht näher genannten »Außentermin« zu dieser Zeit hatte. Sicherlich war das nur ein Zufall. Genauso wie die Tatsache, dass das halbe Haus von diesem Fickding Bescheid wusste.

Als Martin das Großraumbüro betrat, traf sein Blick Christine, die ihn bereits mit einem breiten Grinsen erwartete.

»Mafin ... enflich bif du da! Auch einen?« Die allmorgendliche Hand mit einem Riegel wurde ihm entgegengestreckt.

Martin grinste seine Kollegin an. »Ach, gib her.« Er griff nach dem Riegel und biss herzhaft hinein. »Und, hast du was Neues?«, fragte er, stellte sich hinter ihren Bürostuhl und klopfte ihr auf die Schulter.

Christines unermüdlicher Kaumechanismus stoppte abrupt und sie sah ihren Kollegen an wie ein Hase die Scheinwerfer eines alten Chevrolets. »Daf if daf erfte mal, daf du ...«

»Ich weiß, Christine. Die Zeiten ändern sich nun einmal.« Martin zwinkerte Christine schelmisch an und setzte sich auf seinen Stuhl.

Während Martin seinen Rechner hochfuhr, sich in das Telefon einloggte und seine Jacke ablegte, betrachtete Christine ihren Kollegen immer noch ungläubig.

»Wie hast du geschlafen?«

»Wie immer, Christine. Weshalb die Frage?«

»Das ist gut, dann bist du ja erholt für den Schock deines Lebens.« Christine kam sofort zur Sache, packte die Rücklehne von Martins Stuhl und zog ihn zu ihrem Schreibtisch. »Die Watchdogg-Auswertung habe ich mir gestern Nacht unendliche Male angesehen. Ich habe weitere Analyseprogramme drüberlaufen lassen und sie durch sämtliche Filter gejagt, die ich in den fünfundzwanzig Jahren in meinem Beruf zu Gesicht bekommen habe.«

Martin zog die Augenbrauen nach oben. »Warum das denn? Die Daten von Watchdogg sind doch verlässlich.«

»Eben, darum geht es ja. Sieh dir bitte mal an, von wo Michael dich angerufen hat.« Christine öffnete das Programm, ging in einen Unterordner und klickte auf das File mit der Speicherung der Rückverfolgung des Anrufes.

Martin schaute auf den Monitor, auf dem stand: The source of the call is located in: Continent-Perz# Country-Smollok#City-Haint#District-Miltra#Street-10c3.

»Wo soll das bitte liegen? Was soll der Unsinn? Zeig mal die Koordinaten.«

»Das habe ich mich auch gefragt. Ich habe die Daten über Callpot, HunterX und Treaserhunter überprüfen lassen und jetzt rate mal, was dabei herauskam?«

»Was?«

»Exakt die gleichen Daten wie bei Watchdogg. Eins zu eins. Bei allen Programmen.«

»Schalte mal die grafische Standortbestimmung ein.«

»Das habe ich bereits gemacht, Martin.«

»Ja und? Spann mich doch nicht so auf die Folter.« Martin wurde zunehmend entnervter, er wollte endlich wissen, wo sich seine Freunde genau befanden.

»Ganz wie du möchtest.« Christine öffnete ein weiteres Fenster und verlinkte die grafische Darstellung mit der Watchdogg-Analyse des Anrufers. Wie bei Google Earth, natürlich nur detaillierter und mit wesentlich mehr Daten versehen, sah Martin den Erdball.

»Dann drücke ich mal auf lokalisieren«, sagte Christine leise und Martin hörte die Maus klicken, während er seine Augen auf dem Erdball fixiert ließ.

Der Erdball näherte und drehte sich. Schließlich blieb die Grafik doch weit entfernt vor einer sichtbaren detaillierten Ansicht stehen und begann sich zu drehen.

»Hä?«

»Warte, es kommt noch besser.«

Der Globus stoppte und begann sich nun diagonal zu drehen, schließlich zoomte das Programm weiter und endlich konnte Martin die Vereinigten Staaten von Amerika erkennen. Die Reise ging weiter bis nach Europa. Wieder stoppte das Programm, zoomte ein Stück hinaus und Martin sah nur das große Ganze unseres blauen Planeten.

»Was soll denn der Blödsinn? Veräppelst du mich?«

»Ich mache hier gar nichts, Martin, absolut nichts.«

»War's das jetzt?«

»Oh, nein, warte einen Augenblick.«

Diagnoses failed. Dispite to verifying?

»Was?«

»Das bedeutet, dass die Diagnose Fehler beinhaltet und das Programm fragt, ob es trotzdem fortfahren soll.«

»Ja, bitte.«

Wieder hörte Martin das Mausklicken. Just in diesem Moment raste die Grafik auf den Erdball zu, es wurde schwarz und das blieb es auch.

»Was soll denn der ganze Schwachsinn?? Christine, das Programm hat Fehler«, keifte Martin entnervt und verlor langsam seine Geduld mit diesem Wirrwarr an seltsamen Informationen.

»Das dachte ich mir anfangs auch. Und ich habe bis gestern 2:00 Uhr nachts nichts anderes gemacht, als diese Analyse und diese Grafik-Verifizierung immer und immer wieder zu starten und mir erneut anzusehen. Bis ich letztendlich auf eine Idee kam. Schau mal.« Christine nahm ihre Maus erneut und drehte die Sicht der grafischen Kamera um.

»Die Erde von der anderen Seite«, flüsterte Martin und verstand nicht einmal im Ansatz, was Christine, geschweige denn das Programm ihm damit sagen wollte.

»Watchdogg ist bei der Lokalisierung durch die Erde hindurchgeschossen und blieb exakt auf der anderen Seite mit der gleichen Distanz zur Erde stehen, wie zu Beginn. Kurzum: Watchdogg sowie die anderen Programme können den Anruf nicht lokalisieren, zumindest nicht auf unserem wundervollen Planeten.«

»Bis jetzt wurde doch jeder Anruf weltweit zuverlässig mit Watchdogg ermittelt.« Martin versuchte sich mit diesen Worten selbst zu beruhigen.

»Es gibt nur zwei Möglichkeiten. Die eine ist, dass ein neuartiger Störsender verwendet wurde, um die Lokalisierung unmöglich zu machen. So was machen die Russen und Amerikaner ja alle Jahre mal, dass sie etwas Neues auf den Markt werfen, um Spuren zu verwischen. Vielleicht hatten wir einfach Pech und sind genau in so eine ›Neuerung‹ hineingerutscht. Denkbar wäre es zumindest.«

»Und Möglichkeit zwei?«

»Möglichkeit Nummer zwei ist, dass Michael nicht von diesem Planeten aus angerufen hat«, antwortete Christine.

Martin sah in das ernste Gesicht seiner Kollegin und begann laut loszulachen. »Du machst mich fertig, Christine. Das kam unerwartet. Also, jetzt mal ernsthaft. Was fällt dir noch ein?«

»Nein. Das einzige, was wir machen können, ist das Gespräch sauber zu filtern, um zu verstehen, was gesagt worden ist, beziehungsweise Hintergrundgeräusche zu unterdrücken. Vielleicht hilft uns das ein wenig.«

»Na ja, besser als nichts. Was meinst du, wie lange das dauern wird, bis du den Mitschnitt gesäubert hast?«

Christine grinste. »Bring du mir einfach einen Kaffee mit Milch und extra Zucker aus der Küche und wenn du wieder da bist, sollte das Baby in trockenen Tüchern liegen.«

Keine fünf Minuten später erschien er wieder und kredenzte Christine den gewünschten Kaffee.

»Danke, Martin!« Die Augen seiner Kollegin strahlten wie die eines kleinen Kindes, das gerade eine Tafel Schokolade bekommen hat. »Ich habe alles schön sauber gefiltert. Mal sehen, was wir aus den dreiundzwanzig Sekunden herausbekommen.« Christine gab Martin einen Kopfhörer, setzte ihren eigenen auf und spielte die Datei ab.

Tack, tack

Pause

Tack, tack

Pause

Tack

»Außer eigenartiger Knackgeräusche, die jetzt schön klar rüber-kommen, höre ich gar nichts.«

»Warte«, unterbrach Christine und spielte die Audiodatei erneut ab.

»Also, wenn du mich fragst ...«

»Da! Bei Sekunde zwölf«, zischte Christine. Es dauerte einen Augenblick, bis die Audiospur feiner und lauter justiert war, an jener Stelle, an der Christine meinte, etwas gehört zu haben.

»Ich spiele das noch einmal ab.«

TACK, TACK

»... wo wir sind und ...«

TACK, TACK

»Das war Michael!«, raunte Martin mit aufgerissenen Augen. »Spiel es noch mal ab.«

Christine drückte noch mal die Taste.

Martins Augen weiteten sich. »Noch mal. Spiel es noch mal ab.«

Christine wiederholte die Frequenz.

»Definitiv, Michael. Er lebt.« Christine konnte nicht glauben, was sie hörte.

Nach dem fünften Mal stoppte Christine die Datei und sah Martin ernst an.

»Was machen wir jetzt?«, fragte Martin.

»Gib mir einen Augenblick. Ich weiß jetzt, was ich wegfiltern muss. Lass mich die Tonspur besser justieren und dann wirst du Michael noch mal anrufen.«

Martin öffnete sein WhatsApp, sah aber, dass Michael seit gestern nicht mehr online gewesen war.

»Wie geht's dir heute, mein Bester?«

Martin zuckte zusammen, drehte sich um und blickte in die Augen von Norman Spitz, der mitleidig auf ihn heruntersah.

»Hi, Norman, ja, es muss ja gehen«, antwortete Martin knapp in der Hoffnung, dass Gespräch so schnell wie möglich beenden zu können.

»Wir sind in Kontakt mit Nofox, um die Rückführung zu organisieren. Allerdings dauern die unfalltechnischen Ermittlungen wohl noch an. Ich habe mit dem Vorstand persönlich, Mr. Mortensen, gesprochen und er lässt sein tiefstes Mitgefühl an alle Hinterbliebenen ausrichten.«

»Danke, Norman. Das Leben geht weiter, wir versuchen alles erst mal zu verdauen und dann wieder in den Alltag zurückzukehren. Also sei mir bitte nicht böse, wenn ich das Pensum heute eventuell nicht so schaffe. Die Auswertung der Virenpattern werde ich ...«

»Hey, alles okay. Nimm dir die Zeit, die du brauchst. Und wenn es nicht mehr geht, geh nach Hause und nimm dir ein paar Tage frei, alles okay.« Norman klopfte Martin freundschaftlich auf die Schulter.

Martin hatte sich die Zeit herausgespielt, die er benötigte, um mit Christine herauszufinden, wo Michael war.

»Ich sag dir, hier stinkt etwas gewaltig, Martin«, flüsterte Christine. Christine signalisierte Martin, dass sie nun bereit war.

Ein Blick auf den riesigen Monitor seiner Kollegin verriet ihm, dass es möglich war, bis zu zehn Fenster in einer ordentlichen Größe, fein säuberlich neben- und untereinander zu platzieren. Martin atmete tief ein und wählte die Nummer seines Freundes. Es klackte. Dreimal. Viermal. Fünfmal. Schließlich ertönte das Freizeichen. Jemand hob ab.

»Hallo?« Martin presste das Smartphone fest auf sein Ohr. »Michael, kannst du mich hören? Geht es dir gut, Michael?«

Nichts, keine Antwort. Kein Geräusch, das Martin in diesem Moment wahrnehmen konnte. Einfach gar nichts. Schließlich kam ihm eine Idee.

»Wenn du dran bist, mein Freund, drück bitte irgendeine Taste auf deinem Handy.«

Christine tippte auf den Bildschirm und zeigte ihm, dass die Verbindung fast eine Minute bestand. Sie hob den Daumen und gestikulierte mit ihren Händen, dass Martin weitermachen sollte.

»Michael, wenn du mich hörst, bitte sag etwas oder drück irgendeine Taste, irgendwas.«

Martin wartete ein paar Sekunden, um Michael die Zeit zu lassen, zu reagieren, oder vielleicht doch das eine oder andere Geräusch zu erhaschen. Gerade als Martin ansetzen wollte, um ein weiteres Lebenssignal von Michael einzufordern, begann eine Salve von langen und kurzen Tastentönen. Michael schickte eine Unmenge an kurzen und langen Signalen, immer und immer wieder. Nach einer halben Minute endete die Tonfolge abrupt und die Verbindung brach ab.

»Er hat versucht uns etwas mitzuteilen!« Erstaunt und noch mit dem Handy am Ohr blickte er Christine an, die allerdings auf ihrem Bildschirm in Ordnern und Unterordnern akribisch nach einer Datei oder einem Programm zu suchen schien.

»Das ... waren ... Moment.«

»Warte, es müsste doch in dem, ach, da ist es ja.« Christine drehte sich mit ihrem gewohnt wissenden Blick zu Martin. Christines Gesicht erhellte sich. »Das waren Morsezeichen. Wie du sicher weißt, war Michael zu seiner Wehrdienstzeit bei den Feldjägern. Er hat mir einmal davon erzählt. Das war vor ein paar Jahren echt einmal witzig. Auf einer Weihnachtsfeier hatten wir beide schon gut einen im Tee und Michael begann auf dem Tisch mit Morsezeichen über Norman herzuziehen. Er hat mir dann immer per WhatsApp geschickt, was er gerade getippt hat. Dabei saßen wir nebeneinander und Norman uns gegenüber ... oh Mann, er hat ...«

»Christine, kannst du es entschlüsseln?«

»Jetzt mach dich mal locker. Ich wollte dir nur mal eine Anekdote erzählen, meine Güte.« Christine verdrehte die Augen und widmete sich wieder ihrem Programm. Schließlich fügte sie die Töne in einen Decodierer ein. Beide beobachteten den Ladebalken. Kurz darauf erschien der Code in Form von Zeichen auf dem Monitor. »Na dann gucken wir mal.« Die verschiedentlich gedrückte Kombination der Taste drei erschien auf dem Monitor. »Michael hat nur die Taste drei betätigt für seine Nachricht.«

»Das kannst du mithilfe des Programms sehen?« Martin staunte nicht schlecht über die kleine, nutzlose Information.

»Na ja, für irgendwas muss das Programm ja auch gut sein.«

.-- --- / -... .. -. / .. -.-. ....--.. / -.. .- ... / .. .... - / .- .-. .-.. .-.. .... / -. .. -.-. ..... - / -- ---. --. .-.. .. -.-. ..... / -... .. -. / .. -.-. ..... / - --- - ..--.. / -- .- .-. - .. -. --.-- / -... .. -. / .. -.-. ..... / - --- - ..--.. ..--..

»Das sieht wirklich sehr kryptisch aus«, murmelte Martin und wartete darauf, dass Christine das Geheimnis lüftete.

»So, dann schauen wir einmal, was er uns sagen will.« Christine drückte die Taste, um den Encrypter arbeiten zu lassen. Kurz darauf erschienen auf dem Bildschirm die Wörter:

Wo bin ich? Das ist alles nicht möglich! Bin ich tot? Martin, bin ich tot?

Ungläubig starrten die beiden auf das Fenster. Paralysiert blickte Martin zu Christine und flüsterte in einer fast schon bedrohlichen Stimmlage: »Es reicht, Christine, wir sollten die Polizei einschalten.«

»Ja, und zwar sofort. Ohne Norman, ohne Culligs, ohne Nofox.«

Martin nickte und hob den Hörer seines Telefons ab.

Kapitel 6 – Die gerufenen Geister

Marks Telefon klingelte. Entnervt sah er zum Hörer, um seinen Blick wieder leicht angeekelt seinem Monitor zu widmen. Zu viel Bier und zu viele Gedanken des letztens Abends bescherten Mark an diesem Morgen ein leichtes Unwohlsein, das sich letztendlich auch auf seinen Gesichtszügen widerspiegelte.

»Dieser Unsinn muss doch irgendwie erklärbar sein«, murmelte er und betrachtete mit einem Auge das sich auflösende Aspirin in seinem hastig geputzten Glas.

Wieder klingelte es.

»Leck mich«, murmelte er und starrte wieder auf die Zeile 18, die ihm seit dem sonderbaren Gespräch mit Dr. Shepard und Dr. Rewcliff vom Nasa Space Weather Prediction Center keine Ruhe mehr ließ. »Wo ist der Fehler? Wo ist der verdammte Fehler?« Es musste einen Fehler geben, schließlich war weder er noch sein Bier oder die verdammte Welt zum Zeitpunkt der Messung für zwei Minuten schwerelos gewesen.

RING

»Meine Fresse!«, schimpfte Mark und hob ab. »Was ist?«, keifte er völlig entnervt seinen unbekannten Anrufer an.

»Hallo, Mr. Allison, haben Sie eine Sekunde Zeit, um mit mir zu sprechen?«, sagte die unbekannte, männliche Stimme in einem bestimmenden, aber dennoch sehr höflichen Ton. Es schien so, als würde sein Gegenüber ihn kennen.

Mark trank seinen Aspirin-Cocktail auf ex aus und fragte sich, wem diese Stimme gehören könnte. Er kam nicht darauf. »Wer spricht da?«

»Hier spricht Mr. Crowley. Ich habe Ihre Nummer von Dr. Rewcliff erhalten. Ich denke, der Name sollte Ihnen etwas sagen.«

»Ich kenne keinen Mr. Crowley und einen Dr. Rewcliff kenne ich seit seiner charmanten Abfuhr und Drohung gestern auch nicht mehr. Fassen Sie sich kurz, ich habe wirklich den Kopf voll: Wer sind Sie und was wollen Sie?« Mark begann mit einer Büroklammer zu spielen, die vor seiner Tastatur lag.

Ganz schön klein so eine Büroklammer, ob man wohl ein Haus nach der Bauform einer Büroklammer nachbilden könnte? Wie sähen dann die Fahrstühle in dem Haus aus? Büroklammerig? Die Tür! Die Tür wäre ein Problem und die Kupferfarbe müsste man mit einem grellen Grün ersetzen, obwohl ...

Mark schweifte gedanklich ab.

»HALLO?« Die nervige, unbekannte Stimme holte seinen dröhnenden Schädel zurück in die Realität.

»Was?«

»Haben Sie mir zugehört?«

»Nein, noch mal«, fratzte Mark den Störenfried an.

»Ich arbeite für das FBI.«

»FBI? Was wollen Sie von mir, Mr. FBI-Agent?«

»Ich möchte Ihnen helfen, nicht in Schwierigkeiten zu geraten, Mr. Allison. Darum wäre es in Ihrem Interesse, erstens Ihre unhöfliche Art abzulegen und zweitens zu kooperieren.«

Mark wurde zunehmend aggressiver. »Wissen Sie, ich habe die Schnauze voll von irgendwelchen Drohungen. Sowohl von Dr. Rewcliff als auch von einem Mr. Crowley. Ich bin Wissenschaftler und habe weiß Gott genug ...«

»Vergessen Sie Zeile 18«, unterbrach ihn Mr. Crowley.

»Wie bitte?«

»Ich sagte, vergessen Sie Zeile 18. Ich rufe in friedvollen Absichten an, das sollte Ihnen langsam klar sein. Denken Sie nicht, ich hätte andere Mittel, um Sie zu einem Gespräch zu bewegen?«, fragte Mr. Crowley kühl.

Mark lehnte sich zurück und schnaufte wie ein wild gewordener Stier. »Ach ja? Und was gedenken Sie zu tun, wenn ich jetzt einfach auflege, um dieses sinnfreie Geseier endlich zu beenden?«

»Wissen Sie, es gibt in Paragraf zwölf b, Absatz vier einen Passus, den Sie offensichtlich ignorieren. Das möchte ich Ihnen ja nicht unterstellen, vielleicht haben Sie es ja auch nur übersehen, allerdings ...«

»Paragraf zwölf b, was?«

»Mr. Allison, seit gut zehn Jahren rechnen Sie bei der Steuererklärung ihr Homeoffice als Arbeitsplatz ab und bekommen so vom Finanzamt vierzig Prozent der Miete erstattet. Richtig?«

»Was reden Sie da?«

»Ihr Arbeitsraum, welcher Ihr Wohnzimmer ist, aber lassen wir mal diesen kleinen, dennoch gravierenden Fehler beiseite, beträgt einundzwanzig Quadratmeter. Eine korrekte Abrechnung funktioniert laut unserem Steuerwesen erst ab fünfundzwanzig Quadratmeter und muss gesondert vom Wohnraum sein. Ich nehme an, Sie haben sich die letzten zehn Jahre nur vertan und diese falschen Angaben rein aus Gewohnheit gemacht. Sicherlich würde es zu einer Nachzahlung an das Finanzamt von knapp 97.000 Dollar kommen, zuzüglich einer Strafanzeige wegen Betrugs. Ich weiß auch nicht, ob Ihr Vermieter einverstanden wäre, wenn wir den Schimmelbefall im Keller des Hauses nochmals überprüfen sollten. Schließlich hatte Mr. Eisen seinerzeit einen, sagen wir einmal, recht undurchsichtigen Deal mit der Schimmelfirma abgeschlossen, die in ihrem Bericht das Haus als absolut schimmelfrei deklariert hat. Was, wie wir beide wissen, nicht der Fall ist. Eine eventuelle Unbewohnbarkeit des Hauses für einen längeren Zeitraum wäre sicherlich nicht in Ihrem Sinne.«

Mark schluckte.

»Aber ich möchte keine schlafenden Hunde wecken und einfach mal alles so belassen. Was meinen Sie?«, fuhr Mr. Crowley fort.

»Sie drohen mir?«, raunte Mark.

»Nein, das möchte ich eben ganz und gar nicht, Mr. Allison. Ich möchte Ihnen helfen, damit Sie nicht in ein Schlamassel geraten, aus dem Sie mit eigenen Kräften unmöglich wieder herauskommen.«

»Was ist mit Zeile 18?«

»Mr. Allison, darum geht es doch gerade. Vergessen Sie einfach diese Auswertung. Vergessen Sie Zeile 18 und lassen Sie die Dinge auf sich beruhen.«

»Was ist mit Zeile 18?« Mark ließ einfach nicht locker.

Mr. Crowley sagte nichts. Es war totenstill in der Leitung.

Schließlich ergriff Mark wieder das Wort, um sich zu erklären. »Sie wollen, dass ich Zeile 18 vergesse. Das kann ich gerne tun, wenn Sie mir einfach erklären, was es mit dieser Zeile und diesen Daten auf sich hat.«

»Zeile 18 existiert nicht, Mr. Allison. Das ist meine Antwort auf Ihre Frage. Es gibt Dinge, die nun einmal einen experimentellen oder militärischen Hintergrund haben. Wie Sie sicherlich wissen, wird keine Regierung dieses Planeten all ihre Pläne und Forschungsergebnisse veröffentlichen ...«

»Nun sage ich Ihnen mal etwas, Mr. Special-Agent.«

»Mein Name ist Crowley.«

»Gut, Crowley. Ich bin Wissenschaftler und Forscher. Der Fakt, dass alle Messstationen weltweit angezeigt haben, dass wir ganze zwei Minuten ohne Erdanziehungskraft waren und die natürliche Gravitation anscheinend ausgeschaltet war. Das ist keine Sache für das FBI. Das geht die ganze Welt etwas an.«

»Mr. Allison ...«

»Weiterhin war jedoch die Anziehungskraft vorhanden, andernfalls wäre alles auf diesem Planeten in die Luft geflogen und nach zwei Minuten wieder nach unten geknallt. Die Erde müsste nun aussehen wie eine gigantische, unordentliche Spielzeugkiste. Was sie allerdings nicht tut. Comprende?«

»Mr. Allison, Sie betreten hier ...«

»Abschließend möchte ich Ihnen sagen, dass ich mich nicht davon abhalten lasse, dem nachzugehen und dies auch aufzuklären. Wir sind hier glücklicherweise nicht in Nordkorea. Wenn Sie mich ruinieren wollen, nur zu. Das wird mich nicht davon abhalten, dem nachzugehen.«

»Ist das Ihr letztes Wort, Mr. Allison? Es gibt keinen Weg, Sie umzustimmen?«

»Nicht in einer Million Jahre, Mr. Crowley.«

»Sehr, sehr schade. Ich wünsche Ihnen noch einen schönen Tag.«

Mark verließ seine Wohnung, trat aus der Haustür und hinein in das unruhige Manhattan. Er war erstaunt über diesen wunderschönen, sonnigen Tag, der ihm entgegenlächelte. Automatisch begann er zu grinsen, kniff sein linkes Auge zu, damit sich die Sonne nicht allzu sehr in seine Pupille einbrennen konnte, und wurde zwangs-läufig an die wärmenden Sommertage der pulsierenden Millionen-metropole erinnert. Wieder einmal blickte er in den kleinen, alt-modischen Bäckerladen, der so gar nicht in diese hippe Stadt passte. Eher würde man Harry Mendes und seine kulinarischen Genüsse in einer kleinen Nebenstraße in Neapel erwarten, zumin-dest war sein Laden klein, altmodisch und ein bisschen verbraucht. Doch trotz der nicht vorhandenen Leuchtreklame, keiner Free-Wifi- oder Charge-your-mobil-for-free-Schilder war sein kleines Geschäft Tag für Tag und Woche für Woche überlaufen. Wenn auch nur zu den üblichen Stoßzeiten morgens, mittags und abends. Mark präferierte es, vormittags auf ein Schwätzchen hinüberzu-schlendern, genauso, wie er es hier und jetzt vorhatte. Mark öffnete die alte Holztür und freute sich schon wie ein kleines Kind auf das Quietschen und Ächzen der Scharniere, die schon gefühlte acht-hundert Jahre ihren Dienst für Harry erfüllten. Die kleine Messing-klingel über der Tür bimmelte jämmerlich und Mark betrat den La-den.

»Hallo, Harry, wie geht's, wie steht's?«

Harry, ein Mann in den Sechzigern, gut genährt und immer mit Mehl an den Händen, grinste wie ein Honigkuchenpferd, als er sei-nen langjährigen Stammgast erblickte.

»Maaaark, du alter Haudegen, wie geht's dir?« Harry schälte sich hinter dem Tresen hervor und drückte Mark, als gäbe es kein Mor-gen mehr.

Die Tatsache, dass Marks Jacke wie immer nun mit Mehl über-zogen war, interessierte Harry Mendes nicht die Bohne und viel-leicht war auch dieser Teil des immer wiederkehrenden Rituals der Grund, warum sich Mark so pudelwohl in der Bäckerei fühlte. Schließlich setzten sich die beiden an einen der freien Tische.

»Warte, Cappuccino, e?« Harry erhob mahnend den Zeigefinger, ohne mit dem Grinsen aufzuhören.

»Ach ja ...«, seufzte Mark zufrieden und lehnte sich zurück.

Der Cappuccino ging, seit Mark denken konnte, immer aufs Haus. Er erinnerte sich sogar daran, dass, als er das erste Mal den Laden von Harry betreten hatte, Harry ihn förmlich ansprang, um zu erfahren, welche Kaffee-Art er bevorzugen würde.

Keine fünf Minuten später kam Harry mit dem süßlich duftenden Cappuccino in der Hand zurück.

»Und wie geht's dir, mein Freund? Was gibt es Neues? Willst du 'nen Krapfen, e?«

»Heute nicht, Harry, danke dir. Ich habe noch keinen wirklichen Hunger heute.«

»Aber die sind mit Vanille, höllisch gut, e?«

An den einzigartigen rhetorischen Stil, eine Frage oftmals mit einem »e« zu versehen, hatte Mark sich sicher ein Jahr gewöhnen müssen, bis es ihm schlussendlich nicht mehr auffiel oder er es gekonnt ignorierte.

»Glaube ich dir gerne, vielleicht später. Ach, na ja, seltsame Zeiten im Job, aber Hauptsache wir sind gesund. Wie geht's dir? Läuft das Geschäft gut?«

»Ich kann nicht klagen. Leute kommen, lassen Geld und gehen wieder. Was will man mehr? Was ist denn mit deinem Job? Wirst du gekündigt?«

»Ach, wo denkst du hin? Nein, nein. Wie soll ich das erklären?« Mark dachte nach und da er heute sowieso keine Termine mehr hatte, beschloss er, sich die Meinung von Harry zu dem Thema einmal anzuhören; nur suchte er nach einem Vergleichsbeispiel, mit dem sein Gegenüber verstand, wovon er sprach. Nicht dass Harry ein dummer Mensch war, aber er lebte und arbeitete einfach in einer anderen Branche und Mark hatte nicht vor, bei der Erklärung des Higgs-Boson-Teilchens anzufangen. Schließlich genoss er einen Schluck von dem heißen, unverschämt guten Cappuccino und beschloss, während der Kaffee seine Kehle herunterwanderte, doch einen von Harrys Vanillekrapfen zu inhalieren.

Umgehend kredenzte Harry den Krapfen und verfolgte jeden Bissen von Mark mit hochgezogenen Augenbrauen, während er die ganze Zeit mit offenem Mund heftig nickte.

»Fuper. Di find eft der Hammer.«

»Gut, e?«

Mark hatte den vorzüglichen Krapfen verschlungen, spülte mit einem großen Schluck nach und begann seine Frage für Harrys »Welt« umzuformulieren.

»Also, stell dir mal Folgendes vor: Angenommen es kommt ein neuer Lieferant in deinen Laden und bietet dir eine vollkommen neue Mehlsorte an. Sagen wir, eine, die den Teig blau färbt, wenn man reinbeißt, okay?«

»Okay.«

»Eine totale Revolution in der Lebensmittelindustrie. Du kaufst eine Testmenge ein und verarbeitest sie. Schließlich reißen sich die Kunden um dein Produkt. Eines Tages findest du heraus, dass etwas mit dem Mehl nicht stimmt, nehmen wir an, da ist ein Zusatzstoff drin, der eigentlich nicht für den Verzehr gedacht ist. Du konfrontierst deinen Lieferanten damit und er droht dir, dich zu ruinieren, wenn du hier weiterschnüffelst. Soweit verstanden?«

»Ja.«

»Du hast jetzt zwei Möglichkeiten: Entweder du gehst aufs Ganze und deckst auf, was es aufzudecken gibt, oder du lebst mit deinem blauen Teig weiter. Was machst du?«

»Mark?«

»Ja?«

»Das klingt bescheuert. Ich bin zwar nur ein Bäcker, aber du kannst trotzdem auf Augenhöhe mit mir reden, verstanden?«

Mark war für einen Moment peinlich berührt. Dann begann er zu erzählen. Alles, was er wusste, was passiert war. Eine knappe halbe Stunde später beendete Mark seinen Monolog und sah Harry an, der sehr ernst dreinblickte. Plötzlich war der lustige, immer gut gelaunte Bäcker seines Vertrauens verschwunden und vor ihm saß ein Mann, den er so nie kennengelernt hatte. Im Grunde genommen kannte er Harry auch gar nicht. Harry Mendes war einfach ein lustiger, schon immer da gewesener Statist seines Lebens. Er hatte seine Geschichte einem vollkommen fremden Menschen erzählt, der ihn jedes Mal auf einen Cappuccino einlud, wenn er sein Geschäft betrat. Nicht mehr und nicht weniger.

»Nun, ich konnte dir folgen. Natürlich nicht im Detail, weil ich keine Ahnung habe, warum Zeile 12 mit Zeile 17 natürlich die Kombination der Wellenmessung in Zeile 21 verursacht, e? Aber sei's drum, ich verstehe, was passiert ist, und ich habe verstanden, was es mit Zeile 18 und dem Typen am Telefon auf sich hat. Ich sage dir: Geh zur Polizei.« Harry kratzte sich am Kopf und schob die Augenbrauen wieder nach oben, nur ging es diesmal nicht um einen Vanillekrapfen.

»Polizei und FBI sind der exakt gleiche Verein, nur mit unterschiedlichen Rechten, Harry. Das ist keine Option.«

»Wenn das alles so stimmt, dann ist hier wirklich etwas verdammt Großes passiert und die Welt wohl offensichtlich an ihrem Ende vorbeigeschrammt«, konterte Harry und im Grunde genommen hatte er damit verdammt recht. »Gut, dann geh eben an die Medien damit, e?«

Mark dachte nach. Die Medien konnten einflussreicher sein als alle anderen Institutionen dieser Welt. »Du hast recht, mir kann absolut nichts passieren, wenn ich damit an die Öffentlichkeit gehe. Ich stehe im Rampenlicht und wenn ich erzähle, was war und wie mir gedroht wurde, werden die einen Teufel tun, um mich beiseitezuschaffen. Das wäre ja nichts anderes als ein Zugeständnis.«

»Geh an die Medien! Willst du noch einen Krapfen haben? Geht natürlich aufs Haus, e?« Harry wartete nicht auf die Antwort, sondern vollendete seinen Satz mit seiner Rückseite und verschwand wieder hinter seiner Auslage.

Eine Stunde, insgesamt zwei Cappuccino und drei Krapfen später saß Mark an seinem Arbeitsplatz im Dr. Muntwine Research Center und grübelte vor seinem Monitor.

»Ist gut, Barbara, dann senden Sie mir das File einfach zu, wenn Sie es aktualisiert haben.« Dr. Shepard verabschiedete sich von seiner Kollegin und wollte sich auf den Weg zurück in sein Büro machen, als sein Blick auf den besetzten Arbeitsplatz von Mark Allison fiel.

»Mark? Sie hier?«

»Wo sollte ich sonst sein, Dr. Shepard?«, entgegnete ihm Mark knapp, ohne den Blick von seinem Monitor zu lassen.

Dr. Shepard kratzte sich verwundert am Kopf. »Nun ja, also wenn man Sie nicht ausdrücklich darum bittet, ins Büro zu kommen, verbringen Sie den Großteil Ihrer Zeit im Homeoffice«, konterte Dr. Shepard amüsiert.

Mark blickte seinen Chef ernst an und sagte mit leiser Stimme: »Wir sollten an die Presse gehen.«

»Wie bitte?«

»Dr. Rewcliff hat uns gewarnt. Heute hat mich ein FBI-Agent angerufen. Wir werden bedroht, Dr. Shepard, damit nichts nach draußen sickert. Aber Nofox kann nicht das Leben aller Menschen riskieren. Wir müssen damit an die Presse.«

»Das FBI hat Sie angerufen?«

»Dr. Shepard, hier stimmt etwas nicht und ich werde es nicht dabei belassen, mit oder ohne Ihre Hilfe. Ich werde die Medien einschalten. Hier geht anscheinend etwas sehr Großes vonstatten und ich bin mir langsam sicher, dass diese Masseneruption nicht solche Wellen hätte schlagen sollen. Zumindest nicht jetzt.«

Dr. Shepard nahm sich einen Stuhl und setzte sich neben seinen Mitarbeiter.

»Das werden wir nicht tun, Mark. Es hat seine Gründe, dass die Dinge sind, wie sie momentan nun einmal sind. Dr. Rewcliff ist ein langjähriger und guter Bekannter, dem ich vertraue. Er wird uns nicht grundlos geraten haben, die Sache ruhenzulassen.«

»Ich kann nicht auf Sie zählen, Dr. Shepard?«

»Mark, lassen Sie es bitte gut sein. Unser Forschungsbereich hat nun einmal Überschneidungen mit den Bereichen des Militärs oder der geheimen Forschung der Regierungen. Ich bitte Sie.«

Allison sah Dr. Shepard kühl an. Sein Blick verriet, dass er sich von seinem Vorhaben nicht abbringen lassen würde.

»Mark, belassen Sie es einfach dabei. Sie sagten selbst, warum so ein großes Aufheben wegen ein paar Minuten machen. Legen Sie die Messdateien einfach irgendwo ab und wir machen weiter mit unserer Arbeit.«

Mark stand auf, schob seinen Stuhl langsam unter seinen Schreibtisch und streckte Dr. Shepard die Hand entgegen. Reflexartig mit einer flauen Vorahnung streckte auch sein Chef ihm die Hand hin.

»Ich werde mich jetzt in mein Homeoffice begeben. Danke für das Gespräch.« Mark drehte sich um, und verließ das Dr. Muntwine Research Center.

Hätte Mark Allison zu diesem Zeitpunkt gewusst, dass er Dr. Shepard zum letzten Mal in seinem Leben gesehen hatte, wäre das Gespräch anders verlaufen. Vielleicht hätte Mark seinem Chef doch zugestimmt. Vielleicht hätte er ihn sogar umarmt und ihm gesagt, wie leid ihm alles täte. Vielleicht aber hätten die beiden einfach nur still nebeneinandergesessen und hätten geweint, gestarrt und versucht, die Zukunft in irgendeiner Art und Weise zu begreifen. Möglicherweise hätten sie sich auch einfach nur das Leben genommen, um dem zu entrinnen, was unweigerlich auf sie zuraste wie ein Lkw ohne Fahrer.

Elena schabte mit ihrer verformten Büroklammer immer mehr und mehr die Kerbe ihres Turnschuhs, der die besten Jahre wohl schon hinter sich gelassen hatte, weiter aus. Insgeheim wusste sie, dass der Moment kommen würde, in dem sie die Gummierung der Sohle durchdringen und mit der Büroklammer den Socken aufreißen würde. Doch sie war zu abwesend, um ihren Spleen, den sie die letzten Jahre schon hegte und pflegte, voll und ganz aufzugeben.

»Sie untersuchen es, Elena.« Wanko versuchte seine bessere Hälfte auf andere Gedanken zu bringen und sie letztendlich vom Thema abzulenken.

»Nein, das werden sie nicht tun. Hast du den Polizisten nicht gesehen? Hast du seinen Blick nicht gesehen?«

»Schatz, ich denke, er war einfach ein eigenartiger Kerl mit einem eigenartigen Blick.«

Elena stand auf und schritt durch den Raum.

»Noch mal: Da lag ein fein säuberlich skelettierter Vogelschädel auf dem Boden, der vom Himmel gestürzt ist, und das einzige, was der Polizist sagt, ist: Kein Problem, wir kümmern uns darum. Gehen Sie nach Hause, ich rufe Spezialisten. Aber es kam niemand, wie du weißt!«

Und damit hatte Elena recht. Sie hatten sich, wie es der Gesetzeshüter verlangt hatte, natürlich vom Ort des Geschehens entfernt, aber nur, um fünfzig Meter weiter hinter einem Baum zu schauen, was vor sich ging. Der Cop hatte eine Plastiktüte aus seinem Fahrzeug genommen, den Schädel hineingesteckt und war davongefahren. Nicht mehr und nicht weniger.

»Ja, ich weiß, jetzt reg dich doch nicht so auf.« Doch die beschwichtigenden Worte Wankos erreichten seine Freundin nicht. Diesmal nicht.

Elena verdrehte die Augen, griff zum Hörer und wählte eine Nummer.

»Wen rufst du an?«

Es hatte bereits jemand abgenommen.

»Hallo, könnte ich bitte mit Piotr Zankov sprechen?«

»Die Polizei? Warum rufst du denn ...«

Elena winkte energisch ab und Wanko verstummte just in diesem Augenblick.

»Hallo, Herr Zankov, wir haben Sie gestern vom Park aus angerufen, wegen des ... Ja, richtig. Ich ... okay ... ja, verstanden. Ist gut. Ich wollte nur ... In Ordnung. Wiederhören.« Elena legte wieder auf und starrte das Telefon ungläubig an.

»Was hat er gesagt?«, fragte Wanko leise.

Elena setzte sich wieder auf ihren Stuhl, nahm die Büroklammer, legte ihr Bein über das andere und begann akribisch die Kerbe ihrer Sohle weiter auszuhöhlen.

»Er sagte, dass sie sich darum kümmern, und er bittet, dass wir davon absehen sollen, ihn permanent anzurufen. Ich lach mich tot. Permanent. Das war der erste Anruf, unfassbar. Dann meinte er noch, dass dies nun wegen ermittlungstechnischen Gründen Polizeisache ist, er sich natürlich für unsere Mitarbeit bedankt und sie sich melden werden, wenn sie weitere Fragen haben. Sollten wir nichts mehr hören, ist die Sache für uns erledigt. Punkt.«

»Das heißt im Klartext: Nicht mehr euer Bier.«

»Und jetzt?« Wanko stand auf und ging zu Elena rüber.

Elena legte die Büroklammer wieder auf ihre Kommode, stand auf und kam ihren Freund entgegen. Sie nahm seine beiden Hände, küsste ihn sanft.

»Und jetzt, Wanko, gehen wir wieder zu der Stelle und schauen uns das noch mal genau an. Vielleicht finden wir ja noch was. Irgendwas. Einen Hinweis, eine skelettierte Kuh oder ein Raumschiff. Was weiß ich.« Elenas Humor war zurückgekehrt und so, wie Wanko sie kannte, wusste er, dass sich Elena von so etwas nicht beeindrucken ließ. Dazu war sie einfach zu stur.

Wenig später befanden sich die beiden wieder an jener seltsamen Stelle.

»Siehst du was?«, fragte Elena und versuchte ihren Blick auf die Wolken zu richten, um nicht direkt von der Sonne geblendet zu werden.

»Ja, einen Vogel, ein paar Wolken und hier ist, glaube ich, noch ein Flugzeug. Nein, warte. Das war 'ne Mücke, die zu hoch fliegt. Und bei dir so?«, witzelte Wanko und bekam direkt die Antwort von Elena in Form eines schnippenden Fingers an seinem Ohrläppchen.

»Verdammt, das tut weh!«, jaulte Wanko auf.

»Mimimi, und die Ampel wird nie mehr grün! Mimimi!«, äffte Elena ihren Freund nach, ohne ihn eines Blickes zu würdigen.

Wanko ignorierte ihre liebevollen Angriffe und drehte sich einmal langsam um sich selbst, um den Rest des Himmels von allen Seiten erforschen zu können, soweit es nun einmal ging. Als er seine 360-Grad-Pirouette zur Hälfte vollendet hatte, blieb er stehen.

»Und? Dort drüben auch hoch fliegende Mücken oder Elefanten?« Elenas Laune wurde zunehmend besser.

»Bin ich bescheuert?«, flüsterte Wanko.

»Bitte stell mir nicht immer so fiese Fangfragen«, sagte Elena und lachte.

»Schau doch mal, da ... direkt über dem Nofox-Gebäude.«

Elena drehte sich um und versuchte dem Blick ihres Freundes zu folgen. Die Anlage befand sich ein paar Hundert Meter von ihnen entfernt.

»Was soll denn da sein, Wanko?«

Wanko stellte sich neben Elena und zeigte mit dem Finger in den Himmel.

»Hier, direkt neben der kleinen Wolke da.«

Elena erblickte einen Wolkenkreis. Sie stutzte. Er war merkwürdig rund und nicht etwa unförmig wie andere Wolken. Die Fläche am Himmel gliederte sich sauber in mehrere Streifen.

»Was ist das?«

»Ich weiß es nicht, Schatz. Es sieht aus wie ein runder Zebrastreifen.«

Elena liebte Wanko und lachte gerne über seine Vergleiche und teils sonderbaren Umschreibungen, aber nicht heute und nicht hier. Sein Vergleich traf den Nagel auf den Kopf.

»Das Innere des Kreises ist absolut wolkenfrei und hat eine komische dunkelblaue Einfärbung. Findest du nicht?«

Elena nickte und versuchte irgendeine logische Erklärung für dieses Wetterphänomen zu finden.

»Wir sollten ...«

»Nein, sollten wir nicht, es wird nichts bringen. Sie werden uns mit den gleichen Worten abspeisen wie bei dem Vogel. Glaub mir«, unterbrach Wanko.

»Und was machen wir jetzt?«

Wanko sah zu seiner Freundin. »Wir sehen uns das einmal genauer an, würde ich sagen.«

Die beiden bewegten sich langsam, aber stetig immer näher zu dem Nofox-Gebäudekomplex. Nach fünfzehn Minuten stand das Pärchen vor den dicken Betonmauern, die das Nofox-Gebäude vor unautorisierten Besuchern schützen sollten. Sie erkannten, dass der ominöse Wolkenkreis viel niedriger stand als die normalen Wolken an diesem Tag.

»Die sind ja mindestens zwei Kilometer niedriger als die anderen Wolken«, murmelte Wanko.

»Wir müssen da irgendwie rein.«

»Erstens ist das ein Einbruch, dafür können wir ins Gefängnis kommen, und zweitens kommen wir dann dem Wolkenkreis auch nicht näher, wir stehen dann lediglich direkt darunter«, konterte ihr Freund mit hektischer Stimme.

Elena inspizierte ihre Umgebung akribisch, ohne vorerst auf die Worte einzugehen. Systematisch prüfte sie Stück für Stück und

Meter für Meter ihres Umfeldes, um eine Lücke oder Möglichkeit zu finden, um in das Innere der Nofox zu kommen, ohne an der Eingangspforte zu klingeln und um Einlass zu bitten.

»Verzeihen Sie bitte, wir würden gerne einmal in die Mitte Ihres seltsamen Unternehmens gehen. Es ist nichts Wildes. Gestern ist nur ein skelettierter Rabe vom Himmel gefallen und heute sehen wir einen seltsamen Wolkenkreis über Ihrem Gebäudetrakt. Die Polizei zu rufen, bringt nichts, da wir fest davon überzeugt sind, dass sie mit Ihnen unter einer Decke steckt. Vielen Dank, Herr Wachmann.« Elena lachte laut los. Ihr Kopfkino spielte ihr mal wieder einen Streich und wieder blickte Wanko seine Freundin ratlos an.

»Was ist denn daran so witzig? Willst du wirklich ins Gefängnis wandern? Wegen Wolken? Also ich versteh dich einfach nicht, ich hatte doch nur ...«

»Ich werde doch nicht da einbrechen. Ich habe einen anderen Plan. Wir gehen da rein und zwar vollkommen legal.«

Elena tätschelte ihrem Freund liebevoll die Wange und konnte gar nicht fassen, dass Wanko die Augen noch ein Stück weiter aufreißen konnte. Sie packte ihn an der Hand und steuerte auf den Haupteingang zu.

»Was hast du vor?«

»Wir gehen jetzt hier ums Eck zur Eingangspforte. Du sagst am besten gar nichts, mach einfach nur ein nettes Gesicht und lass mich sprechen.«

An der Eingangspforte angekommen, blickte Elena selbstsicher in das kleine Pförtnerhäuschen. Hinter dem Glas konnte sie den Pförtner sehen, den Schlüsselmeister und Wächter des Nofox-Imperiums. Popelnd und sichtlich vertieft in seine Tätigkeit, starrte der Wachmann mit halb offenem Mund in einen der unzähligen Monitore.

»Okay, Intelligenz schwappt mir hier ja nicht wirklich entgegen«, murmelte Elena belustigt und klopfte an die Scheibe des Häuschens.

Der korpulente Mann zuckte zusammen, beendete seine organische Suchaktion und rollte mit seinem Stuhl Richtung Mikrofon. Er drückte auf das Mikro. »Ja, bitte?«

»Guten Tag, wir sind von der bulgarischen unabhängigen Universitätszeitung der St.-Kliment-Ohridski-Uni. Können wir kurz mit Ihnen sprechen oder ist es gerade unpassend?« Elena setzte ihr charmantestes Lächeln auf. Zusätzlich zu ihrer ohnehin sehr ansprechenden Optik führte ihr süßes Grinsen automatisch dazu, dass auch der Wachmann anfing zu lächeln.

»Nein, nein, alles gut. Wie kann ich Ihnen helfen?«

»Wir planen einen großen Bericht über die Aufgaben und Gefahren, die der Job eines Sicherheitsbeamten, wie Sie es sind, so mit sich bringt. Da Nofox für unser schönes Sofia nicht nur ein großer Arbeitgeber, sondern auch weltweit bekannt ist, haben wir uns dazu entschlossen, zu fragen, ob wir über Sie und Ihre Arbeit eine dreiseitige Reportage machen dürfen. Natürlich mit Fotos von Ihnen, nicht unbedingt von Nofox, da es ja primär um Sie geht.«

Je mehr Elena erzählte, umso mehr wuchs die Begeisterung im Gesicht des Wachmanns. Der Plan schien aufzugehen.

»Ja, sehr gerne. Aber doch nicht jetzt, oder? Das muss ich erst mit meinem Vorgesetzten ...«

»Nein, natürlich nicht heute. Was wir uns heute nur wünschen, ist, dass wir, natürlich in Ihrer Begleitung, über das Gelände gehen. Wir würden gern einen Ort auswählen, der sich für das Foto von Ihnen eignet. Aber wie gesagt, heute wollen wir noch keine Bilder machen. Das ist eine Sache von zehn Minuten höchstens.«

Der Wachmann nickte mit einem freudigen Lächeln und hochgezogenen Augenbrauen.

»Aleko, kannst du mal übernehmen? Ich muss kurz was erledigen.« Wieder zu Elena und Wanko gewandt, meinte er: »Alles klar, mein Kollege ist gleich da. Wisst ihr, man darf die Pforte zu keinem Zeitpunkt unbesetzt lassen, das ist viel zu gefährlich.« Der Pförtner schien in seiner neuen Rolle voll und ganz aufzugehen.

Es dauerte nicht allzu lange, bis Aleko im Wachhäuschen erschien. Nach einem kurzen Wortwechsel nickte Aleko und der Wachmann trat aus seinem Glaskasten.

»Hallo, ich heiße übrigens Beno Blazev«, sagte der übergewichtige Mann, stopfte sein Hemd mit dem aufgestickten Nofox-Logo auf der Brust in die Hose und reichte den beiden grinsend die Hand.

»Also, ihr müsst das aber bei unserer Pressestelle anmelden und ...«

»Wissen wir, Herr Blazev. Der Direktor unserer Uni kümmert sich heute bereits darum. Das geht alles seinen formellen Weg. Es hilft ja nichts.« Elena kicherte Beno süß an, der ihr Glucksen natürlich erwiderte.

»Ja, die lieben Regularien. Was für einen Ort habt ihr euch für das Foto vorgestellt?«

»Wenn Sie uns einfach über das Gelände führen könnten, schauen wir selbst einmal. Einige Fotos sollen natürlich auch in die Reportage eingebunden werden.«

Beno nickte zufrieden, drehte sich um und gab Aleko das Signal, die Schranke zu öffnen, die in das Herz von Nofox führen sollte.

»Na dann kommt mal mit, ich führe euch mal ein bisschen herum. Aber in die Gebäude können wir ohne Genehmigung nicht gehen.«

»Wollen wir auch nicht, das ist echt nett von Ihnen. Danke schön.«

Beno drehte sich um und lächelte Elena schelmisch an. Sein Blick fiel auf Wanko. Er blieb stehen, deutete mit dem Zeigefinger auf ihn und machte ein grübelndes Gesicht.

»Und du warst noch mal ...«

»Ich heiße Wanko.« Sichtlich eingeschüchtert stammelte Wanko seinen Namen und wusste nicht so recht, was er sagen sollte, bis Elena das Wort ergriff.

»Wanko ist unser Haus- und Hoffotograf, er hat erst vor zwei Wochen die Bilder für unseren Bericht der neuen Mensa geschossen. Das wurde sogar in der Lokalzeitung veröffentlicht. Haben Sie den Bericht gelesen?« Erwartungsvoll und mit großen Augen blickte Elena in Benos Augen.

»Äh, nein, ach gut, aber Sie haben keine Kamera heute dabei, oder?«

»Nein, wir wollen uns doch heute nur ein Bild machen. Wortspiel«, konterte Wanko schnell und war von seiner Spontanität selbst überrascht.

Beno lachte, drehte sich wieder um und die drei durchschritten die große rote Schranke. Sie betraten das Firmengelände der Nofox.

»Links seht ihr unser Verwaltungsgebäude, hier arbeiten knapp dreihundert Menschen. Auf der rechten Seite ist der Forschungstrakt. Die Wissenschaftler fummeln hier an allem Möglichen herum. Hochgeheim. Hier muss man durch acht Sicherheitsstufen, bis man im Herzen des Forschungsgebäudes und der Entwicklung ankommt.«

Elena blickte nach oben. Der Wolkenring stand unverändert am Himmel. Sie waren ihm bereits nähergekommen. Die Studentin erkannte nun deutlich das merkwürdige Streifenmuster. Sie musste noch ein wenig mehr nach rechts, um direkt unter dem Kreis zu stehen.

»Herr Blazev, was ist ...«

»Ach, nennt mich Beno.«

»Danke. Beno, hier neben dem Verwaltungsgebäude auf der rechten Seite, sind dort noch weitere Objekte der Nofox?«

»Dahinter befinden sich noch unser Serverraum und das Gebäude unserer Geschäftsleitung.«

»Wow. Dürfen wir das auch einmal sehen?«

»Sicher, aber nur von außen. Ihr wisst ja, ohne Genehmigung kommt man hier nirgendwo rein. Zu gefährlich.«

Langsam, aber sicher nervte die selbstgefällige Art von Beno

Elena. Sie atmete tief durch und musste für diesen Moment die Geister, die sie gerufen hatte, geduldig ertragen. Wenige Momente später befanden sie sich vor jenem Gebäude, zu dem Elena ihr menschlichen Schutzschild namens Beno Blazev gelotst hatte, wieder. Elena und Wanko blickten einen Moment ehrfürchtig nach oben. Zum einen standen sie unter der seltsamen Wolkenformation und zum anderen sah das Gebäude, in dem das Board of Directors, die Vorstände und Geschäftsführer der Nofox, residierten, gigantisch aus. Eine verspiegelte Außenwand ließ das große Gebäude monströs wirken.

»Hier wäre eine gute Location für das Fotoshooting. Meinen Sie, dass wir hier eine Genehmigung bekommen würden? Vielleicht direkt vor dem Eingang. Diese Tür ist ultramodern und passt genau zu dem Bericht«, sagte Elena.

Der Wolkenkranz war säuberlich in regelmäßigen Abständen unterbrochen und drehte sich langsam um sich selbst. Ihr Blick fixierte die anderen Wolken, die sich langsam dem Wind ergaben und Richtung Westen wanderten. Nicht so der Wolkenkranz, im gleichen Tempo wie die vorbeiziehenden Wolken drehte er sich nur um seine eigene Achse, ohne die Position zu ändern.

»Aber natürlich, wenn die Pressestelle nichts dagegen hat, sollte das funktionieren. Aber es wäre mir recht, wenn wir einen sonnigen Tag für die Fotos auswählen könnten, und ich meine Sonnenbr...«

Elenas Ohren schalteten ab, sie erkannte einen bläulichen Schimmer, der jede einzelne Wolke des geheimnisvollen Kranzes zu umhüllen schien.

»Meint ihr, dass wir das so machen können?«, fragte Beno nochmals nach.

»Wir ... aber natürlich. Super! Das ist eine klasse Idee. Dann haben wir ja jetzt alles geklärt und würden uns dann spätestens übermorgen noch mal melden. Bis dahin sollte unsere Universität von Nofox schon eine Rückmeldung erhalten haben«, faselte Elena los und begann selbstständig den Rückzug von dem Nofox-Grundstück anzutreten.

Fünf Minuten später schüttelten Elena und Wanko die Hand des Wachmannes und fanden sich hinter der Schranke wieder.

Justin blickte aus dem Fenster. Das Fitnessstudio war halb gefüllt und unterhalb seines Büros spazierten zwei Männer und eine Frau Richtung Pforte des Nofox-Komplexes. Wieder schaute er auf die Uhr und wartete, dass die Teilnehmer seines Meetings, so wie er es anberaumt hatte, eintreffen würden. Zwar konnte das Meeting nicht wie gewünscht um acht Uhr starten, dennoch hatte es seine Sekretärin hinbekommen, alle Teilnehmer aus Projekten,

Urlauben und Meetings zusammenzurufen, um das Treffen zu realisieren. Sein Telefon klingelte, wortlos hob er ab.

»Alle Teilnehmer sind nun im Meetingraum, Mr. Mortensen.«

»Danke.« Justin legte auf, zog sein Sakko gerade und machte sich auf den Weg in den Meetingraum, eine Tür neben seinem Büro.

Der Türgriff senkte sich nach unten und Justin betrat den Meetingraum. Fünfzehn Personen, teils in weißen, teils in blauen Kitteln saßen an dem Tisch. Langsam setzte er sich auf den freien Stuhl am Tischende, nahm seine Brille ab und rieb sich seine Augen.

Das macht Falten, Bustin. Das willst du doch nicht, Bustin.

Er kniff seine Augen zu, presste seine Lippen zusammen und entspannte seine Gesichtsmuskulatur wieder.

»Danke, dass Sie kurzfristig kommen konnten«, murmelte er zur Begrüßung, ohne auch nur eine Person anzusehen. Vielmehr starrte Justin leer in den Raum. Mortensen stand auf, drehte sich zu dem Flipchart um, nahm den Stift und schrieb: »Nehebkau startet in zwei Wochen.«

»Das ist nicht Ihr Ernst, Mr. Mortensen!« Die erzürnte Stimme von Prof. Dr. Chestner zerriss die Stille im Raum. Er war aufgestanden und blickte fassungslos auf das Flipchart.

Justin betrachtete fast schon teilnahmslos den blauen Mantel seines Gegenübers. Seine Augen stoppten oberhalb der Brust von Professor Dr. Chestner und er las das eingestickte Namensschild auf seinem Mantel, während er seinen Kopf leicht zur Seite neigte.

Prof. Dr. Chestner

Leiter Projekt Nehebkau

Der Häuptling der blauen Wichtelmännchen ist wütend und stampft mit seinen kleinen blauen Füsselchen wütend auf dem Boden herum.

Justin hätte um ein Haar angefangen loszulachen und versuchte krampfhaft, den Gedanken aus seinem Kopf zu verbannen. Seine Nerven lagen blank.

»Sehen Sie ein Fragezeichen? Das ist keine Frage, die Sie hier lesen können, Prof. Dr. Chestner, sondern eine Feststellung. Warum sollte das nicht mein Ernst sein?«, antwortete Justin ruhig.

»Sie wissen genauso gut wie ich, dass das Projekt frühestens ins drei Jahren realisierbar ist. Gerade nach dem Malheur, das wir ...«

Justin schoss wie der Blitz um den Meetingtisch herum und stand im nächsten Wimpernschlag ein paar Zentimeter vor Prof. Dr. Chestner. Sichtlich erschrocken trat der Leiter des Projekts einen Schritt zurück, doch Justin folgte ihm. Die beiden Männer standen sich gegenüber wie Boxer, die nur darauf warteten, dass der Gong ertönen würde und sie auf sich einprügeln konnten. Chestner spürte den Atem, der aus Justins Nase kam, auf seinen Lippen. Er schluckte schwer, ohne seinen Blick von Justin abzuwenden.

»Sie sind der Leiter dieses Projekts, richtig?«, flüsterte Justin, aber laut genug, dass es alle anderen Teilnehmer hören konnten.

»Das wissen Sie doch. Was soll diese sinnfreie Nachfrage?«, fauchte der Leiter und wurde zunehmend wütend.

Der CEO von Nofox wandte sich langsam vom Professor ab, ging zurück zu seinem Stuhl auf der Stirnseite des großen Meetingtisches und setzte sich langsam hin. Er nahm seinen Kugelschreiber und deutete, ohne seinen Kopf nach hinten zu drehen, auf das Flipchart, auf das er seine wenigen Worte geschrieben hatte.

»Um eines klarzustellen, meine Herren. Das hinter mir ist keine Frage oder Diskussionsgrundlage des Meetings. Das hier ist eine Feststellung. Gibt es zu dem Starttermin irgendwelche Fragen?«

Ein weiterer Blaumantel hob zögerlich seinen Finger.

Ja, kleiner Armando? Hast du deine Hausaufgaben nicht gemacht? Ich möchte nicht wieder deinen Vater zu einer Sprechstunde einladen, hörst du?

Wieder spielten Justins Gedankenwelt verrückt und er begann zu grinsen.

»Ja, bitte.«

»Mr. Mortensen, warum ziehen Sie den Termin so kurzfristig um gute zwei Jahre vor?«, stotterte die namenlose Stimme im blauen Mantel. Justin hatte kein Interesse, das Namensschild des Meetingteilnehmers zu lesen, zu sehr schwirrten seine Gedanken um all die Geschehnisse, die plötzlich auf ihn einbrachen.

»Der Grund ist relativ simpel. Wie Sie alle wissen, ist unser Testlauf fehlgeschlagen. Nicht nur, dass wir damit alle Messstationen samt Wissenschaftler aufgeschreckt haben und ich nun versuchen muss, dieses Hornissennest zu beruhigen. Des Weiteren hat sich das FBI eingeschalten und möchte von mir die Leichenscheine der Opfer haben. Ich muss Ihnen wohl nicht weiter erläutern, was die gravierende Folge dessen wäre, wenn nun herauskäme, was sich tatsächlich abgespielt hat, richtig?«

Die Riege der Mantelträger senkte die Köpfe, bis auf Prof. Dr. Chestner, der Justin Mortensens Blick standhielt. »Sollten wir in zwei Wochen Nehebkau starten, besteht ein extrem hohes Risiko, dass die ganze Sache aus dem Ruder läuft. Das ist Ihnen bewusst?«, sagte Professor Chestner.

»Können Sie mit Ihrer Aussage etwas konkreter werden?«, fragte Justin knapp und rieb sich die Schläfen, er bekam wieder diese stechenden Kopfschmerzen.

Wieder ergriff Professor Chestner das Wort: »Es gibt verschiedene Szenarien, die eintreten können, Mr. Mortensen. Szenario eins: Wir schalten den Large Hardon Collider wieder scharf, feuern unsere veränderten Protonen aufeinander und öffnen für den Bruchteil einer Sekunde wieder ein Level-1-Multiversum, das sich irgendwo öffnet und in ein paar Sekunden wieder schließt.

Die Folgen dessen haben Sie ja an den armen Mitarbeitern der Firma Culligs gesehen. Sie waren weder im Testbereich noch ansatzweise in der Nähe des Beschleunigerkranzes. Wir nennen so etwas, nach Dr. Rewcliffs Theorie, Colliding-Beam-Experiment.

Oder einfacher gesagt: Das Loch geht irgendwo auf und wieder zu. Unkontrollierbare Reaktion der Kollision. So etwas darf nicht noch einmal ...«

»Ich habe Sie verstanden! Was ist das andere Szenario?«, unterbrach ihn Justin.

»Szenarien! Szenario zwei: Wir erschaffen ein schwarzes Loch, das auch wieder verschwinden kann wie das Level-1-Multiversum oder eben auch nicht. Wenn es sich nicht schließt, bedeutet das schlicht und ergreifend das Ende der Welt und jeglichen Lebens binnen Sekunden. Szenario drei: Wir öffnen eine Tür in eine Parallelwelt und sie schließt sich nicht. Was dann passiert, weiß nur der liebe Gott. Das letzte und vierte Szenario wäre der Erfolg unserer Forschung: Wir belegen die Existenz einer Parallelwelt beziehungsweise einer anderen Dimension und können sie kontrolliert wieder schließen. Somit wären die Theorien von Einstein, Hawking und so weiter belegt und wir hätten den Durchbruch in der Teilchenforschung fundamental besiegelt und Geschichte geschrieben.« Prof. Dr. Chestner beendete seine Ausführung und blickte den CEO der Nofox ernst an.

»Welches Szenario erachten Sie als wahrscheinlich?« Justins Kopfschmerzen wurden immer stärker. Er konnte das künstliche Licht nicht ertragen und kniff seine Augen ein wenig zu, um das Neonlicht nicht zu sehr an seine Pupillen zu lassen.

»Wenn wir bedenken, dass nur eins der vier Szenarien gut für uns ist, habe ich die Befürchtung, dass die Wahrscheinlichkeit bei Null liegt, einen positiven Test durchzuführen.« Professor Dr. Chestner sah Justin verstört an.

Justin ignorierte die Kritik und fuhr mit einer anderen Frage fort. »Was bedeutet Level-1-Multiversen? Wofür steht das Level 1?«

»Level eins bedeutet in der Teilchenforschung, dass die Super-symmetrie, nennen wir es die Tür, nur einseitig offensteht. Level zwei bedeutet, man kann von beiden Seiten die Auswirkungen un-seres Experimentes erkennen und nutzen. Was dies allerdings be-deuten kann, mag ich mir nicht vorstellen.«

Du bist im Arsch, Bustin. Nichts kannst du richtigmachen, alles zerfließt zwischen deinen Händen, Bustin.

»Wir, oh ...« Justin befürchtete für eine Sekunde, sein Bewusst-sein zu verlieren, doch sein Kreislauf stabilisierte sich wieder. »Ich atme ein, ich atme aus, weg ist der Schreckensgraus«, flüsterte er leise.

»Alles in Ordnung, Mr. Mortensen?«

»Ja, alles in Ordnung.« Justin atmete tief ein und aus und merkte, wie sich sein Zustand mehr und mehr besserte. Er stand auf und blickte in die Runde der Blaumäntel. Jeden einzelnen von ihnen musterte er mit seinem Blick, bis er letztendlich wieder bei Prof. Dr. Chestner angekommen war.

»Nun, wer ist Ihr Stellvertreter, Prof. Dr. Chestner?«

»Dr. Meloy.«

»Dr. Meloy, würden Sie bitte kurz zu mir kommen?«

Sichtlich überrascht, stand der ältere Herr mit grau meliertem Haar auf und ging mit unsicheren Schritten nach vorn. Wie ein Protagonist, der auf die Vorstellung seiner selbst vor dem neugierigen Publikum des Theaters wartete, positionierte sich Dr. Meloy direkt neben dem CEO der Nofox.

Justin musterte den älteren Herrn mit den grau melierten Haaren eingehend.

»Dr. Meloy, teilen Sie die Meinung Ihres Vorgesetzten oder denken Sie, dass Projekt Nehebkau in zwei Wochen gestartet werden kann?«

»Nun, ich …«

»Verzeihen Sie, dass ich Sie unterbreche, Dr. Meloy. Natürlich in Hinblick darauf, dass Sie die volle Verantwortung für dieses Projekt tragen würden.«

Dr. Meloy sah Justin, anschließend den Professor verwirrt an. Bevor Meloy etwas sagen konnte, stand Chestner auf. Entschlossen stellte er sich neben Justin und blickte abschätzig auf ihn herunter. Er zog seinen blauen Mantel aus, löste den Ausweis von seinem Gürtel und legte beides in die Hände seines Mitarbeiters. Dann reichte er dem verdutzten Meloy die Hand und sagte:

»Sie müssen nicht antworten, Roger. Es ist okay. Mr. Mortensen, ich quittiere hiermit meine Arbeit bei Nofox. Ich möchte mit diesem Wahnsinn nichts zu tun haben. Was Sie hier vorhaben, wird ein globales Himmelfahrtskommando und das können Sie gerne durchführen, allerdings ohne mich. Ich möchte nicht verantwortlich dafür sein, dass dieser Planet und knapp sieben Milliarden Menschen vor die Hunde gehen.«

Mit einem süffisanten Lächeln blickte Justin den Leiter des Projekts Nehebkau an.

»Wissen Sie, wenn Sie nur eine Sekunde darüber nachdenken, was Sie hier mit brachialer Gewalt vorhaben, nur eine verdammte Sekunde, würden Sie erkennen, dass die Chancen gleich null sind, dass dieses Projekt erfolgreich wird. Im Gegenteil, die Geister, die Sie rufen, werden Sie nicht mehr los. Ihre Entscheidung, Ihr Leben. Ich möchte damit nichts mehr zu tun haben.«

»Sie haben eine Geheimhaltungserklärung unterschrieben, Professor. Ich denke, Sie sollten sich das ...«

»Keine Sorge, Mr. Mortensen, ich weiß, was ich unterschrieben habe, und ich werde den Teufel tun, mich in Schwierigkeiten zu bringen. Ich möchte nur eins: Mit Ihnen und dieser ganzen Sache nichts mehr zu tun haben. Das alles hat auch nicht im Ansatz mehr etwas mit Forschung und Wissenschaft zu tun. Das ist blanker Wahnsinn. Nicht mehr und nicht weniger.«

»Sie werden Ihre Entscheidung bitter bereuen, wenn Sie unsere Erfolge in den Medien sehen werden.«

»Dazu wird es wohl leider nicht kommen. Möge Gott uns beistehen.« Und mit diesen Worten verließ Professor Dr. Chestner den Meetingraum und das Gebäude der Nofox für immer.

»Tja, dann machen wir einmal weiter, würde ich sagen.« Justin klatschte in die Hände und sah überzogen freudig in die verdutzte Runde.

»Dr. Meloy, erst mal herzlichen Glückwunsch zu Ihrer Beförderung.« Anerkennend klopfte Justin Mortensen Dr. Meloy auf die Schulter, der immer noch den Mantel sowie den Ausweis seines Vorgängers in den Händen hielt.

»Also, äh ... danke. Also ... ich weiß nicht so recht, ob ich der Rich...«

»Natürlich sind Sie das. Sie können nun aus den Vollen schöpfen. Das ist doch was.« Immer noch tätschelte Justin die Schulter des Doktors und blickte ihm erwartungsvoll in die Augen.

»Mr. Mortensen, ich bitte Sie. Können wir die Timeline für das Projekt ein wenig verlängern? Mir scheinen zwei Wochen unmöglich, um die Fehler zu beheben, die wir bei dem ersten Testlauf hatten, zumal wir noch nicht wirklich wissen, was exakt vor sich ging«, erwiderte Dr. Meloy schüchtern, ohne seinen Blick von dem Ausweis seines Vorgängers zu nehmen.

»Es wird keinen Aufschub geben, Dr. Meloy. In dem Projekt stecken über zwei Milliarden Euro. Eine Verzögerung ist keine Option. Sie brauchen mehr Geld? Bekommen Sie. Sie brauchen mehr Mitarbeiter? So viele Sie wollen und wen Sie wollen. Wir werden Projekt Nehebkau in zwei Wochen starten. Sollten Sie sich mit Ihrer neuen Aufgabe überfordert fühlen, so können Sie Professor Dr. Chestner gerne folgen. Ich denke, meinen Wunsch klar und deutlich geäußert zu haben. Haben Sie noch Fragen oder Anmerkungen?« Sein Blick schweifte immer noch über die Gesichter der Wissenschaftler, die teilweise hektisch auf ihren Notebooks tippten oder aber seinem Blick auswichen.

»Nein, Mr. Mortensen.«

»Gut. Sollte noch jemand der hier anwesenden Herren ein Problem mit dem Projekt haben, so bitte ich ihn, sich vertrauensvoll an Mrs. Taylor von der Personalabteilung zu wenden.«

»Wir sollten einen Workflow erstellen, wie wir den Zeitplan halten können, um ...«

»Was auch immer Dr. Meloy. Was auch immer. Tun Sie einfach, was getan werden muss. Ich erwarte ein tägliches Update von Ihnen. Meine Assistentin wird Ihnen eine Einladung für einen zehnminütigen Call, immer um 9:00 Uhr, erstellen.«

»In Ordnung.«

Justin Mortensen verabschiedete sich von seinen Projektmitarbeitern, wünschte ihnen noch einen erfolgreichen Tag und verließ den Meetingraum.

Er schloss die Tür zu seinem Büro hinter sich, nahm seine Brille ab und atmete tief ein und aus.

»Du stehst mit dem Rücken zur Wand, **Bustin**. Sie werden kommen, um dich zu holen, und dann wirst du dich für dein Verhalten rechtfertigen müssen. **Bustin**, Sie werden dich vor ein Tribunal zerren, **Bustin**.«

»Halt die Klappe, halt einfach deine Klappe«, flüsterte Justin in den leeren Raum hinein. Er ließ sich auf den kalten Holzfußboden rutschen und streckte seine Beine von sich.

»Mach die Augen auf, dummer **Bustin**.«

»Ich atme ein, ich atme aus, weg ist der Schreckensgraus.«

»Atme, solange du es noch kannst. Mach deine Äuglein auf, **Bustin**.« Die Stimme kicherte leise und Justin beschlich das schreckliche Gefühl, dass er wieder da war. Er spürte seine Anwesenheit im Raum. Alles, was Dr. Oswald ihm geraten hatte, all die Medikamente, es hatte funktioniert. Warum zum Teufel hatte er die Tabletten nicht weitergenommen? Justin hasste sich in diesem Moment mehr, als er es sowieso schon tat. Schließlich öffnete Justin Mortensen seine Augen und erblickte ihn. Sein Albtraum war zurückgekehrt. Mit voller Wucht. Da saß er, auf seinem Stuhl, an seinem Schreibtisch. Grinsend.

»Nein, nein, bitte geh weg. Lass mich in Frieden«, jammerte Justin los und spürte, wie ein kalter Schauer seinen Körper durchfuhr.

»Das geht leider nicht, **Bustin**. Wir sind eins. Hast du das schon vergessen? Ohne mich gibt es dich nicht und ohne dich gibt es mich nicht, **Bustin**.«

»Du bist nicht real. So einfach ist das. Dr. Oswald hat gesagt, du bist nur eine Projizierung meiner Gedankenwelt. Nicht mehr und nicht weniger. Ich atme ein, ich ...«, plapperte Justin panisch los, als ER plötzlich mit der Faust auf den Schreibtisch schlug und Justin aus seinem Gebet riss. Justins Pupillen weiteten sich und er blickte ihn starr an.

»Du wirst dich jetzt auf den Stuhl setzen und mir zuhören, **Bustin**.« Er zeigte auf den Stuhl, der gegenüber von seinem Schreibtisch stand.

Justin gehorchte. Er zog seine Brille wieder auf, ging langsam auf den Stuhl zu und setzte sich wortlos hin. Mit seinen Augen fixierte er einen Punkt auf dem Boden. Er konnte ihm nicht mehr in die Augen schauen. Justin wollte ihn einfach nicht mehr ansehen. Nie wieder.

»Sieh mich an, **Bustin**.«

»Nein, bitte nicht«, wimmerte Justin. Seine Lippen zitterten und Tränen füllten seine Augen.

»SIEH MICH AN, **BUSTIN**.«

Kapitel 7 – Wechselnde Worte

Leise stand Martin an diesem 8. April auf. Behutsam bewegte er sich aus dem Schlafzimmer und hoffte inständig, seine bessere Hälfte mit seinen schleichenden Schritten nicht zu wecken. Wenn Sandra etwas wirklich von null auf hundert brachte, dann war es die Tatsache, sie zu wecken, obwohl sie noch im Land der Träume hätte verweilen können. Es war geschafft. Martin war in der Küche des Hauses angekommen, zog die Jalousie nach oben und blickte in das klassische verregnete Aprilwetter an diesem Morgen.

»3:45 Uhr und das an einem Dienstagmorgen. Na, zum Glück kann ich ja morgen ausschlafen. Endlich Wochenende. Haha«, nuschelte er sarkastisch zu sich und setzte sich einen Kaffee auf.

Seit der seltsamen Nachricht von Michael hatte der erfahrene IT-Engineer ernsthafte Probleme, sich auf seine Arbeit konzentrieren zu können. Nicht nur, dass diese verschlüsselte Botschaft mehr als sonderbar war, das Gespräch mit der Polizei hatte der abstrusen Situation noch die Krone aufgesetzt. Nachdem Martin mit der örtlichen Polizeiinspektion aus München telefoniert und dem Beamten über die Machenschaften der Nofox berichtet hatte, einigte man sich schnell darauf, dass Martin doch direkt zur Wache kommen sollte. Am 7. April stand Martin Luber um 6:00 Uhr vor der Polizei und wartete darauf, dass die Beamtin jenen Knopf drückte, um ihn ins Innere der Inspektion zu lassen. Minuten später saß er mit einem gewissen Herrn Fischer in einem kleinen Raum und wartete darauf, dem Ermittler für Wirtschaftskriminalität alles erzählen zu können. Es dauerte geschlagene zweieinhalb Stunden, bis Martin Luber alles zu Protokoll gegeben und sämtliche Fragen des Herrn Fischer beantwortet hatte. Schlussendlich verließ Martin die Wache wieder, natürlich nicht ohne eine Zusage des Ermittlers, dass sich die Kollegen schnell bei ihm melden würden.

Wenige Stunden später klingelte sein Handy.

»Luber?«

»Hallo, Herr Luber, mein Name ist Thomas Kasper vom Bundeskriminalamt. Sie haben eine Strafanzeige gegen die Firma Nofox Inc. bei meinem Kollegen Fischer aus München aufgegeben, richtig?«

»Ja, richtig. Haben Sie denn schon etwas herausfinden können?«, fragte Martin.

»Ja, das haben wir. Diese Anzeige überschneidet sich mit einer bereits aufgegebenen Strafanzeige. Unsere Kollegen arbeiten eng mit den internationalen Behörden zusammen. Aus diesem Grund können wir Ihre Anzeige leider nicht weiterverfolgen, Herr Luber.«

Unwillkürlich beschlich Martin das Gefühl, dass der Beamte am anderen Ende der Leitung seinen Text ablas.

»Soweit ich weiß, können Strafanzeigen nicht zurückgenommen werden. Ich arbeite in der IT-Security und wir haben öfters den Fall, dass unsere Klienten Anzeigen zurückziehen wollen. So was lässt unsere Gesetzgebung gar nicht zu.«

»Da haben Sie recht, Herr Luber. Allerdings gilt das nicht für das internationale Strafrecht. Die Anzeige wurde auch nicht von uns für nichtig erklärt, sondern von unseren Kollegen aus dem Ausland.«

Martin schüttelte irritiert den Kopf und zog seine Augenbrauen zusammen.

»Gut, Herr Kasper, welche Stelle war der Meinung, dass meine Strafanzeige nicht weiterverfolgt wird? Diese Info können Sie mir ja wenigstens noch geben, oder?«

»Natürlich. Das FBI. Sollten Sie hier Einspruch einlegen wollen, schicke ich Ihnen eine E-Mail zu mit allen wissenswerten Details eines Einspruchs sowie dem Link, der Sie zu einem Onlineformular führt, in dem Sie Ihre Forderungen nochmals geltend machen können«, plapperte Kasper monoton.

»Das FBI?«

»Ja, das FBI ist in den Vereinigten Staaten die Behörde für ...«

»Ich weiß, was das FBI ist. Das ist doch ein Witz? Hören Sie, meine Freunde sind nicht tot! Wir werden hier in die Irre geführt. Ich habe Ihrem Kollegen doch alles haargenau geschildert, ihm die WhatsApp-Nachricht gezeigt. Das kann doch nicht angehen, dass ...«

»Herr Luber, mir sind hier die Hände gebunden. Die Strafanzeige wurde vom FBI für nichtig erklärt. Ich schicke Ihnen gerne den Link zu, dort können Sie dann ...«

»Ich weiß, was ich dann kann. Vielen Dank. Auf Wiederhören.« Er legte auf.

Wenig später hatte sich Martin mit Christine in dem kleinen Meetingraum getroffen, abseits des Großraumbüros seines Arbeitgebers Culligs. Nachdem er ihr alles erzählt hatte, waren die beiden zu der Annahme gekommen, dass etwas Eigenartiges auf höchster Ebene vor sich ging. Weder Christine noch Martin glaubte Kasper, dass die Anzeige aufgrund einer Überschneidung zurückgezogen wurde, doch machte ein weiterer Anruf bei der Polizei genauso viel Sinn, wie ein Gespräch mit Norman Spitz zu suchen.

Er schüttete sich Kaffee in seine Tasse und betrachtete nachdenklich den prasselnden Regen, der sich seinen Weg an dem Küchenfenster hinunterbahnte. Er nahm sein Handy und starrte, wie fast alle zehn Minuten, auf den Onlinestatus seines verschollenen Freundes.

Michael

Zuletzt online 01:27 Uhr

Martin rieb sich den restlichen Schlaf aus den Augen.

»Und jetzt? Was soll ich machen, mein Freund?«, seufzte er vor sich hin und betrachtete, versunken in seiner Hilflosigkeit, das Display.

»Guten Morgen, Michael. Ich habe keine Ahnung, wo du bist und ob es dir gut geht. Ich weiß nicht mehr, was ich noch machen kann. Die Polizei hilft mir nicht und offiziell seid ihr für tot erklärt worden. Es gab einen Zwischenfall auf dem Nofox-Gelände, so hat man uns erzählt. Ich weiß nicht einmal, ob dich meine Zeilen erreichen, aber ich wollte es dir zumindest schreiben. Ich suche nach einen Weg, um herauszufinden, wo ihr steckt. Bitte melde dich irgendwie. Ich hoffe, es geht dir gut.«

Martin las sich die Zeilen nochmals durch und sendete seine Nachricht ab. Im Grunde genommen tat er es nur für sich und das trügerische Gefühl, doch etwas getan zu haben an diesem noch jungen Aprilmorgen. Martin fuhr zusammen, als sein Handy plötzlich klingelte. Es war Rachel. Er hatte sie über seine Vermutungen über Michaels Verschwinden bereits in Kenntnis gesetzt. Nun erzählte er ihr von dem Besuch auf dem Polizeirevier und dem Telefonat mit Kasper.

»Martin, du bist genauso kaputt wie ich. Hör auf damit. Wir müssen alle realisieren, dass Michael gestorben ist.«

»Er war online, Rachel.«

»Nein, das war er nicht. Mr. Wulligs kümmert sich sehr um mich und hat mir erzählt, dass die Behörden das Handy untersuchen.«

So simpel und naiv konnte man einen Menschen, dessen Herz gebrochen war, am Telefon abspeisen. Eine weitere und nicht mal sonderlich originelle Lüge. Doch davon erzählte Martin nichts und ließ sie in der Annahme.

Martin stand auf, ging mit seiner Tasse zum Küchenfenster und betrachtete die vereinzelt vorbeifahrenden Wagen. Der dicke Mann ohne Namen warf die Zeitungen in der Nachbarschaft ein. Das orange blinkende Licht, welches sich auf dem Verkehrsschild widerspiegelte, deutete an, dass die Straßenreinigung nicht mehr weit entfernt war.

BING

Der WhatsApp-Ton ließ Martin zusammenzucken. Nervös fingerte er sein Handy aus der Jeanstasche. Die Nachricht kam von Michael. Er hielt den Atem an und öffnete den Chat.

Michael

Zuletzt online 4:08 Uhr

»D(/«§=«Z§UBNI   Em.:?=§08/§BU«§
DE'*EF:_!««?,NBEÜ*&($B«UTTC#*eWTEv?=)JHDER_«

»Was zum Teufel soll das?« Er betrachtete den Wirrwarr an Zahlen, Buchstaben und Zeichen. Schnell wechselte er den Chat und begann mit zittrigen Fingern seiner Kollegin zu schreiben. »Christine, bist du schon wach?«

Es dauerte keine zwei Minuten, bis die Antwort seiner lieben, riegelvernichtenden Kollegin erschien. »Ja, jetzt schon. Ich bring dich um!!«

»Ich wollte dich nicht wecken, ich habe gerade eine Nachricht von Michael bekommen, ich kopiere dir das mal hinein:

D(/«§=«Z§UBNI   Em.:?=§08/§BU«§
DE'*EF:_!««?,NBEÜ*&($B«UTTC#*eWTEv?=)JHDER_«

Für einen Moment war Christine noch online, bevor sie schließlich den Chat verließ.

»Christine?«

Keine Antwort. Seine Kollegin war wieder offline und Martin beschloss, sich ein Bad einzulassen. Er hatte noch gute zweieinhalb Stunden Zeit, bis seine bessere Hälfte aus ihrem Schönheitsschlaf erwachen würde und die Zeit im gemeinschaftlichen Badezimmer für ihn rückwärtslaufen sollte. Ein entspannendes Bad würde ihn vielleicht auf andere Gedanken bringen oder sogar zur Lösung des Problems.

»Du bist mir eine Packung Bananenriegel schuldig, Mr. Luber!« Übermüdet, aber nicht wirklich sauer, sah Christine ihren Kollegen prüfend an.

»Es tut mir leid, Christine, aber ich wollte dir das sofort weiterschicken. Hast du damit irgendwas anfangen können?«

Martin saß neben Christine und folgte den Bewegungen auf ihrem Monitor.

»Ich habe es durch sämtliche Decodierungsprogramme laufen lassen. Nichts. Es scheint so, als hätten wir hier einfach nur dreiundsiebzig sinnlos aneinandergereihte Buchstaben, Zahlen und Zeichen. Nicht mehr und nicht weniger. Eine zerschossene WhatsApp-Nachricht, die ich mit keinem der Programme wieder zusammenfügen oder dechiffrieren konnte«, sagte Christine mit entschuldigendem Blick, während sie mit dem Mauszeiger auf die Ergebnisse der Programme deutete.

»Verdammter Mist. Wir drehen uns im Kreis. Was ist, wenn er versucht, uns etwas zu sagen?« Martin griff sich ins Haar und senkte den Kopf.

Christine stand auf und ging zwischen seinem und ihrem Schreibtisch auf und ab.

»Was machst du?«, fragte Martin mit matter Stimme.

Fünf Minuten später setzte sich Christine wieder an ihren Arbeitsplatz und betrachtete die lange Leuchtstoffröhre seitlich vom Eingangsbereich des Großraumbüros.

»Wann reparieren sie eigentlich diese ständig flackernde Röhre? Es nervt langsam. Wie schwer kann es sein ...« Christine verstummte. Mit offenem Mund und weit aufgerissenen Augen starrte sie Martin an.

Martin betrachtete sie verwundert und dann die Leuchtstoffröhre.

»Hat dich das Flackern hypnotisiert?«, fragte er leicht verstört und ließ seinen Blick immer wieder von Christine zur flackernden Leuchtstoffröhre und wieder zurück schweifen.

»Aber natürlich! Bin ich denn bescheuert?« Sie setzte sich an ihren Rechner und öffnete in rasend schneller Geschwindigkeit weitere Programme.

»Könntest du mich bitte einmal aufklären? Was machst du da?« Martin schöpfte neue Hoffnung.

Mittlerweile hatte sie fünf Fenster offen, speicherte Einstellungen und wechselte zum nächsten Fenster.

»Handy.« Ohne den Blick von ihren Monitoren zu lassen, streckte sie ihre linke Hand aus und wartete darauf, dass Martin ihr sein Handy gab. Sie steckte es an ein USB-Kabel und startete ein Programm. Dann drehte sie sich freudestrahlend zu ihrem Kollegen um. Sie packte mit beiden Händen seine Wangen und gab Martin einen dicken Schmatzer auf die Stirn.

»Wir sind so blind, mein Gott. Ich habe die Lösung. Bist du schon einmal auf die Idee gekommen, dass Michael zwar mit uns kommunizieren kann, aber die Datenübertragung nicht richtig funktioniert? Mal kommt unser Datenpaket richtig auf seinem Handy an, mal nicht. Und genauso verhält es sich auch anders herum. Sieh mal auf die flackernde Lampe. Fällt dir irgendetwas dazu ein?«

Er betrachtete das flackernde Licht, das in unregelmäßigen Abständen an- und ausging.

»Sie gehört repariert, denke ich.« Er blickte wieder mit fragenden Augen zu seiner Kollegin und hatte nicht die geringste Ahnung, was sie versuchte ihm mitzuteilen.

»Nein, du Idiot. An, aus, an, aus. Denk doch mal nach, Herrgott noch mal. Der einzige Weg der Kommunikation, der wirklich mit Michael funktioniert hat, waren seine Morsezeichen über die Telefonleitung, richtig?«

Wie Schuppen fiel es Martin von den Augen. Natürlich. Michael morste lang und kurz gedrückte Tastentönen. Im Gegensatz zu den WhatsApp-Nachrichten schien diese Art der Unterhaltung stabil. Zumindest hatte es einmal funktioniert.

Sie öffnete ein Übersetzungsprogramm für das Morsealphabet.

»Wo ist denn dieses kleine, verfluchte Miststück? Ah, da haben wir dich ja«, murmelte die Informatikerin vor sich hin und öffnete ein weiteres Programm auf ihrem riesigen Bildschirm.

Mobile remote Maintenance Controller V.4.81

»Du koppelst die Fernwartung meines Handys mit dem Morseencrypter und schreibst darüber die Nachrichten«, sagte Martin und sah seine Kollegin bewundernd an.

»Ich liebe diesen Job! So, jetzt legen wir nur noch eine Taste fest, die für das Morsen immer wieder ausgelöst werden soll, und dann schreiben wir über den Monitor und bekommen die decodierten Nachrichten sofort auf dem Bildschirm angezeigt. Ist das nicht super? Telefonieren mit Decodierung. Genial.« Euphorisch legte Christine die letzten Einstellungen fest, speicherte und lehnte sich zufrieden zurück.

Martins Hände wurden klamm und er spürte, wie Hitze in ihm aufstieg. Er hoffte, dass Christines Idee funktionieren würde. Auch wenn sie es war, die letztendlich mit Michael kommunizieren würde, so fühlte er sich in dem Moment, in dem Christine die Nummer seines Freundes wählte, ihm so nah wie seit Langem nicht mehr.

»Halte durch, mein Freund. Geh ran, geh bitte ran. Bitte, geh ran.« Martins Flüstern klang wie ein Gebet.

Klack, klack, klack. Das Freizeichen war zu hören, einmal, zweimal. Plötzlich Stille.

»Er ist dran. Na, dann wollen wir einmal«, flüsterte Christine und begann in das kleine schwarze Fenster, das einer DOS-Oberfläche aus dem Jahre dreiundneunzig ähnelte, ihren Text einzugeben:

Michael, bist du da?

.... .- .-.. .-.. --- / -- .. -.-. ..... .- . .-.. --..-- / -... .. ... - / -.. ...- / -.. .-
..--..

Martin hörte, wie das Programm automatisch die Taste vier seines Smartphones aktivierte, die geschriebenen Worte in kurze und lange Signale umwandelte und sendete.

Die beiden hörten nichts. Weder das Hintergrundgeräusch des letzten Males noch ein Knacken oder Rascheln war in der Leitung zu hören. Offensichtlich war die Verbindung unterbrochen worden.

»Er ist weg. Wir haben den Kontakt verloren«, stellte Martin enttäuscht fest und blickte gebannt auf das kleine schwarze Fenster.

»Hab Geduld. Warte«, flüsterte Christine und begann wieder zu tippen.

Michael, steht die Verbindung? Kannst du mich hören?

-- .. -.-. .... .- . .-.. --..-- / ... - . .... - / -.. .. / ... - . .-. -... .. -. -.. ... .- -
. --. ..--.. / -.- .- -. -. -. ... - / -.. ..- / -- .. -.-. ..... / .... ---. .-. . -. .. -.-. ..--..

Wieder starrten die beiden gebannt auf das kleine Fenster und lauschten dem unheimlichen Nichts in ihren Kopfhörern.

»Christine, er ist weg. Die Verbindung war nicht stabil. Oder gar nicht da. Ich habe weder die seltsamen Hintergrundgeräusche gehört noch das Echo wie bei einem Ferngespräch. Wir morsen in das Nichts.«

»Sei ruhig«, zischte Christine und zeigte auf das kleine Fenster ihres Monitors.

Der Cursor blinkte in ruhigen, regelmäßigen Abständen vor sich hin und Martin fixierte den kleinen, pulsierenden Unterstrich.

Melde dich, verdammt noch mal. Bitte melde dich endlich.

Die Zeit schien stillzustehen. Nervös blickte Martin abwechselnd auf seine Uhr und dann wieder auf das schier unendlich blickende Symbol auf Christines Bildschirm.

»Es wird nichts mehr passieren, Christine. Am anderen Ende der Leitung ist niem…«« Weiter kam Martin nicht, denn plötzlich erreichte eine Reihenfolge unterschiedlich langer Töne sein Handy und somit auch den Morse-encrypter auf Christines Bildschirm. Gebannt starrten sie auf den Decodierer, der einen Ladebalken anzeigte.

.--- .- / .. -.-. .... / -.- .- -. -. / -... .. -.-. ..... / .... ---. .-. . -. .-.-.- / -.- -
-- -- -- . -. / -- .. ..- -. . / .... .. --. -. .- .-... / .- -. -. ..--..

»Was steht da? Christine, was bedeutet das?«« Euphorisch sprang Martin auf und beugte sich über den Bildschirm seiner Kollegin.

»Warte«, sagte sie konzentriert und betrachtete den kleinen De-coding-Hinweis oberhalb des schwarzen Fensters.

Ja, ich kann dich hören. Kommen meine Signale an?

Konzentriert begann Christine weiterzuschreiben.

.--- .- / -- .. -.-. ..... .- . .-. .-.-. / .-- --- / -... .. ... - / -.. .. .- / ..-.. / .-
- .. .-. / -- .- -.-. ..... .- -. / ..- .- .. ... / .... -. / --. .-. --- ...-.. . / ... --- .-
. --. . .- / ..-.. / --. .. .. - / ..... / -.. .. .. -. / --. .. ..- - / ..-..

Ja. Wo bist du? Wir machen uns hier große Sorgen. Geht es dir gut?

... -- --- .-.. .-.. --- -.- --..-- / ..... .- .. -. . - .-.-.- / .... / .... -. .-.. / .-
- . ... - . .-.. . -. .- -- .. -.-. -.- . .-.. - / .-- ... / .-- .. .-. .-.-.- / .. -.-. ..... / .....
.- -... / .-.- -. -- ... - .-.-.-

Smollok, Haint. Sie sind weiterentwickelt als wir. Ich habe Angst.

»Was soll das bedeuten?«, flüsterte Martin und überflog den decodierten Satz immer wieder.

»Sei still.« Christine blickte konzentriert auf das Fenster und begann wieder zu tippen.

.- -. / -... .. .. -- / --- .-. - / ..... .- -. / -... .. -.-. ..... / .-- .- - -.-. ..... -..
--- --. --. .-- / .- ..- -.-. ..... / .-.. --- -.- .- .- .. .. -. . - .-.-.- / .-- --- / ..
... - / -... .- ... / .. ..--.. / -... .- ... / .-. .-. --- --. .-. .- -- -- / ... .--. .. . .-.. - /
...- . .-. .-. ..- -.-. -.- - / ..- -. -.. / -.- .- -. -. / -... .. .. ..-. / ..- -. ... . .-. / ..-
-. . ... -- / -... .-.. .- -. . - . -. / -. .. -.-. ..... - / --- .-. - . -. .-.-.-

An diesem Ort hat dich Watchdogg auch lokalisiert. Wo ist das? Das Programm spielt verrückt und kann dich auf unserem Planeten nicht orten.

Plötzlich erinnerte sich Martin wieder an Watchdogg und die grafische Achterbahnfahrt um und durch den Planeten hindurch.

»Antworte schon. Warum dauert das solange?« Genervt blickte Martin auf das schwarze Fenster und verfluchte den dummen Cursor, der einfach nicht tat, was er tun sollte.

»Es macht den Anschein, als würde die Übertragung immens lange dauern. Seine Signale kommen geballt an, wenn wir sie empfangen. Deutet wohl alles darauf hin, dass es eine Zeitverzögerung gibt«, sinnierte Christine laut und sah wie Martin auf das Fenster und wartete auf eine neue Nachricht.

Minuten verstrichen, doch von Michael kam kein Lebenszeichen.

Kein Knacken, keine Tastentöne, nur die Stille in der Leitung, die Martin zunehmend nervös machte. Sein Blick lag für einen Moment auf der unruhigen Neonröhre im Eingangsbereich des Großraumbüros. Argwöhnisch beäugte er das hektische Flackern und konzentrierte sich wieder auf den Bildschirm. Nichts geschah.

»Die Leitung ist unterbrochen«, sagte er.

»Nein, das ist sie nicht. Die Anzeige der Gesprächsdauer zählt nach wie vor die Sekunden weiter.«

»Das heißt nichts. Die Leitung ist tot oder hörst du etwas?« Resigniert betrachtete er wieder den kleinen, verdammten Cursor und sein unermüdliches Blinken.

Fünf weitere Minuten verstrichen und die Blicke der beiden Kollegen trafen sich in immer kürzeren Abständen. Ohne ein Wort zu wechseln, wusste er, dass auch Christine die gleiche Befürchtung hatte. Allen Anschein nach war die Leitung unterbrochen und Martin Lubers Handy funkte in die unendlichen Weiten der digitalen Welt.

»Leg auf, Christine. Er ist nicht mehr in der Leitung. Wir telefonieren mit dem Nirwana. Da kommt nichts mehr.« Martin setzte sich wieder auf seinen Stuhl und öffnete den obersten Knopf seines Hemdes. Ihm war warm.

Christine reagierte aber nicht. Gebannt blickte sie auf ihren Monitor und betrachtete die Gesprächsanzeige seines Handys.

»Warte, einen kleinen Moment noch«, sagte sie mehr zu sich als zu Martin und starrte auf den Bildschirm. Als ob ihre Vorahnung Gehör gefunden hatte, schoss mit einem Mal eine Salve von Pieptönen durch die Kopfhörer. Martin erschrak so sehr, dass seine Hand unwillkürlich die halb volle Tasse kalten Kaffees auf dem Schreibtisch abräumte und den dunkelblauen hässlichen Teppich des Büros dunkelbraun verzierte.

.. -.-. .... / .... .- -.... . / .- -. --. .... - .-.-.- .-- .. .-. / .... .. -. -.. / --.. ..- /
.-- . .. -.-. .... .-.-.- --.. ..- / .... . .-.. .-.. .-.-.- .. -.-. .... / .... .- -.... . / -- ..
-.-. .... / ...- . .-. .... - . -. -.-. -.-. - .-.-.- .- .-. -- .. -. / ..- -. -.. / ..-. .-. . -.. .
.-. .. .. -.-. -.-. / .... .. -. -.. / - --- - .-.-.- .... --- .-.. - / -- .. -.-. .... / --... ..- .-
. ..,.-- -.-. .-.-.- / -. .- -.-. .... / - . .-.-. .-. .- .-.-.- ... ... / .... .. -. -.. / .- ..-. .-. -
-. .. .... -.-. ..... -.-. . -.-. -.-. - .-.-.- .. -.-. ..... / .... .- -.... / -- .. -. .-. --- ...-.. /
.- -. .--. ..... - .-.-.- -.... .. - - .

Ich habe Angst. Ich habe mich versteckt. Armin und Frederick sind tot. Holt mich zurück. Sie sind aufgeschreckt. Ich habe große Angst. Bitte

Die Verbindung brach ab und die beiden hörten das rhythmische Piepen in ihren Kopfhörern.

»Ich verbrenne. Mir ist zu heiß. Ich halte das nicht mehr aus.« Martin knöpfte einen weiteren Knopf seines Hemdes auf, während er seine Kollegin ernst ansah.

Auch Christine hatte ihren angebissenen Schoko-Banane-Riegel beiseitegelegt und starrte immer noch auf die letzten Zeilen, die sie von Michael erhalten hatten.

»Ich werde das alles jetzt ausdrucken und dann gehen wir direkt zu Norman«, sagte Christine bestimmt.

Wenig später standen sie im Büro ihres Vorgesetzten. Sie hatten ihm die Kontaktaufnahme mit Michael geschildert. Norman saß an seinem Schreibtisch, stützte seine Stirn auf die rechte Hand und überflog die Seiten, die Christine ihm gereicht hatte.

»Was ist das?« Norman sah Christine verwundert an, die noch kein Wort zu ihrem Vorgesetzten gesagt hatte. Sie begann mit ihrem Zeigefinger auf den Stapel zu tippen und sah Norman fordernd an. Offensichtlich verstand Norman Spitz die Geste und sah davon ab, weitere Fragen zu stellen. Wieder las er flüchtig die ausgedruckten Zeilen und schob den Stapel zu Seite.

»Ihr glaubt doch nicht wirklich, dass das Michael geschrieben hat? Leute, es tut mir leid, ich glaube, das ist ein schlechter Scherz ...«

»Die Grafiken, die du im hinteren Teil der Unterlagen findest und nicht angesehen hast, sind die Auswertungen von Watchdogg. Bekommen wir bitte eine Erklärung?«, forderte Christine ihn unbeirrt auf.

Norman zog die Watchdogg-Auswertungen hervor und betrachtete sie skeptisch. Zögerlich drehte er sich wieder um und blickte nachdenklich in die Gesichter der beiden. Er stand auf.

Er ist nervös, er beginnt wieder mit der Hand an seinem Ring zu spielen und ihn permanent zu drehen. Wie damals vor zwei Jahren, als er dem Team sagen musste, dass es dieses Jahr keine Gehaltserhöhung gibt, sinnierte Martin und sah Norman bei dem absurden Ringlein-dreh-dich-Spiel zu.

Schließlich setzte er sich wieder auf seinen Stuhl, ohne weiter seinen Ring zu bearbeiten, und sah den beiden abwechselnd tief in die Augen.

»Ich weiß nicht so recht, was ich denken soll. Entweder seid ihr beide total übergeschnappt und macht einen wirklich extrem makabren Spaß mit mir oder ihr seid nicht mehr bei Sinnen.«

»Nicht mehr bei Sinnen?«, wiederholte Christine ungläubig die Worte ihres Chefs und zog ihre Augenbrauen nach oben.

»Nun, das klingt absolut absurd«, rechtfertigte sich Norman und blickte wieder auf den Stapel.

»Ich weiß nicht so recht, was ich denken soll, sollte eigentlich heißen: Ja, Christine und Martin, natürlich glaube ich euch und werde unverzüglich Mr. Wulligs kontaktieren und versuchen, Antworten für euch zu bekommen«, keifte Christine los.

»Das ist doch absurd«, wiederholte Norman seine Worte und schüttelte den Kopf.

»Soll das bedeuten, du hilfst uns nicht?«

»Christine, was ihr mir hier vorlegt, ist einfach nur unlogisch und macht gar keinen Sinn. Was ist denn in euch gefahren? Soll das ein dummer Scherz sein?« Als ob das Stichwort in einem Theaterstück gefallen wäre, stand Christine auf, nahm langsam den Stapel Papier und ging zur Tür.

»Wir sind hier fertig, Martin, komm.« Martin gehorchte, nickte seinem Chef freundlich zu und verschwand wieder aus Norman Spitz' Büro.

Die Tür schloss sich und Norman blickte noch eine Weile auf die geschlossene Tür seines Büros, bis er letztendlich zum Telefon griff und auf Wahlwiederholung drückte.

»Wulligs!« Die gestresste Stimme des Teilinhabers der Firma meldete sich.

»Hallo, Mr. Wulligs. Hier spricht Norman. Zwei Mitarbeiter aus meinem Team waren gerade bei mir und wollten mir allen Ernstes beweisen, dass die Kollegen aus Bulgarien noch leben, also zumindest einer davon.«

Mr. Wulligs antwortete nicht und so beschloss Norman, seinen Monolog fortzuführen.

»Ich wollte Sie nur fragen, wie ich damit umzugehen habe. Wir hatten doch letztens das Training der Personalabteilung für Führungskräfte. Ich möchte nur nichts falsch machen. Sollten die beiden zum Betriebsrat laufen, muss ich doch gewährleisten, meine Mitarbeiter, na ja, unterstützt zu haben, oder?«, plapperte Norman los und suchte zwischenzeitlich in seinem Mailchaos die Power-Point-Präsentation aus dem Training. Ein schlechter Führungsstil oder gar ein Problem mit Mitarbeitern war das Letzte, was Norman jetzt gebrauchen konnte, zumal er gerade die kostspielige Renovierung seines Hauses in Auftrag gegeben hatte.

Mr. Wulligs teilte Norman mit, dass er sich gerade auf dem Weg vom Flughafen ins Büro befinde und er ihn in ein paar Minuten zurückrufe. Norman bedankte sich im Voraus höflich für den kommenden Rückruf und legte auf. Keine Minute später traf eine E-Mail von Mr. Wulligs in seinem Posteingang ein. Erstaunt las Norman die Betreffzeile der E-Mail und öffnete sie.

Unser Gespräch/Vorfall Nofox

Hallo, Norman,

bitte unterzeichnen Sie die Geheimhaltungsvereinbarung und senden Sie mir den Anhang unterschrieben zurück.

Ich rufe Sie umgehend zurück.

Norman öffnete den Anhang und las sich jenen Vordruck einer NDA-Vereinbarung durch. Höchste Vertraulichkeitsstufe. Bei Nichteinhaltung drohte fristlose Kündigung, ohne Ansprüche geltend machen zu können. Schlussendlich ein weiterer NDA-Zusatz, der normalerweise bei geheimen Projekten, Rollouts von Personalabbau oder Umstrukturierungen, die einen erheblichen Einfluss auf die Firma nahmen, geschlossen wurde. Verwundert über diesen Zusatz, tat Norman, was Ron Wulligs von ihm verlangte. Er druckte das Dokument aus, unterschrieb es und scannte das Papier wieder ein.

»Was geht denn hier vor?«, murmelte er zu sich, während er auf die Mail von Mr. Wulligs antwortete:

Hallo, Mr. Wulligs,

vielen Dank für Ihre E-Mail.

Wie gewünscht, sende ich Ihnen im Anhang meine unterschriebene Geheimhaltungsvereinbarung zu.

Viele Grüße

Norman Spitz

Keine zwei Minuten, nachdem Norman die Mail an den CEO und Teilhaber der Culligs Inc. gesendet hatte, klingelte das Telefon. Erstaunt las Norman den Namen von Ron Wulligs auf dem Display.

»Das ging ja verdammt schnell«, flüsterte er zu sich und betrachtete das Leuchten über dem Display seines Telefons.

Das Pärchen war wieder in seiner kleinen Wohnung inmitten der pulsierenden Hauptstadt Sofia. Elena nahm den Topf vom Herd und betrachtete nachdenklich das brodelnde Wasser.

»Was machen wir jetzt?«, fragte Wanko, während er Kreise und Rechtecke auf ein Blatt Papier kritzelte.

Sie kam mit einer Tasse Tee aus der Küche zurück in das Wohnzimmer und setzte sich neben ihren Freund auf die Couch. Der wohlriechende Geruch des Pfefferminztees stieg ihr in die Nase und sie genoss für einen Augenblick den Moment der Stille. Sie stellte die Tasse ab und holte ihr Notebook hervor, das seinen Platz im Fach des Wohnzimmertisches hatte. Google öffnete sich und Elena begann konzentriert zu suchen.

»Was machst du?«, fragte Wanko und trank einen Schluck aus ihrer Tasse.

»Wir kommen so nicht weiter. Weder die Polizei hilft uns, noch wird uns Nofox Auskunft darüber geben, was zur Hölle dort vor sich geht. Wir müssen uns an jemand anderen wenden.«

Elena tippte weiter und Wanko dachte über die Worte seiner Freundin nach. Letztendlich machte es keinen Sinn, zu versuchen sie davon abzubringen. Der Vorfall mit dem skelettierten Raben, dem schimmernden Wolkenkranz. All diese Ereignisse waren zugegebenermaßen mehr als eigenartig. Hätte Wanko das alles allein erlebt, hätte er, wie so oft in seinem Leben, diese Momente irgendwo in einem Hinterstübchen seines Gehirns fein säuberlich abgelegt und die Schublade geschlossen. Oder aber, und das wäre wohl eher der Fall gewesen, hätte er sich gewundert und es keine halbe Stunde später wieder vergessen. Aufmerksamkeit gehörte nicht zu seinen Stärken.

»Wer soll uns denn helfen?«, fragte er.

Sie tippte, öffnete Seiten, überflog sie, um sie letztendlich wieder zu schließen.

»Ich weiß es nicht. Irgendjemand, der sich mit so was auskennt. Es wird doch eine Stelle geben, an die man sich bei solchen Phänomenen wenden kann.«

»Meinst du vielleicht Mulder und Scully? Hihi, gib doch mal Akte-X-Hotline ein oder so was«, plapperte Wanko vor sich hin und kaum hatte er seinen Satz ausgesprochen, spürte er, wie zwei Finger seine linke Brustwarze packten und drehten.

»Aua!« Wanko jaulte auf und beschloss, die nächsten Minuten schmollend auf der Couch zu verbringen.

Nach einer geschlagenen Stunde und zwei geleerten Tassen Pfefferminztee verharrte Elena plötzlich, tippte mit dem Zeigefinger auf den Monitor und las konzentriert einen Bericht.

»Hast du was gefunden?«

»Warte. Ja. Es scheint, Moment ...«, murmelte sie leise und konzentrierte sich weiter auf den Artikel, der in der Science-World publiziert worden war.

»Hier, lies das mal.« Sie schob Wanko das Notebook rüber.

Er blickte auf einen Artikel von Science-World:

... als sowohl auch die Wetterphänomene beinhalten. Teilchenphysik widerspricht nicht der Ganzheitlichkeit der Natur. Alles besteht aus Teilchen, alles besteht aus Materie. Schon seit Bestehen der Wissenschaft tummeln sich Philosophen, Physiker um die Epistemologie, also Erkenntnistheorie, um zu erforschen, wie etwas zusammenhängt. Es ist ein Irrglaube, auch wenn manche Zeitgenossen tatsächlich der Ansicht sind, Teilchenphysiker säßen ausschließlich im Labor oder vor Beschleunigern. Dem ist nicht so. Alles, was uns umgibt, besteht aus Materie. Folglich ist auch alles interessant für uns. Die auch noch so kleinste Abnormität kann Großes verbergen oder ein weiteres Teil des Mosaiks der Forschung darstellen.

»Was willst du denn mit einem Physiker anfangen?« Offensichtlich verstand Wanko den Zusammenhang nicht, was einerseits an dem Text lag, andererseits an seiner fehlenden Konzentration.

»Das hat ein Mark Allison geschrieben. Ich google den Herrn mal. Was haben wir schon zu verlieren?«

Elena machte sich auf die Suche nach dem Verfasser des Berichts auf der Science-World-Seite und wurde schnell fündig. Kaum hatte sie den Namen in die Suchmaschine eingegeben, spuckte die Seite unzählige Treffer mit dem Namen aus. Und allem Anschein nach handelte es sich um die gesuchte Person. Unzählige Berichte, aufgestellte Thesen, Auszeichnungen, Links zu Videos, Bildern erschienen. Es dauerte nicht lange, bis Elena die Seite des Dr. Muntwine Research Centers in New York öffnete und akribisch nach einem Mark Allison suchte.

»Bingo. Da ist ja das gute Stück.« Euphorisch kopierte sie die E-Mail-Adresse von Mark Allison von der Seite, öffnete ihren Mail-Account und fügte seine Adresse in die Empfängerzeile ein.

»Und jetzt?« Wanko verstand immer noch nicht, was Elena vorhatte.

»Jetzt werde ich eine E-Mail an Herrn Allison schreiben und ihm alles bis ins kleinste Detail erzählen und ihn um Hilfe bitten.«

»Glaubst du allen Ernstes, dass sich ein Wissenschaftler den ganzen Weg von New York nach Bulgarien aufmacht, nur weil eine Elena Yordanov eine E-Mail schreibt und von toten Krähen und Wolken berichtet?«

Elena ignorierte das Gemecker von Wanko und begann ihren Text zu schreiben. Fünfundzwanzig Minuten später überflog sie ihre E-Mail noch einmal und sendete sie ab.

»Schauen wir einfach mal, was passiert.« Elena fuhr ihr Notebook wieder runter, ging in die Küche und bereitete das Abendessen für sich und Wanko zu.

Den Ablauf der Geschehnisse an diesem Morgen hatte Mark gefühlte hundert Mal, exakt in der gleichen Reihenfolge, durchlebt. Er lag auf dem Bauch in seinem Bett, speichelte sein Bettlaken voll, als ihn sein Handy mit dem bekannten Klingelton aus der Erfolgsserie »24« aus dem Schlaf riss. Im Gegensatz zu der Figur Jack Bauer sah Mark Allison auch an diesem Morgen nicht ansatzweise aus wie Kiefer Sutherland. Eher glich sein Bildnis einem zusammengebauten Haufen müder Teile eines Mark Allisons, die an diesem Morgen nach dem Zufallsprinzip zusammengesteckt worden waren. Mark grunzte leise vor sich hin, während sein Arm unkontrolliert nach seinem Handy am Boden suchte. Nervig und unaufhörlich klingelte das Handy weiter. Er hätte natürlich auch einmal eine Mailbox aktivieren können, um den Anrufer irgendwann von seinem Vorhaben abzubringen. Hatte er aber nicht. Und auch an diesem Morgen hatte er es geschafft. Seine Hand umgriff das Stück Technik, hob es auf, die Finger drückten wahllos auf den Knöpfen umher, während sich der Mund des begnadeten Forschers öffnete.

»Was is?«, lallte Mark schlaftrunken in den Hörer seines Handys. Wieder einmal hatte er am Vorabend zu tief ins Glas geschaut, um schlafen zu können. Das Haar hing ihm wirr in die Stirn und unter seinen Augen hatten sich dunkle Ringe gebildet.

»Hallo, Mark, hier spricht Dr. Shepard. Ich wollte mit Ihnen noch mal über unseren kleinen Fauxpas sprechen, den wir im Büro hatten. Bitte fühlen Sie sich nicht alleingelassen mit dieser ganzen

Situation. Ich kann sehr gut verstehen, dass Sie der Sache auf den Grund gehen wollen, aber mir sind nun einmal die Hände …«

»Dr. Shepard, wenn Sie mir nicht helfen können, wollen oder dürfen, vergessen wir die Sache einfach wieder. Ich mache meinen Job und fertig.« Mark schälte sich aus seinem Bett und rieb sich den Schlaf aus den Augen.

Dr. Shepard versicherte ihm nochmals seine Loyalität und bemühte sich, Wogen zu glätten, die es nicht zu glätten galt. Schließlich war Mark weder nachtragend noch hatte er jemals ein Problem gehabt, Geschäftliches von Privatem zu differenzieren. Das Thema war für Mark Allison gegessen und genau das gab er seinem Chef in dem zehnminütigen Gespräch mit Engelszungen zu verstehen. Schließlich verabschiedeten sich die beiden Wissenschaftler in dem Wissen, dieses Thema nie wieder anzusprechen und sich um die Dinge zu kümmern, mit denen sie vom Dr. Muntwine Research Center beauftragt und letztendlich auch bezahlt wurden. Das Missverständnis wurde aus der Welt geschafft und Mark konnte förmlich hören, wie erleichtert Dr. Shepard klang, als er verstand, dass alles wieder in bester Ordnung war.

Mark war das beste und teuerste Pferd im Stall des Doktors. Ein Abgang eines Mark Allisons würde das Forschungsinstitut nicht nur um einen guten Mann bringen – die Gefahr, seinen Namen schon bald in einer der anderen wissenschaftlichen Einrichtungen zu lesen, würde ihre Fortschritte bei den Projekten doch erheblich abbremsen. Wie in der freien Marktwirtschaft auch gab es hier einen Wettbewerb. Nur ging es hier nicht um die besten Preise, den freundlichsten Service oder die größte Produktionsstätte. Die Forschungsgelder waren schlicht und ergreifend davon abhängig, ob es den Wissenschaftlern gelang, die Ergebnisse vor den anderen Institutionen zu erbringen.

Nachdem auch an diesem Morgen der Kaffee endlich seinen Weg in die Kanne gefunden hatte, schenkte sich Mark seinen Humpen voll und setzte sich an seinen Schreibtisch. Während er den ersten Schluck aus seiner Tasse genoss, kratzte er gedankenverloren den Rest Streichkäse vom Deckel seines Notebooks. Das Arbeitsgerät des Wissenschaftlers hatte der Rockstar der Forschung unter anderem als Unterlage seiner allabendlichen kulinarischen Ergüsse genutzt. Chaos und Kreativität lagen nun einmal oft eng beieinander. Er öffnete den Deckel, fuhr seinen Rechner hoch und startete sein Mail-Programm, um sich noch einmal die Auswertungen jener verfluchten Zeile 18 anzusehen. Die neuen E-Mails begrüßten Mark und er überflog sie gelangweilt und wartete darauf, dass die Synchronisation endlich abgeschlossen war und er sich in seine Unterordner klicken konnte. Endlich war der Vorgang beendet und Marks Augen überflogen den Posteingang. Er öffnete seinen Unterordner, als sein Gehirn erst jetzt realisierte, was er Momente zuvor gesehen hatte.

»Elena was?« Mark fuhr sich durchs Haar und entschied sich widerwillig dafür, nochmals den Posteingang zu öffnen.

Elena Yordanov

Betreff: Vorkommnisse/Nofox/Bulgarien

Sehr geehrter Herr Allison,

ich bin bei meiner Recherche im Internet auf Ihre E-Mail-Adresse gestoßen. Ich wende mich in der Hoffnung an Sie, dass Sie vielleicht ein offenes Ohr für mich und meinen Freund haben. Es ist offensichtlich, dass die bulgarische Polizei keinerlei Anstalten macht, uns helfen zu wollen. Ich habe das Gefühl, dass hier etwas nicht stimmt.

Wir wohnen in Sofia, der Hauptstadt Bulgariens, und haben, um mich kurz zu fassen, Vögel in der Nähe der Firma Nofox aufsteigen sehen, die skelettiert wieder zu Boden fielen. Diese Tiere flogen in einer unnatürlichen Geschwindigkeit viel zu hoch, bevor was auch immer dort oben geschah. Wir haben einen Wolkenkranz über dem Nofox-Gelände gesichtet, der sich um sich selbst dreht, während die anderen Wolken mit der Windströmung ihren Weg fortsetzten. Ein Schimmer umgibt den Wolkenkranz, der übrigens auch noch heute Abend gut über dem Sitz der Firma zu sehen war. Mein Freund Wanko beschrieb den Wolkenkranz als runden Zebrastreifen, eine bessere Beschreibung habe ich dafür auch nicht gefunden.

Ich weiß, dass meine Zeilen etwas verwirrend klingen mögen, und ich bin mir nicht sicher, ob ich bei Ihnen an der richtigen Stelle bin. Wenn nicht, wäre es sehr hilfreich, wenn Sie mir eine Person oder Stelle nennen könnten, an die wir uns wenden können.

Ich bin Studentin an der St. Kliment Ohridski Universität in Sofia und definitiv im Besitz eines gesunden Menschenverstandes. Bitte helfen Sie mir. Denn die Polizei, an die ich mich bereits gewendet habe, tut es nicht. Irgendetwas geschieht hier.

Mit freundlichen Grüßen

Elena Yordanov

Mark las sich den Text der unbekannten Absenderin mehrmals durch. Er beschloss, sich später mit der Zeile 18 zu befassen, und antwortete Elena, dass er sich ihres Problems gerne annehmen würde, bat um ihre Handynummer und fragte, ob sie ihm im Anhang ein Bild des gesichteten Wolkenkranzes senden könne.

Der Rest des bereits abgekühlten Kaffees fand sein kurzfristiges Zuhause in Marks Tasse, als er den Signalton hörte, der ihm mitteilen wollte, dass eine neue E-Mail eingegangen war. Er drehte sich zu seinem Notebook und sah eine E-Mail von Elena. Verwundert über die Schnelligkeit der Antwort öffnete er neugierig die E-Mail. Außer der Handynummer stand nichts weiter in der Nachricht, also beschloss er, sich dem Anhang der Mail zu widmen, und öffnete das Bild. Mark Allison ließ seine Tasse fallen und starrte wie paralysiert auf die JPEG-Datei. Elena hatte den Wolkenkranz in einem unbeobachteten Moment auf dem Nofox-Gelände mit ihrem Handy fotografiert. Das Bild war gestochen scharf und zeigte den Wolkenkranz in seiner ganzen Pracht.

»Das kann nicht echt sein.« Mark stieg, ohne sich den Scherbenhaufen am Boden näher anzusehen, mit einem großen Schritt nach vorne und setzte sich wieder auf seinen Stuhl. Er zoomte das Bild näher heran und betrachtete die akkuraten Abstände des unterbrochenen Wolkenrings akribisch. Es machte den Anschein, als wären die Abstände millimetergenau abgemessen und als würde jede Wolke der darauffolgenden gleichen. Sein Gehirn begann auf Hochtouren zu arbeiten, er versuchte sich an jedes noch so kleine Detail aus seiner Studienzeit, den unzähligen Fortbildungen und Seminaren, Vorlesungen und Büchern zu erinnern. Vom Blutregen bis hin zum bekannten Wolkenloch öffnete er jede Schublade in seinem Gehirn. Kramte umher, schloss sie wieder und öffnete die nächste. Das Bild machte keinen Sinn, in keinster Weise schien sich sein Wissen mit der Logik vereinen zu lassen. Mark hatte weder Meteorologie noch Klimatologie studiert, dennoch verfügte er über genügend Wissen, um zu der Erkenntnis zu kommen, dass sich das Bild mit keiner der bekannten Erforschungen über das Wetter vereinen ließ.

Er griff zum Hörer und drückte die Wahlwiederholung, ohne das Foto auch nur eine Sekunde aus den Augen zu lassen, zu sehr faszinierte ihn der Anblick dieses seltsamen Bildes.

»Dr. Shepard, hallo?«

»Hier ist Mark. Hallo, Dr. Shepard. Womöglich hatten Sie doch recht. Vielleicht bin ich wirklich etwas überladen von der Arbeit der letzten Wochen. Ich habe noch zehn Tage Resturlaub vom letzten Jahr. Spricht etwas dagegen, wenn ich mir zwei Wochen Urlaub gönne und mein geniales Köpfchen in den Urlaub schicke?«

»Nein, nein, überhaupt nicht. Schalten Sie ab und sortieren Sie Ihre Gedanken. Ich bin froh, dass Sie zu der Einsicht gekommen sind, Mark. Sie sind ein sehr wichtiger Mitarbeiter für das Research Center, wir brauchen Sie hier.«

Mark verabschiedete sich von Dr. Shepard und bedankte sich für die Urlaubswünsche. Unwissend, dass es das letzte Mal sein sollte, Dr. Shepards Stimme gehört zu haben.

Vierzig Minuten später hatte Mark Allison seinen Koffer gepackt. Der Flug von New York nach Sofia sollte um 12:30 Uhr starten. Er setzte sich noch mal an seinen Rechner, buchte einen der letzten Plätze zu einem vollkommen überteuerten Preis und öffnete nochmals seine Mail.

Hallo, Elena,

danke für Ihre Handynummer und Ihr Bild. Ich fliege heute Abend nach Sofia. Die Flugzeit beträgt knapp zwölf Stunden. Ich werde Sie morgen Vormittag anrufen.

Viele Grüße

Mark Allison

Ohne sich weiter um ein Hotel zu kümmern, schaltete Mark seinen Rechner ab. Wie immer bei Dienstreisen würde sich auch in diesem Fall etwas finden. Irgendwo. Irgendwie. Er schaltete die Hauptsicherung seiner Wohnung ab, schloss die Tür zu und bestellte sich auf dem Weg nach unten ein Taxi.

Fünfzehn Minuten später befand sich Mark in einem Taxi Richtung JFK-Flughafen. Die Tatsache, seine Zahnbürste, seinen Kamm sowie seine Socken nicht eingepackt zu haben, schien unwichtig. Zu sehr hatte Mark das dringende Bedürfnis, nach Sofia reisen zu müssen. Sein Instinkt war alarmiert; die ominösen Messungen, Zeile 18 und dieser Wolkenkranz mussten miteinander zusammenhängen. Etwas Großes braute sich über den sofiotischen Himmel zusammen. Es war kein Wetterphänomen, das wusste Mark. Vielmehr befürchtete er, dass es ein Vorbote eines Ereignisses, das niemals stattfinden sollte, war.

Mark bezahlte hastig, stieg aus dem Wagen und betrat den Flughafen von New York. Zweieinhalb Stunden später startete die Maschine Richtung Europa. Mark sah aus dem Fenster des Airbus und betrachtete das immer kleiner werdende New York, in dem er aufgewachsen war, seine Jugend verbracht hatte und arbeitete. Er hörte das Summen der Turbinen und dachte darüber nach, wie unbedeutend und friedlich doch alles von hier oben aussah. Eine halbe Stunde später hatte der Airbus seine Reiseflughöhe von elftausend Meter erreicht.

Mark Allison hatte die Ostküste und somit New York verlassen. Für immer.

»Darf ich Ihnen etwas zu trinken anbieten?« Die überaus adrette Stewardess sah Mark mit jenem künstlichen Lächeln an, das er schon in seiner Geschäftswelt so sehr verabscheute. Doch schnell verblasste sein Argwohn gegenüber dieser Eigenschaft beim Anblick der ansprechenden Optik der Flugbegleiterin.

»Nein, danke. Können Sie mir sagen, auf welcher Höhe wir uns momentan befinden? Es scheint so, als würde das Multifunktionsdisplay vor mir mich nicht mögen. Zumindest schaltet es sich seit Stunden immer wieder ab, fährt wieder hoch, um mir dann wieder ein wundervolles schwarzes Bild zu präsentieren«, nörgelte Mark. Schließlich war es alles andere als angenehm, einen Zwölf-Stunden-Flug ohne jegliche Art von Entertainment zu verbringen.

»Das möchte ich im Namen unserer Airline entschuldigen. Wir sind bereits über Belgrad und werden in Kürze Bulgarien erreichen«, antwortete die Dame und grub wieder ihr charmantestes künstliches Lächeln hervor.

Mark bedankte sich und schob die Klappe seines Fensters nach oben, um nach etlichen Stunden im Halbschlaf und zu viel Tomatensaft den europäischen Himmel zu betrachten. Die Sonne blendete in ihrer vollen Kraft und erhellte die Oberseite der dichten Wolkendecke unter dem Flugzeug. Wie wunderschön doch immer wieder der Anblick des ewigen Sommers über den Wolken war, während ein paar Tausend Meter weiter unten Gewitter und Wind ihre Kraft zum Besten gaben.

Gedankenverloren sinnierte Mark über das Bild und die Zeilen von Elena Yordanov und prüfte, ob seine spontane Idee, in den Flieger zu steigen, wirklich ausgereift war.

Eine halbe Stunde später kündigte der Pilot an, die Reiseflughöhe verlassen zu haben und mit dem Landeanflug auf den Flughafen Sofia-Vrazhdebna zu beginnen. Kurz danach durchbrach das Flugzeug die Wolkendecke und gab den Blick auf die Hauptstadt Bulgariens frei. Bis zur Landung sollten es noch fünfundzwanzig Minuten sein. Er klappte sein kleines Tischchen nach oben, gähnte und schaltete das verfluchte Display endgültig ab.

»Fahr zur Hölle, Monitor. Den Sitzplatz merk ich mir«, murmelte er zu sich und grinste diabolisch, während er den Knopf des Monitors betätigte. Den Blick seines Sitznachbarn bemerkte Mark aus dem Augenwinkel und musste sich zusammennehmen, um nicht loszulachen.

Der Landeanflug auf Sofia hatte begonnen und Mark widmete sich wieder seinem kleinen Fenster. Er liebte Landungen mehr als die Starts. Er betrachtete die immer größer werdenden Gebäude, Felder und Miniaturautos, als sein Blick von einer plötzlichen Bewegung über dem Flugzeug wieder nach oben gelenkt wurde.

»Was war das?«, flüsterte er zu sich und war sich sicher, etwas gesehen zu haben.

Mark verrenkte seinen Kopf so gut es ging, um die Wolken nochmals betrachten zu können, und untersuchte mit seinen Augen die Wolkendecke. Jetzt konnte Mark sehen, was sich einige Sekunden zuvor in seinem Blickwinkel nur vage abgezeichnet hatte. Wenige Meter seitlich über dem Flugzeug blitzte es an einer Stelle fast ununterbrochen. Und obwohl die Wolkendecke den Himmel komplett bedeckte, so ähnelte die Decke reinster Zuckerwatte. Kein Gewitter, keine grauen und schwarzen Wolken waren zu sehen. Mark Allison war kein Meteorologe und dennoch war er sich sicher, dass in keinster Weise ein Gewitter oder Sturm über Sofia zu sehen war. Wieder fixierte er die Blitze, die seine Augen blendeten. Mark drückte den Knopf, als ihm einfiel, dass dies wohl keinen Sinn machen würde, da sich das Flugzeug bereits im Ladeanflug befand.

»Ist Ihnen schlecht?«

Mark erschrak. Die Stewardess stand wieder vor ihm und beäugte ihn mit hochgezogenen Augenbrauen.

»Nein, ich wollte nur wissen, ob wir gerade durch eine Gewitterfront fliegen. Da draußen blitzt es permanent«, entgegnete er der adretten Flugbegleiterin.

»Nein, Sir. Sie müssen sich keine Sorgen machen. Die Wolken sind harmlos. Wir werden eine ruhige Landung haben. Lehnen Sie sich einfach zurück und schnallen Sie sich bitte wieder an. In ein paar Minuten sind wir unten. Alle ist gut«, beruhigte die Frau den Wissenschaftler.

Als die Flugbegleiterin wieder verschwunden war, ertönte die Lautsprecherstimme aus dem Cockpit.

»Cabin Crew prepare for landing.«

Mark hörte, wie das Fahrwerk ausgefahren wurde, und betrachtete die immer kleiner werdenden Blitze, während die Autos immer größer und deutlicher wurden.

Wenige Minuten später landete der große Airbus auf dem Flughafen und Mark befand sich nach fast zwölf Stunden Flugzeit in Bulgarien. Die Maschine leerte sich, doch Mark blieb auf seinem Platz sitzen und sah nachdenklich aus seinem kleinen Fenster und betrachtete die Mitarbeiter, die Koffer für Koffer auf den Transportwagen wuchteten.

»Sir, wenn Sie dem Reinigungspersonal nicht helfen möchten, sollten Sie jetzt aussteigen«, witzelte die Flugbegleiterin und musterte Mark irritiert.

»Kann ich den Piloten sprechen?«

»Ich wollte Sie mit meinem Satz nicht beleidigen. Es sollte ein Spaß sein, kein Grund ...«

»Blödsinn. Alles in Ordnung. Ist es möglich, den Piloten der Maschine zu sprechen?«

»Ja, natürlich.«

Mark stand auf, nahm seinen Rucksack und machte sich auf den Weg, die lange Röhre zu verlassen.

Am Kopf des Flugzeuges angekommen, erblickte er bereits die Crew, die ihrer täglichen Pflicht nachkam und sich von den Passagieren verabschiedete. Mark wartete, bis der letzte Fluggast gegangen war, und wendete sich an den Piloten.

»Wenn es mir gestattet ist, habe ich noch eine kurze Frage zum Flugverlauf.«

»Aber natürlich.«

»Sind wir bei der Landung durch eine Gewitterfront geflogen?«, fragte Mark.

»Nein, kein Gewitter, keine starken Winde. Es war eine absolut ruhige Landung.«

»Ich habe aus meinem Fenster ein paar Minuten vor der Landung Blitze gesehen. Ist Ihnen das nicht aufgefallen?«

Der Pilot sah seinen Co-Piloten fragend an, der jedoch den Kopf schüttelte.

»Wissen Sie, wir stehen während der Landung und natürlich des kompletten Fluges in Verbindung mit unserem zuständigen Tower. Nein, da wir uns bei einer Landung um etliche Prozesse und Mechanismen kümmern müssen, hatten wir nicht die Zeit, die Wolken zu beobachten.« Der Pilot war langsam etwas genervt von dem Dialog mit Mark, ließ sich das aber weder in seiner Stimme noch seiner Mimik anmerken.

Mark verabschiedete sich von der Crew, wünschte allen noch einen schönen Tag und verließ das Flugzeug. Für einen kurzen Augenblick zweifelte der Wissenschaftler an seinem Geisteszustand. Womöglich war er wegen des langen Fluges übermüdet? War es eine Sinnestäuschung? Eventuell hatten sich die Positionslichter in den Wolken reflektiert? Nein, er wusste, was er gesehen hatte. Er beschloss, dieses Ereignis in einer seiner unzähligen Schubladen in seinem Gehirn abzulegen, und widmete sich dem Kofferband und der Aufgabe, sich ein Hotel zu suchen. Er nahm sein Handy, öffnete WhatsApp und begann Elena eine Nachricht zu schreiben.

Hallo, Elena, ich bin gerade gelandet. Wo befindet sich das Nofox-Gelände? Ich bin jetzt auf der Suche nach einem nahegelegenen Hotel.

Es dauerte keine zehn Minuten, als Mark aus seiner einschläfernden Aufgabe, das sich immer weiter drehende Kofferband anzustarren, gerissen wurde.

Bleiben Sie, wo Sie sind. Ich hole Sie ab. Dank dem Internet weiß ich, wie Sie aussehen. Ich sollte in ca. dreißig Minuten da sein. Liebe Grüße Elena.

Kapitel 8 – Michael Miller

Er betrachtete die Narbe auf seiner linken Handoberfläche lange. Wie klein dieser Schnitt damals gewesen war. Wie groß doch die Wirkung. Er konnte sich nicht mehr genau erinnern, wie viele Jahre das nun schon zurücklag. Fünf Jahre? Sieben? Doch wahrscheinlich war es die goldene Mitte seiner Schätzung und es war sechs Jahre her. Im Schätzen war er schließlich noch nie gut gewesen und die Mitte hatte er schon oft ausgewählt und lag damit bisher goldrichtig. Sechs Jahre. Sechs verdammte Jahre. Es waren sechs verdammt schöne Jahre. Nur zu gut konnte er sich daran erinnern, wie er seinem Melanom mit der anderen Hand den Mittelfinger gezeigt und gesagt hatte: »Fick dich, Krebs. Und wenn ich mir die Hand abhacke. Ich ficke dich und nicht du mich. Verstanden?«

Glücklicherweise musste er seinen Masterplan, nach zwei Flaschen Whiskey im Schuppen seines Hauses die Axt zu nehmen und sich bei dem Song »Let me entertain you« von Robbie Williams die Hand abzuschlagen, nie umsetzen. Und tatsächlich: Das Melanom wurde erfolgreich entfernt und nach nur zwei Behandlungen wurde er als krebsfrei diagnostiziert. Bis zum heutigen Tage.

Doch im Hier und Jetzt streichelte er geistesabwesend über seine Narbe und sinnierte ernsthaft darüber, ob es nicht besser gewesen wäre, vom Krebs besiegt zu werden. Er hätte sechs wundervolle Jahre seines Lebens verloren und dennoch wäre ihm dieser materialisierte Albtraum, in dem er sich befand, erspart geblieben. Ebenso wäre er davon verschont worden, fast alle paar Minuten den Verstand zu verlieren.

Wieder meldete sich seine Erinnerung. Sein Gehirn war überfordert und sein Bewusstsein war nicht in der Lage, die Dinge zu verarbeiten. Es schien schier unmöglich, auch nur ansatzweise diesen Prozess einzuleiten. Vor seinem geistigen Auge sah er, was er zwei Stunden zuvor hatte sehen müssen. Wieder begann er zu lächeln, während ihm die Tränen die Wangen hinunterliefen, und seine Hände begannen zu zittern. Er drehte sich schnell zur Seite und übergab sich. So leise er nur konnte. Kleinere Stücke seines Erbrochenen landeten auf seiner Hose. Er betrachtete seinen Firmenausweis, den er sich an seinen Gürtel geheftet hatte. Heute? Gestern? Vor einem Monat?

Der schleimige, kleine Brocken, den er von sich gegeben hatte, landete direkt auf dem Foto seines Ausweises und kroch im Schneckentempo das Lichtbild hinab auf seine Hose. Wieder ertönte dieses Brummen. Dieser tiefe Ton direkt aus der Hölle. Ihm wurde wieder schlecht. Michael strich sich durch sein verdrecktes schwarzes Haar und fasste sich mit der Hand auf seinen Magen. Dieses Brummen schmerzte in jedem seiner Organe.

»Ich kann nicht mehr. Bitte aufhören«, stöhnte er leise und hielt sich wieder seine Ohren zu, um sein Trommelfell zu schützen. Zu schmerzhaft war dieses Etwas, das sein Innerstes vibrieren ließ.

Nach endlosen Sekunden verstummte der grauenhafte Ton und Michael nahm seine Hände wieder von seinen Ohren. Der Schweiß stand ihm, wie beim letzten Mal auch, auf der Stirn und er versuchte sich zu beruhigen. Er sah sich in dem kleinen Keller um, in dem er Zuflucht gefunden hatte. Er hatte es geschafft, den bewohnten Ort zu verlassen, und hatte fernab zwischen einigen Feldern ein unbewohntes Haus gefunden. Dieses Haus hatte seine Bewohner schon sehr lange nicht mehr gesehen, zumindest vermittelten die verwahrloste Inneneinrichtung sowie das marode Mauerwerk den Eindruck.

Wieder erbrach sich Michael und dachte darüber nach, sich nochmals nach oben zu wagen, um in der Vorratskammer der Küche einige der seltsamen Dosen und Gläser einzusammeln und somit die Versorgung für die nächsten Tage zu gewährleisten. Das Gelbe würde er zumindest nicht mehr essen, auch wenn es besser geschmeckt hatte als das Schwarze. Seine Magenkrämpfe hatten sich zwar wieder beruhigt, aber er fühlte sich noch immer schwach. Michael stand auf und wischte sich die Reste seines Erbrochenen von der Hose, seinem Ausweis und richtete sein Hemd. Er atmete tief durch und betrachtete die unzähligen Schachteln und seltsamen Metallboxen, die weder eine Öffnung hatten noch ansatzweise anzuheben waren. Mit dem Inhalt der Behälter konnte er genauso wenig anfangen wie mit dem meisten, das ihn umgab. In einem der Kartons fand er ein Gefäß, das einem Glas sehr ähnelte. Allerdings bestand dieser Humpen aus einem metallartigen Material, das sich wie ein Blatt Papier zusammenknüllen ließ. Sobald er es wieder aus seiner Faust freigab, entfaltete es sich in die ursprüngliche Form. Geglättet und glänzend wie fabrikneues und poliertes Metall. Diesen Vorgang wiederholte er bestimmt dreißig-, vierzigmal, ohne auch nur im Geringsten zu begreifen, wofür es gut sein sollte und um was es sich hier handelte. Nach reiflicher Überlegung hatte Michael dann doch beschlossen, das Wasser, welches er aus den funktionierenden Hähnen gewann, nicht in dieses eigenartige Ding zu schütten. Vielmehr hielt er es für sicherer, sein Wasser in einen der ausgewaschenen Kanister zu schütten. Welche Flüssigkeit zuvor auch immer darin gelagert gewesen war. Er spülte den Kanister so gut es ging mit Wasser aus und benutzte sein neues Behältnis.

Wieder versuchte er seine Frisur mit seinen Händen ein wenig zu richten und machte sich auf den Weg zur Treppe, nach oben.

»Ganz cool. Du gehst nach oben, links am Wohnzimmer vorbei. Sieh einfach nicht hin. Direkt weiter in den Flur, dann in die Küche. Du packst, soviel du tragen kannst, und dann den Weg wieder zurück. Küche, Flur und dann in das Wohnzimmer, abbiegen und runter. Du fixierst einfach nur die Kellertreppe und siehst nicht hin.

Das schaffst du. Du hast es schon ein paar Mal geschafft, dann wirst du es auch diesmal schaffen«, befahl er sich.

Michael hatte Angst, sein Herz begann zu rasen. Allein bei dem Gedanken an das Wohnzimmer bildeten sich kleine Schweißperlen auf seiner Stirn. Seine Hände begannen zu zittern. Er atmete tief durch und ging die Treppe nach oben.

Als Michael das erste Mal die Treppe in den Keller hinuntergestiegen war oder es zumindest vorgehabt hatte, hatte er das Gleichgewicht verloren und war mit lautem Geschrei auf seiner linken Schulter am Ende der Treppe gelandet. Diesen schnellen und sicher nicht graziösen Abstieg hatte sich der gelernte Informatiker schmerzlich eingeprägt. Anders als bei jeglichen Treppenformen, die ihm bekannt waren, hatten diese Treppenstufen keine Kanten. Sie waren komplett abgerundet, was letztendlich dazu geführt hatte, dass sich sein Gleichgewichtsgefühl vorübergehend verabschiedet hatte.

»Geht los. Fixier das linke Ende des Wohnzimmers. Einfach darauf zugehen«, beruhigte er sich leise und öffnete die Tür.

Da war es. Das linke Ende des Raumes. Michael konnte ein Stück vom Flur erkennen und versuchte seine Augen durch nichts anderes ablenken zu lassen. Zügig verließ er den Raum, ging in den Flur und kam in der Küche an. Er lehnte sich gegen die Wand, seufzte schwer und ließ sich hinuntergleiten. Die Anspannung löste sich und er vergrub seine Hände in den Haaren, während er seine Schuhe ansah.

»Du hast es geschafft. Der erste Teil ist geschafft. Einsammeln und zurück.«

Der Vorratsschrank war offen und wieder betrachtete er die unzähligen Dosen und Gläser. Ein Sammelsurium an seltsamsten Farben und Formen. Er schob das Gelbe angeekelt nach hinten und sammelte schnell das Schwarze, Grüne und Durchsichtige ein. Er ging zurück in den Flur und ins Wohnzimmer. Michael fixierte die Kellertür und schritt hastig darauf zu, als eines der Gläser aus seinen überladenen Händen rutschte und auf den Boden des Wohnzimmers fiel.

»Verdammt«, zischte er und bückte sich, um seinen Essensvorrat aufzusammeln, als sein Blick auf das Bild im Wohnzimmer fiel. Er hatte sich doch eingetrichtert, den Blick nicht von seinen Rettungspunkten zu lassen. Es sich so sehr eingebläut, nach all den Erfahrungen bisher, es nicht zu tun. Vergebens. Seine Augen starrten auf das Bild, das groß über der Sitzgelegenheit aufgehangen war. Michael stand auf. Er konnte seinen Blick nicht mehr von dem Bild lassen. Mit langsamen Schritten näherte er sich dem Foto. Seine Hände lösten sich und die Dosen und Gläser fielen auf den Boden des Wohnzimmers. Es war egal. Alles war egal.

Er hielt sich eine Hand vor den Mund und Tränen bildeten sich in seinen Augen. Einen Meter vor der großen Fotocollage kam Michael zum Stehen. Seine Hand begann zu zittern und seine Pupillen rasten hektisch von einem Ende des Bildes zu dem anderen. Immer und immer wieder betrachtete er jedes Detail der zusammengefügten Bilder.

»Ich will das nicht mehr sehen. Ich ertrage das alles nicht mehr«, wimmerte er leise zu sich, fast ohnmächtig demgegenüber, was sich wieder in sein Gehirn brannte, aber jeglicher Logik widersprach.

Die Fotocollage bestand aus fünf Bildern. Ordentlich aneinandergereiht zeigte das bizarre Sammelsurium auf der rechten und linken Seite des Rahmens jeweils zwei Fotos, während das fünfte Bild wie ein Damoklesschwert in der Mitte positioniert war. Michael wischte sich die Tränen aus den Augen, um die Bilder wieder klar sehen zu können. Und wieder betrachtete er das erste Bild, das zwei Katzen an einem Tisch zeigte. Die Tiere saßen auf kleinen Stühlen. Während die eine Katze offensichtlich mit ihrer Pfote gestikulierte und das Maul leicht geöffnet hatte, saß die andere mit verschränkten Vorderbeinen am Tisch und blickte ihr Gegenüber kritisch an. So surrealistisch diese Situation auch war, so echt schien doch dieser Schnappschuss eines Gespräches. Tiere in menschlichen Posen und lustigen Kleidern kannte er aus dem Internet mehr als genügend. Die Fotobearbeitung machte es möglich, Bilder unglaublich echt aussehen zu lassen. Doch mit diesem Bild stimmte etwas nicht. Ganz und gar nicht. Dieses Bild zeigte eine Momentaufnahme, die leicht verwackelt und unscharf war. Ein anderes Foto war in einer Art Fabrikhalle mit grellen grünen Wänden gemacht worden. Neben den großen Tanks, die ihn an eine Brauerei erinnerten, befanden sich Zuleitungen, die von den riesigen Behältnissen in der stechend grünen Wand verschwanden. Vor einem der Tanks lehnte ein Mann mittleren Alters, der seinen Helm in der Hand hielt und in die Kamera lachte. Auf dem ersten Blick wirkte das Bild normal, doch beim näheren Hinsehen entpuppten sich die grässlichen Details. Der Schutzhelm war übersät von Spritzern einer roten Farbe, die Michael an Blut erinnerte. Doch das Schrecklichste an diesem Foto waren die Zähne des Protagonisten. Das Lachen des Mannes ließ einen Blick auf sein Gebiss zu. Abgesehen von dem strahlenden Weiß und offensichtlich sehr gepflegten Zustand waren es zu viele. Viel zu viele Zähne. Michael näherte sich dem Bild vorsichtig und betrachtete die unzähligen, kleinen Zähne in seinem Mund. Soweit es das Foto zuließ, zählte er im sichtbaren Bereich des Unterkiefers fünfunddreißig Zähne. Unproportional klein zu dem Kopf des Mannes und identisch in der Beschaffenheit und Form menschlicher Zähne.

Michael machte einen Schritt zurück. Er rieb sich die Augen und versuchte sich wieder zu entspannen. Tatsächlich schien sich seine Panik, wie nach dem ersten Anblick des Fotos, nicht mehr zu wiederholen. Doch die schlimmsten Bilder dieser Fotocollage der Kuriositäten hatte er bisher noch gar nicht betrachtet. Er bückte sich, öffnete eins der Gläser mit dem schwarzen Gelee und tunkte seinen Finger hinein. Die Konsistenz ähnelte altem Motoröl, doch der Geschmack war unbeschreiblich. Im wahrsten Sinne des Wortes. Noch niemals zuvor hatte Michael etwas Derartiges geschmeckt. Eine Mischung aus Pfirsich, Hackfleisch und einer etwas säuerlichen Note, die er nicht identifizieren konnte, traf wieder seinen Geschmackssinn. Wenigstens musste er davon nicht brechen und das war das Wichtigste. Er schloss das Glas wieder zu, leckte sich seinen Finger ab und widmete sich dem nächsten Bild.

Ein etwas größeres Bild zeigte einen Esstisch in dem Wohnzimmer, in dem er sich aufhielt. Das Foto längst vergangener Tage hielt das Essen einer glücklichen Familie fest. Die Eltern sowie zwei Töchter waren zu sehen und alle lachten glücklich in das Objektiv der Kamera. Wie schon auf dem Fabrikfoto betrachtete Michael wieder die unzähligen und viel zu klein geratenen Zähne der einzelnen Personen. Auf seinen Armen bildete sich eine Gänsehaut. Zwei Töpfe sowie eine Schüssel mit Salat zierten den Esstisch. Soweit schien das Foto, abgesehen von den Zähnen, an die er sich einfach nicht gewöhnen konnte, normal zu wirken. Wären da nicht die Speisen auf den jeweiligen Tellern, die Michael deutlich und detailliert erkennen konnte. Er entdeckte neben ein paar Blättern Salat und einem leicht bläulichen Brei Menschenteile. Neben einem Fuß, einem Ohr und einer Hand befand sich auf dem vierten Teller ein Haufen von Gedärmen. Eines der Mädchen hielt freudestrahlend ihre Gabel empor: Sie hatte einen Finger aufgespießt. Ein weiteres Detail, das die Aufmerksamkeit von Michael erregte, war das Licht. Der Lichtkegel fiel direkt von oben auf den Esstisch und erleuchtete das grauenhafte Mahl. Obwohl die Decke auf dem Foto abgelichtet war, erkannte er weder eine Lampe noch einen Strahler. Vielmehr blickte er wieder verstört auf die weiß gestrichene Decke. Das gleiche Phänomen, welches er auch schon in dem Wald erleben musste. Es machte keinen Sinn, sich weiterhin mit dem Bild zu befassen und auf eine Lösung des Rätsels zu hoffen. Über diesen Punkt war er bereits hinaus. Nochmals blickte er auf das kleine, silberne Etwas, das links unten auf dem Foto zu sehen war. Dieses runde, metallische Ding befand sich nun im Keller neben all den Metallboxen und Kugeln, die ebenfalls weder einen Verschluss noch eine Öffnung besaßen. Michael hatte diese Gegenstände stundenlang akribisch inspiziert und kam letztendlich zu der Erkenntnis, dass sie aus einem Stück gegossen sein mussten. Und obwohl das kleinere Metallding, welches auch auf dem Bild zu sehen war, vielleicht die Größe eines Fußballes hatte, so war es ihm schlicht und ergreifend unmöglich gewesen, es zu bewegen, geschweige denn anzuheben. Doch eines hatten alle diese Gegenstände offenbar gemeinsam: Sie schienen hohl zu sein, zumindest klang es so, als würde sich ein Hohlraum in den verschlossenen Metallgegenständen befinden.

Michael löste seinen Blick und widmete sich dem vierten der kleineren Bilder. Das vorletzte Foto schien das älteste zu sein, das Michael gezwungenermaßen betrachten durfte. Die Gesichter glichen den Personen am Esstisch, nur machte es den Anschein, als wäre dieses Bild einige Jahre zuvor aufgenommen worden. Die Töchter waren etwas kleiner und auch die Eltern wirkten jünger. Michael hatte es hier ohne Zweifel mit einem Urlaubsbild zu tun. Die Familie saß auf einer Decke am Strand, im Hintergrund war ein Meer zu sehen. Auch dieses Foto hatte Michael genauestens betrachtet, um eventuell einen Hinweis darauf zu finden, wo dieses Bild aufgenommen worden war. Nur konnten der Strand und das Meer wirklich überall sein und dennoch wusste er, dass er an diesem Ort sicherlich noch nie in seinem Leben gewesen war. Alles, was er in der Front des Fotos sah, glich dem einer normalen Familie an einem normalen Strand. Wäre da nicht das Meer gewesen. Dieses verdammte Meer. Er legte wieder seine Hand auf seinen Mund, um nicht einen lauten Seufzer auszustoßen. Mittig und etwas entfernt vom Strand zeigte das Bild eine Kreatur, die er noch nie gesehen hatte. Ein Wesen mit dem Körper eines gigantischen

Oktopus und dem Kopf einer Fledermaus ohne Fell war darauf zu sehen. Die Kreatur schien riesig zu sein. Dennoch schien es die anwesenden Badegäste nicht zu stören. Sie tollten auf der Momentaufnahme, die sich ihm bot, am Strand umher und schwammen im Wasser. Keine fünf Meter neben dem Ungeheuer, das sich sichtlich aufbäumte und schier wütend schrie. Michael konnte seine Augen nicht von dem wütenden und gefährlichen Blick des Tieres lassen. Wie ein Raubtier, das sein Opfer jede Sekunde zerfleischen wollte, schien das Wesen zu kreischen und fletschte seine gigantischen Zähne, während vier Saugarme offensichtlich wild in und über dem Wasser umherwirbelten.

»Das ist krank. Das ist absolut krank«, flüsterte er zu sich und erschrak über seine heisere Stimme.

Plötzlich fiel ihm ein weiteres Detail auf, das er zuvor anscheinend übersehen hatte. Der Picknickkorb der Familie stand offen und er sah, dass etwas Bläuliches aus den Tiefen der Lunchbox hervorschimmerte. Er erkannte ein Licht, das schwach und kaum sichtbar aus dem Inneren der Box leuchtete.

Wieder nahm er das Glas mit der schwarzen, gallertartigen Substanz, öffnete es und tunkte seinen Finger, ohne hinzusehen, hinein. Es war besser, nicht hinzusehen. Das hatte Michael bereits gelernt. Es war besser, es einfach zu essen, ohne darüber nachzudenken und es zu betrachten. Zu sehr rebellierte sein Magen. Sein Zeige- und Mittelfinger waren bis zum Anschlag in dem Glas verschwunden. Er holte sie langsam wieder raus, öffnete seinen Mund und leckte sich seine Finger ab. Sorgsam stellte er das Glas wieder auf den Boden und betrachtete das große Bild, das inmitten des Rahmens hing. Er blickte das rechteckige Bild an, die Krönung der Absurditäten, das grausame Highlight eines Sammelsuriums von verstörenden Momenten, die sein Verstand einfach nicht greifen konnte. Langsam, ohne seinen Blick von dem großen, skizzierten Bild zu lassen, setzte sich Michael im Schneidersitz auf den Boden des Wohnzimmers. Seine Hände umschlossen sich wie zu einem Gebet und mit halb geöffnetem Mund starrte er ungläubig nach oben in die Mitte des Bilderrahmens. Das letzte und größte aller Bilder zeigte eine gezeichnete Weltkarte. Oberhalb des Planeten stand nur ein Wort:

TERRA

Doch die Kontinente, so wie er sie kannte, stimmten mit seinen Kenntnissen nicht überein. Ganz und gar nicht. Anstatt sieben Kontinenten sah er zwei.

»Pangäa, der Superkontinent«, flüsterte er zu sich und erinnerte sich an partielle Fetzen von Frau Bachner, seiner damaligen Erdkundelehrerin. Sie lehrte die Klasse damals, dass vor zweihundert Millionen Jahren die meisten Kontinente noch vereint gewesen waren, bevor die Evolution, der Klimawandel und die Erdbeben die Plattentektonik für immer veränderten.

In schwacher Schrift las er die beiden Namen der Kontinente, welche quer über den jeweiligen Erdteil geschrieben waren: Miur und Perz. Es war der Kontinent namens Perz, auf dem er letztendlich einen kleinen, roten Kreis fand, der wohl die Position des Hauses angab, in dem er sich befand. Sollte diese Karte stimmen, so befand sich Michael auf dem Kontinent Perz, in einem Land namens Smollok, der Stadt Haint und dem District Miltra – in der Street 10c3. Umgeben von weiteren Städten, Distrikten und Ländern fernab eines Ozeans.

»Wo bin ich?« Wie oft hatte er sich in den letzten Stunden und Tagen diese Frage schon gestellt?

Seit dem Vorfall in Sofia und der damit verbundenen Gedächtnislücke in seinem Kopf versuchte er immer wieder zu rekonstruieren, was geschehen war. Für einige Momente hatte Michael gedacht, er wäre gestorben, als er die Augen öffnete und sich mitten auf einer Waldlichtung wiederfand. Doch schnell hatte er realisiert, dass er nicht tot war. Zu dieser Zeit hatte er Armin und Frederick noch bei sich. Er vermisste die beiden so sehr. Wieder schossen ihm Tränen in die Augen und wieder versuchte er, nicht durchzudrehen. Nicht wieder zu schreien und nicht wieder an Selbstmord zu denken. Er würde es schaffen. Irgendwie würde er es schaffen, diesen Ort zu verlassen.

Sein Blick löste sich von dem Bilderrahmen und wanderte ein paar Zentimeter weiter zu der immer noch funktionierenden Wanduhr. Statt der bekannten zwölf Ziffern befanden sich hier siebenundzwanzig. Abgesehen davon, dass jede Stunde hier neunundachtzig Minuten zu haben schien, bewegte sich der Sekundenzeiger in einer immensen Geschwindigkeit. Michael wendete sich ab, sammelte seine Essensvorräte zusammen und ging wieder hinunter. Behutsam stapelte er seine Vorräte neben die Metallboxen und setzte sich wieder auf den Boden.

Es gab keine Option. Keinen Ausweg und keinen Plan B. Als die drei Freunde und Kollegen ihren Ausweg durch das Dickicht des Waldes suchten, nachdem »es« passiert war, strandeten sie schließlich auf einer menschen- und autoleeren Landstraße. Außer dem schier unendlichen Wald, der die Straße auf beiden Seiten begrenzte, schien hier nichts zu sein. Sie setzten ihren Weg auf der asphaltierten Straße fort, um möglichst schnell in einem Ort anzukommen und zu erfahren, was passiert war. Immer wieder diskutierten die drei über den Vorfall, doch da sie alle an einer Gedächtnislücke litten, kamen sie mit ihren Spekulationen nicht weit. Der letzte Moment, an den sie sich erinnern konnten, war, dass sie von dem Serverraum zum Hauptrechner des LHC gegangen waren. Sie hatten sich im unterirdischen Teil des Nofox-Geländes befunden. Ein Teil des Weges hatte sie an den gigantischen Röhren des Teilchenbeschleunigers vorbeigeführt. Lediglich zehn Meter sollten sie der Röhre folgen und dann in einen weiteren Gang nach rechts abbiegen. Doch so weit kamen sie nicht. Ihre Erinnerung endete neben der Röhre des Teilchenbeschleunigers.

Als es bereits gedämmert hatte, hatte Frederick in der Ferne eine Gruppe von Personen erspäht. Vielleicht war es ein Wink Gottes gewesen, dass Michael ein Stück in den Wald hineingegangen war, um seinen natürlichen Bedürfnissen nachzugehen. Vielleicht war es aber auch der Teufel, der ihm hier ein Schnippchen schlug. Während Frederick lauthals auf sich aufmerksam machte, beeilte sich Michael, um nicht den Anschluss zu verpassen. Frederick und Armin winkten und riefen, während sie auf die Gruppe zu rannten. Michael betrachtete die Situation, während er sein bestes Stück hastig abschüttelte und wieder einpackte. Frederick und Armin hatten in kürzester Zeit die halbe Strecke zu den Personen zurückgelegt, während Michael immer noch damit beschäftigt war, sein Hemd wieder zu richten. Gerade als Michael den ersten Schritt auf den Asphalt der Straße machte, wurde er Zeuge vom Tod seiner beiden Freunde.

Frederick und Armin waren auf die Gruppe von Männern getroffen und hatten damit begonnen, wild gestikulierend mit ihnen zu sprechen und nach hinten zu deuten. Michael betrachtete den Moment und blieb stehen. Irgendwas schien nicht zu stimmen und er machte instinktiv einen Schritt nach hinten zu dem Gebüsch, aus dem er wenige Momente zuvor gekommen war. Die Männer neigten ihre Köpfe nach rechts. Offensichtlich verstanden sie nicht, was seine beiden Freunde gerade versuchten, ihnen zu erklären. Das Bild wirkte grauenhaft, wie Frederick immer wieder mit seinen Armen versuchte zu erklären und die fünf Männer, aufgereiht in einer Linie, ihre Köpfe neigten und nichts weiter unternahmen. Michael tat nochmals langsam einen Schritt nach hinten.

Auch Armin, der wenige Meter neben Frederick stand, begann nun zu gestikulieren und berührte einen der Männer freundschaftlich an der Schulter und zeigte nach hinten zu Michael.

Die Blicke seiner Freunde verrieten, dass sie nichts von all dem verstanden, was die Männer da von sich gaben. Immer wieder blickten die beiden fragend von einem Mann zum nächsten. Mit großen Augen versuchte Michael herauszufinden, was diese Monster, wie er sie nannte, redeten. Schließlich endete die angeregte Diskussion der Fremden. Einer der Fremden hob den Kopf gen Himmel und machte ein lautes Geräusch, das dem eines Spechtes glich. Es war ein Signal, eine Botschaft für seine Freunde, die Armin immer noch in Schach hielten. Was nun geschah, sollte Michael sein Lebtag nicht vergessen. Er konnte erkennen, wie seinen Kollegen gewaltsam Pflaster auf die Arme geklebt wurden. Aus der Ferne machte es den Anschein, als würde einer der Fremden darauf herumtippen. Die Sicht zu Frederick war weitaus besser und Michael konnte aus seinem Versteck heraus beobachten, wie ein kleines Display auf dem Pflaster erschien. Schließlich ließen die Männer, fast auf die Sekunde genau, von Frederick und Armin ab und verschwanden, binnen Sekunden in dem Wald. Irritiert sah Frederick zu Armin, der bereits auf seinen Freund zu rannte. Michael rührte sich nicht von der Stelle. Er traute dem Frieden nicht und dennoch wollte er so sehr zu seinen Freunden, um sie zu fragen, ob alles in Ordnung sei. Doch sein Bauchgefühl ließ ihn sich keinen Millimeter bewegen und so verharrte er hinter dem Busch in der Hocke und beobachtete, was geschah.

»Warm, es ist so warm!«, schrie Armin.

Doch Frederick drehte sich zu Michael und ging langsam auf ihn zu. Je näher er kam, umso deutlicher erkannte er nun, was auf dem Display seines Pflasters in Rot leuchtete.

38°C

»Mir ist so warm, Freddi, verdammte Scheiße«, hörte er Armin rufen.

Frederick sah Michael wortlos an und er konnte erkennen, wie sich Schweißperlen auf seiner Stirn bildeten.

41°C

»Das ist nicht möglich«, flüsterte Michael.

Verstört blickte Frederick auf sein Pflaster und versuchte es herunterzureißen. Es gelang ihm nicht. Panisch zerrte er mit seiner Hand an seinem Arm umher, während Michael einen weiteren Blick auf das Display erhaschen konnte.

46°C

Fredericks Kleidung war klatschnass und seine Haare durchnässt von dem Schweiß. Frederick wurde bewusstlos, wie auch Armin, der im Sprint zusammengebrochen war und regungslos liegen blieb.

59°C

Die Schweißtropfen auf Fredericks Stirn begannen zu brodeln und Michael bewegte sich langsam weiter in den Wald.

Wieder hörte er den wunderbaren Gesang der exotischen Vögel, die in dem grünen Dickicht ihr Zuhause gefunden hatten. Ihre Melodie klang so wundervoll und der Moment schien so grauenhaft.

Fünf Minuten, nachdem die seltsamen Gestalten verschwunden waren, begannen die leblosen Körper seiner beiden Freunde zu brennen. Wie von Geisterhand entzündeten sich Fredericks Arme, der Kopf und schließlich der Rumpf. Wenige Minuten danach starrte Michael unter Tränen auf ein Häufchen Asche. Das Einzige, was nach dem selbst entzündeten Inferno sichtlich unbeschadet geblieben war, war jenes mysteriöse Pflaster.

3.075°C

Die Männer kehrten zurück, betrachteten, ohne miteinander zu sprechen, ihr Werk, hoben die Pflaster auf und gingen langsamen Schrittes wieder an jene Stelle zurück, an der sie ursprünglich gestanden hatten. Michael blieb etwa eine halbe Stunde hinter seinem

Gebüsch versteckt und beobachtete fassungslos, wie die fünf Männer, wie von Medusas Blick getroffen, starr gen Himmel blickten.

Die Gegenwart hatte Michael wieder eingeholt. Gedankenverloren sah er auf seine Essensvorräte. Seine Odyssee durch die schier unendliche Botanik hatte ihn letztendlich zu dem Haus gebracht, in dem er seitdem verharrte.

Er sah wieder durch das kleine Kellerfenster, das sich an der Ostseite des Hauses befand. Hier endete das Waldgebiet und er konnte in der Ferne etliche Gebäude ausmachen. Ob es sich um Fabrikgebäude oder bewohnte Häuser handelte, konnte er nicht erkennen. Die Dosen und Gläser mit den seltsamen Substanzen, von denen er sich ernährte, würden noch drei, maximal vier Tage reichen. Es gab keine Alternative. Wenn er nicht jämmerlich verhungern wollen würde, so musste er einen Ausflug wagen. Vielleicht waren diese Landstreicher nur Verrückte oder Kriminelle gewesen. Genauso wie hier vor langer Zeit eine eigenartige Familie gelebt haben könnte, die einer Sekte verfallen war und sich Fotomontagen an die Wand gehängt hatte. Vielleicht waren auch diese eigenartigen Metallboxen nicht echt und lediglich ein Konstrukt seiner Gedankenwelt. Vielleicht musste sich Michael Miller aber einfach nur der Tatsache stellen, dass dieser Unfall ihn an einen Ort gebracht hatte, der jenseits seiner Welt und Logik lag.

Morgen würde er losgehen. Er würde es wagen. Vielleicht nicht direkt in die Stadt hinein, aber dennoch weit genug, um zu erspähen, ob es dort Leben, Essen oder eine neue Bleibe gab. Vielleicht sogar Hilfe. Michael blickte auf seine Uhr. Er hatte noch vier Stunden, bevor das Brummen wieder losgehen würde, das seine Organe vibrieren ließ. Er legte den Kopf auf seine Jacke und versuchte zu schlafen.

Kapitel 9 - Eigendynamik

»Schön, dass Sie sich die Zeit genommen haben, Mr. Mortensen«, entgegnete ihm die freundliche Stimme hinter dem Empfangsschreibtisch der Praxis.

»Freut mich auch. Muss ich lange warten?« Justin blickte an diesem 13. April genervt auf seine Uhr. Zu viele Meetings, zu viele Conference-Calls bezüglich des Projekts Nehebkau prasselten heute auf ihn ein. Die Geldgeber sowie das Board of Directors erwarteten heute einen aktuellen Stand über die Fortschritte des Projekts.

»Nun, Sie können sich einen Moment setzen, wir werden ...«

»Ich warte hier. Es dauert ja nur einen Augenblick, wie Sie sagten.« Und damit beendete Justin Mortensen dieses sinnfreie Gespräch und starrte wieder auf die E-Mails in seinem Smartphone, die über Nacht aufgelaufen waren.

Tatsächlich erschien Dr. Oswald ein paar Minuten später und nach einer freundlichen Begrüßung verschwanden die beiden Männer in dem Besprechungszimmer des Psychologen. Dr. Oswald hatte nicht nur die Stimme eines Bären, sondern auch das Aussehen. Justin saß einem fülligen, bärtigen Mann gegenüber, der zwei Köpfe größer war als er.

»Er ist wieder da, richtig?«, fragte Dr. Oswald, während er seinen Block öffnete und die Kappe seines Füllers abnahm.

Justin rieb sich die Augen und nickte wortlos. Und wieder spürte er, was doch seit fünf Sitzungen endlich verschwunden gewesen war. Schweiß, Angst und sein schnell schlagendes Herz.

»Haben Sie ihn wiedergesehen?«

»Ja. Er saß in meinem Büro, auf meinem Stuhl. Er hat mich gezwungen, ihn anzusehen. Also habe ich es getan. Wir haben sehr lange geredet. Vielmehr hat er geredet.«

»Was hat er gesagt? Dass Sie ein kleiner, dummer Junge sind? Hat er Sie wieder Bustin genannt?«

Er betrachtete das Bild auf dem Schreibtisch von Dr. Oswald. Eine lachende Familie auf einem Volksfest. Für eine Sekunde schweifte er ab und fixierte verloren in seiner Gedankenwelt dieses wunderschöne, sorgenfreie Bild. Warum hatte er niemals die Möglichkeiten bekommen, so ein erfülltes Leben mit Liebe und Freude zu führen? An welcher verfluchten Kreuzung seines Lebens war er bloß falsch abgebogen?

Als hätte Dr. Oswald seine Gedanken lesen können, räusperte er sich kurz und laut. Justin war wieder in der Gegenwart und blickte seinen Psychologen an.

»Alles hat seine Vor- und Nachteile, Mr. Mortensen. Alles. Erzählen Sie mir bitte von ihm. Was hat er zu Ihnen gesagt?«

»Nein, er hat mich diesmal nicht gedemütigt. Er hat mich ermutigt, mit meiner Arbeit weiterzumachen, sonst würde alles zusammenbrechen. Ich würde niemals den Respekt bekommen, der mir mein Leben lang schon zusteht, wenn ich mich jetzt nicht beweise und abliefere. Ich muss abliefern.«

»Geht es um eine Aufgabe, die Sie in Ihrem Job erledigen müssen?« Dr. Oswald wusste nicht genau, was Justin beruflich tat. Die unzähligen Versuche, mehr über die Arbeit seines Patienten zu erfahren, waren immer wieder fehlgeschlagen.

»Ja, so kann man es nennen. Ich denke, er hat verstanden, wo mein Problem liegt, und möchte mir helfen. Ich hatte zum ersten Mal das Gefühl, dass er mich nicht wie einen kleinen, dummen Jungen behandelt. Er will, dass ich es zu Ende bringe. Ich will, dass ich es zu Ende bringe.«

Dr. Oswald legte seinen Füller auf den Block und lehnte sich zurück.

»Mr. Mortensen, Sie wissen, dass Sie unter einer paranoiden Schizophrenie leiden. In den Anfängen unserer Arbeit habe ich Ihnen erzählt, dass dieses Krankheitsbild salopp gesagt eine Ich-Störung ist mit Halluzinationen im akustischen sowie auch optischen Bereich. Die imperative Stimme oder Erscheinung, die Sie sehen, will nichts anderes, als über Sie befehligen. Wer oder was auch immer mit Ihnen spricht, will Ihnen nichts Gutes. Krankheiten können niemals gut sein, soweit sind wir uns doch einig, oder?«

»Er will mir helfen. Er hat mir versprochen, dass alles wieder gut wird, wenn ich das jetzt zu Ende bringe. Das kann doch nichts Unrechtes sein? Ich soll ja niemanden umbringen.« Justin lachte laut auf und schloss danach schnell wieder den Mund. Nervös fuhr er sich mit der Hand durch sein Haar.

Dr. Oswald betrachtete ihn eingehend, ohne auf das Lachen einzugehen.

Justin wusste, dass er in den Augen seines Arztes einen Rückfall erlitten hatte.

»Mr. Mortensen? Was denken Sie gerade?«

Die Stimme, die er einst als so beruhigend und vertraut empfunden hatte, nervte ihn urplötzlich beim Denken. ER gab ihm mehr Kraft und Macht, als ein anderer Mensch ihm jemals geben könnte. Das begriff Justin schlagartig. Er schob die Spinnweben vor seinem geistigen Auge beiseite und konnte endlich wieder klar sehen.

»Mr. Mortensen?«

Justin würde es vollenden. Den ganzen Kritiken und Warnungen seiner Wissenschaftler zum Trotz. Höchstwahrscheinlich würde er einen Nobelpreis bekommen und die Welt der kommerziellen Forschung würde ihm zu Füßen liegen. Geld, Frauen, Macht und Anerkennung. Anerkennung für all die Jahre, in denen er die Wochenenden allein in seiner Wohnung verbracht hatte, nur um darauf zu warten, am Montag wieder zu arbeiten und sein Privatleben zu vergessen. Anerkennung dafür, dass ER ihm dabei half, auf den richtigen Weg zu kommen. Vielleicht könnte er mit Nehebkau seine Existenz beweisen. Justin könnte beweisen, dass es IHN tatsächlich gab. Dass er nicht verrückt war ...

»Mr. Mortensen, sind Sie noch bei mir?«

»Halten Sie die Klappe!« Justin war aufgesprungen und starrte sein Gegenüber hasserfüllt an. Sein Gesicht war rot angelaufen, seine Brauen lagen tief auf seinen Augen und ein Speichelfaden hing an seinem Mundwinkel.

»Mr. Mortensen, beruhigen Sie sich. Bitte setzen Sie sich hin. Atmen Sie ein und wieder aus.«

Justin nahm seinen Mantel vom Stuhl und zog ihn an.

»Sie wollen wissen, was ich denke? Ich sage Ihnen, was ich denke. Ich denke, dass Sie sicherlich viel in Ihrem Studium, den Lehrbüchern und Seminaren gelernt haben. Zweifelsohne. Ich glaube ebenso, dass Sie nicht den geringsten Schimmer haben, was in meinem Kopf vor sich geht. Sie beten Ihre passende Diagnose herunter. Haben ein Krankheitsbild und arbeiten dann weiter nach Schema F. Das glaube ich.«

»Mr. Mortensen, ich arbeite nach keinem Schema F. Das ist in der Psychologie gar nicht möglich. Jeder Mensch ist ein Individuum. Sie nehmen Ihre Schizophrenie in Schutz. Wir sollten schnellstmöglich eine andere Medikation einstellen, damit ...«

»Damit was? Damit ich keinen Erfolg habe? Keine Anerkennung? Alles so weitergeht wie bisher in meinem beschissenen Leben? Wir ziehen einfach den Schleier der Krankheit wieder vor meine Augen und fertig?«

Perplex betrachtete Dr. Oswald Justin. Er stand langsam auf, schob sorgsam seinen aufgeschlagenen Block weiter in die Mitte des Schreibtisches und klappte ihn zu.

»Ich kann Sie zu nichts zwingen, Mr. Mortensen. Sie sind aus freien Stücken gekommen und ich bin dafür da, Ihnen zu helfen. Dazu müssen Sie sich aber auch im Klaren darüber sein, dass die ganze Behandlung ohne Kooperation zum Scheitern verurteilt ist.«

»... zum Scheitern verurteilt ist??« Justin wiederholte den Satz ungläubig und zog seine Augenbrauen nach oben.

»Ich wollte damit zum Ausdruck bringen ...« Weiter kam Dr. Oswald nicht mehr.

Justin drehte sich um, ging zur Tür und öffnete sie. Nochmals drehte er sich zu seinem Psychologen und sah ihn bemitleidend an.

»Danke für Ihre Hilfe, Dr. Oswald. Ich weiß jetzt, wohin ich gehöre. Wie heißt doch das alte Sprichwort so schön? Genie und Wahnsinn liegen nah beieinander.«

Dr. Oswald sollte das unheimliche Lächeln von Justin nicht so schnell vergessen. Es war das letzte Mal, dass sich die beiden Männer unterhielten. Es war auch der letzte Tag, an dem Justin am Morgen nach seinem Gang ins Bad und seiner heißen Tasse Tee seine Tabletten genommen hatte. Der Grundstein für ein neues, wundervolles Leben war gelegt worden.

Eine halbe Stunde später erreichte Justin sein Büro. Er bat seine Sekretärin, für die nächste Stunde keine Gespräche durchzustellen und keinen Besuch zu empfangen. Er schloss die Tür, legte den

Mantel ab und krempelte seine Ärmel nach oben. Es hatte etwas von einem neu gewonnenen Ritual, als er sich auf seinen lederbezogenen Stuhl setzte, seine Brille abnahm und seine Augen schloss.

»Komm schon. Ich habe es so gemacht, wie wir es besprochen hatten«, sagte er in den leeren Raum hinein.

Nichts geschah. Justin wartete weitere fünf Minuten, schloss die Augen und seufzte. »Du kannst mich jetzt nicht im Stich lassen, ich habe alles getan, was du von mir verlangt hast. Komm schon!« Sein Ton wurde lauter, verzweifelter, doch wieder passierte nichts. »DAS KANNST DU NICHT MACHEN! WIR HABEN ...«

»Schrei nicht so herum, **Bustin**. Wie ein kleines, trotziges Kind im Supermarkt. Bist du ein kleines, trotziges Kind im Supermarkt, **Bustin**?«

ER war da. Er hatte ihn nicht verlassen. Mit geschlossenen Augen begann Justin zu lächeln und schüttelte den Kopf.

»Nein, natürlich nicht. Ich bin kein Kind. Ich bin Justin Mortensen, der CEO von Nofox.« Er setzte sich gerade auf und schob stolz seine Brust nach vorn.

»Ja, das bist du, **Bustin**. Und jetzt mach die Augen auf.«

Es war der schwerste Moment. Er hatte Angst. Immer wieder aufs Neue begann sein Herz zu rasen. Sein Atem wurde schneller. Er drückte seine Fingernägel in das Fleisch seiner Handinnenflächen, um sich zu beruhigen. Er war kein kleines Kind und auch kein Versager. Er öffnete die Augen.

Auf dem Stuhl, direkt gegenüber von ihm, saß er. Wie beim letzten Mal. Sein Bein lässig auf das andere geschlagen. Justin musterte die Jeans des Mannes. Der Blick wanderte weiter nach oben, vorbei an der schwarzen Lederjacke, direkt zu dem Gesicht jenes Mannes, der ihn immer Bustin nannte. Er hatte sich mit der Tatsache abgefunden. Schließlich respektierte er ihn nun endlich. Er war Bustin. Justin blickte auf sein Ebenbild. Ohne Brille, mit vollem Haar, das streng nach hinten gegelt war. Der Dreitagebart stand ihm sehr gut. Besser als er Justin jemals stehen würde.

ER stand auf und sah sich in dem Büro um. Der Zahnstocher in seiner Hand wanderte in seinen Mundwinkel und er begann schelmisch zu grinsen.

»Das hast du sehr gut gemacht, **Bustin**. Es geht doch, Kleiner.«

Wie ein kleiner Hund, der freudig den Ball seines Herrchens apportiert hatte, lächelte Justin und nickte bestätigend.

»Wir haben noch acht Tage, bis Nehebkau startet. Uns steht viel, viel Arbeit bevor, **Bustin**.«

»Ja, ich weiß. Dr. Meloy schickt mir jeden Tag einen Bericht über die aktuellen Fortschritte des Projekts. Wir liegen gut im Zeitplan, auch wenn das Forscherteam immer noch größte Bedenken hat, dass dieses Zeitfenster ...«, plapperte Justin völlig überdreht los, als ER plötzlich neben ihm stand. So nah, dass er eigentlich seinen Atem hätte spüren sollen. Aber er tat es nicht.

»Was hatten wir vereinbart, **Bustin**?« Sein Zeigefinger berührte fast Justins Lippen und signalisierte ihm, endlich still zu sein.

»Du bist der Chef«, flüsterte Justin und senkte den Blick.

»Richtig. Darauf hatten wir uns doch das letzte Mal geeinigt. Und bitte erzähl mir nicht ständig Dinge, die ich sowieso schon weiß. Nimm dir etwas zum Schreiben und pass gut auf.« Er setzte sich wieder auf seinen Stuhl und Justin gehorchte.

Nach einer Stunde hatte Justin alles zusammengetragen. Mit Telefonaten, die zu erledigen waren, E-Mails, die es zu schreiben galt, und Meetings, die er anberaumen musste.

Er war wieder verschwunden und Justin blickte benommen auf den ersten Punkt seiner Notizen.

Mr. Crowley – Telefonieren und folgendes Statement abgeben:

Konzentriert las er die Stichpunkte, die eine halbe Seite umfassten. Während seine Lippen das Gelesene lautlos wiederholten, begann er immer wieder zu nicken. Zufrieden lächelte er und griff zum Hörer. Nach drei Minuten wurde Justin zu Mr. Crowley durchgestellt.

»Welch Überraschung, Mr. Mortensen. Ich warte stündlich auf die Zustellung der Leichenpässe«, entgegnete ihm Mr. Crowley in gewohnt freundlicher Manier.

»Ich weiß, Mr. Crowley, ich weiß. Es gibt keine Totenscheine, genauso wenig wie es Leichen gibt. Das wissen Sie bereits, nehme ich an«, antwortete Justin sachlich und erschrak kurzzeitig über seine selbstbewusste Tonlage, die er plötzlich an den Tag legte.

Für einen Moment kehrte Ruhe ein und Justin war sich seiner Sache sicher. So sicher, wie er sich selten in seinem Leben bei etwas war.

»Was bringt Sie zu der Annahme, dass ich wüsste, was auf Ihrem Gelände passiert ist? Wenn es keine Leichen des Unfalls gibt, wo sind dann die Mitarbeiter von Culligs geblieben?«

Justin hatte dieses Spielchen satt. Er wusste nicht, was Sinn und Zweck dieses offensichtlichen Katz-und-Maus-Spieles war, aber er würde es beenden. Hier und jetzt. So wie ER es ihm diktiert hatte.

»Ich weiß, dass Sie und das FBI genau informiert sind, was bei uns passiert ist. Glauben Sie ernsthaft, ich wüsste nicht, dass Sie bereits ein paar Minuten nach dem Vorfall vor Ort und Stelle gewesen wären, wenn Sie es gewollt hätten? Sie lassen mich in dem

Glauben, mich winden zu können, um einen Ausweg aus der Situation zu finden. Warum, ist mir unklar. Was ich allerdings weiß, ist, dass Sie die Nofox geschützt haben und es auch noch weiterhin tun. Weder die Polizei noch sonst eine staatliche Behörde ist bei uns vorstellig geworden. Bis auf diese Wissenschaftler mit ihren seismischen Messungen hat sich niemand bei uns gemeldet. Als wäre nichts passiert.«

»Interessante Theorie, Mr. Mortensen. Wie geht Ihre Geschichte weiter?«

»Ich glaube, dass unser Projekt für die Vereinigten Staaten von höchster Priorität ist. Ich glaube weiterhin, dass Sie mich aus der Reserve locken und so wenig Druck wie möglich aufbauen möchten, mir aber zwangsläufig das Gefühl vermitteln, dass es keinen anderen Weg gäbe, als die Wahrheit zu sagen und zu kooperieren. Was spielen ein paar verschwundene Mitarbeiter schon für eine Rolle, wenn man bedenkt, was unser Projekt für die Menschheit bedeuten würde, wenn es funktioniert? Zudem wissen wir gar nicht, ob die drei Personen tot oder lebendig sind.«

Justin beendete seine These. Er hatte die Hose heruntergelassen. Gespannt wartete er auf eine Reaktion von Mr. Crowley, doch bis auf das Rascheln und Blättern in irgendwelchen Papieren konnte er in der Leitung nichts hören.

»Nun Mr. Mortensen, nehmen wir einmal an, Sie behalten mit Ihrer Theorie recht. Wir schützen Sie und im Gegenzug kooperieren Sie mit uns. Das würde uns rein theoretisch die Arbeit erleichtern und wir könnten etliche Mitarbeiter abziehen. Wenn wir diese Interpretation weiterführen würden, was wäre dann Ihr nächster Schritt?«

Justin hatte ins Schwarze getroffen. Nein. ER hatte ins Schwarze getroffen. Justin drehte sich um und sah aus seinem Fenster. Wie so oft betrachtete er die Mitglieder des gegenüberliegenden Fitnesscenters im anderen Gebäude.

»Ich würde Ihnen mitteilen, dass ich ab morgen Urlaub nehme. Anschließend würde ich Ihnen anbieten, nach meiner Auszeit ab dem 28. April uneingeschränkten Zugang bei der Nofox zu erhalten. Somit wäre uns beiden geholfen. Ich, beziehungsweise die Nofox, müsste nichts mehr befürchten und das FBI könnte ungehindert den Projektverlauf verfolgen.«

»Mr. Mortensen, ich schätze Ihre Kooperation sehr. Am 28. April lernen wir uns persönlich kennen. Bitte melden Sie mich und meine Kollegen am Empfang an. Ich freue mich auf eine gute Zusammenarbeit und wünsche Ihnen erholsame Tage.« Mit diesen Worten legte der FBI-Angestellte auf.

Justin Mortensen blickte ungläubig auf sein Telefon. Er hatte es geschafft. Crowley glaubte ihm und somit hatte Justin Ruhe bis zum 27. April. Dem Tag, an dem Projekt Nehebkau starten würde. ER war seine Rettung. ER hatte ihm den Weg gewiesen, wie er das FBI hinhalten und die Zeit bekommen konnte, die er benötigte.

Justin machte sich an den zweiten Punkt und verfasste eine E-Mail an alle Beteiligten des Projekts Nehebkau.

Betreff: Projekt Nehebkau

Sehr geehrte Kolleginnen und Kollegen,

wie Sie sicher wissen, schreitet die Zeit voran. Ich erwarte von jeder einzelnen Fachabteilung des Projekts bis heute Abend einen aktuellen Statusbericht über die Fortschritte beziehungsweise Probleme, die wir noch zu bewältigen haben.

Wir werden uns morgen um 14:00 Uhr im Meetingraum »Florida« einfinden, um die letzten Schritte zu besprechen.

Sollte aufgrund nicht gemeldeter Schwierigkeiten das Projekt in Gefahr geraten, wird dies zu disziplinarischen Maßnahmen

führen. Die Nofox behält sich zudem vor, eventuelle Verzöge-
rungen, die daraus resultieren könnten, mit Konventionalstrafen
zu belegen und die Verantwortlichen zur Rechenschaft zu ziehen.

Viel Erfolg

Justin Mortensen, CEO Nofox Holding

Justin schickte die Mail ab und lehnte sich zufrieden zurück.
Die anderen Punkte auf der Liste, die er abzuarbeiten hatte, waren
relevant, aber nicht ansatzweise so wichtig, wie die bereits erledig-
ten. Nun stand Projekt Nehebkau nichts mehr im Wege. Justin
musste unbedingt wieder mit IHM sprechen. Er wollte wissen, ob
er seine Aufgabe gut gemacht hatte. Er brauchte IHN. Er brauchte
das Lob und die Anerkennung von ihm. Mehr als alles andere in
seinem Leben.

Nach dem Gespräch mit Ron Wulligs trat Norman mitgenom-
men aus seinem Büro. In einer monotonen Stimmlage teilte er
Martin und Christine mit, dass sie für zwei Wochen freigestellt
wurden. Aufgrund des Verlustes ihrer Kolllegen sei die Geschäftsleitung zu dem Entschluss gekommen, die beiden zu schonen und
aus dem laufenden Betrieb herauszunehmen. So die offizielle Erklärung ihres Teamleaders. Die Art und Weise, wie Norman seinen
Monolog gehalten und verzweifelt versucht hatte, Emotionen in
seiner offensichtlich aufgetragenen Rede zu vermitteln, hatte diesen Moment noch perfider wirken lassen, als es sowieso schon der
Fall gewesen war. Mit wem auch immer Norman hinter verschlos-
sener Türe gesprochen hatte, Martin und Christine waren sich sicher, dass diese Anweisung von ganz oben gekommen war. Während der fünfminütigen Verkündung hatte Norman Spitz es nicht

einmal geschafft, Martin oder Christine länger als zwei Sekunden in die Augen zu sehen. Martin konnte Norman ansehen, dass es ihm unendlich leidtat. Man freute sich auf ein Wiedersehen in zwei Wochen und verabschiedete sich kurz und förmlich. Martin und Christine waren aus dem Verkehr gezogen worden.

Die nächsten Tage verbrachten die beiden in Christines Wohnung. Die alleinstehende Frau führte nicht nur mit ihren heiß geliebten Riegeln eine innige Beziehung, sondern auch mit ihrem Job. Martin staunte nicht schlecht, als er das erste Mal in das Wohnzimmer seiner Kollegin trat und den Server-Schrank neben dem Fernseher entdeckte. Auf dem Schreibtisch, etwas abseits der Couch, erblickte er neben zwei Tastaturen und etlichen USB-Sticks, Kabeln und Papierkram drei gigantische Monitore, die den hinteren Teil des Schreibtisches verzierten. Wäre da nicht noch der Rest des Wohnzimmers gewesen, so hätte er den Eindruck bekommen, an Christines Arbeitsplatz zu stehen. Da sie dem Administrator-Team der Culligs angehörte, war es ein Leichtes, sich über einen Remote-Zugang in dem Firmennetzwerk anzumelden. Ohne den Zugriff auf Watchdogg und andere Analyseprogramme konnten sie keine Dechiffrierung herstellen, die notwendig war, um mit Michael zu kommunizieren. Martin achtete darauf, vor Sandra wieder zu Hause zu sein. Ein Kreuzverhör mit seiner Liebsten war nun wirklich das Letzte, was er gebrauchen konnte. Sandra Luber hatte keine Silbe über die Freistellung ihres Mannes und Christines verloren. Zählte man eins und eins zusammen, so war klar, dass sie die Informationen aus erster Hand bekommen hatte. Wozu sollte sie ihn dann noch fragen?

An diesem regnerischen Morgen des 15. Aprils verkabelte Christine wieder Martins Handy und begann in etlichen Fenstern ihrer Monitore Einstellungen vorzunehmen. Die Vorarbeit der letzten zwei Tage war abgeschlossen und die studierte Informatikerin hatte versucht aus den Fehlern des letzten Kontaktes zu lernen. Diesmal sollte die Verbindung nicht abbrechen.

Martin saß neben Christine und beobachtete die blinkenden Router, Switche und eigenartigen flachen Kästchen ohne Aufschrift, die auf dem Schreibtisch verteilt waren. Christine ließ nun schon zum dritten Mal einen Probelauf zwischen Martins verkabeltem Smartphone und der Software laufen. Und auch zum dritten Mal erschien nach dem zweiminütigen Probelauf die Meldung:

Connectiontest sucessfull completed.

»Okay, Dekryptier läuft. Morse-Emulator läuft. Watchdogg und die anderen drei Tools laufen auch. Alles stabil.« Konzentriert justierte Christine hier und da noch ein paar Parameter, bis sie sich zurücklehnte, ihren Blick über die unzähligen offenen Fenster schweifen ließ und letztendlich Martin ansah. »Legen wir los.«

Er setzte seine Kopfhörer auf, drückte die Wahlwiederholung seines Handys und wartete. Die bekannte Prozedur begann mit dem üblichen Knacken, der Stille und endete mit dem Freizeichenton.

»Geh schon ran.« Martin starrte auf das Handy und wurde unruhig.

Viermal hatte es bereits geklingelt, aber das befreiende Geräusch, das das Klingeln unterbrechen sollte, blieb aus. Die beiden lauschten dem immer wiederkehrenden Ton, der in regelmäßigen Abständen zu hören war. Nervös zählten sie mit, doch je mehr Zeit verging, umso mehr schwand die Hoffnung, das Michael abnehmen würde. Nach fünfzehn Malen brach die Leitung ab.

»Verdammt«, zischte Martin und wollte seine Kopfhörer resigniert abnehmen, als Christine wieder die Wahlwiederholung drückte.

Er richtete wieder den Kopfhörer und das Spiel begann von vorn. Immer und immer wieder klingelte es durch, bis schließlich der in kurzen Abständen piepende Ton den beiden vermittelte, dass ihr Versuch erneut fehlgeschlagen war. Christine überprüfte nochmals alle Einstellungen und drückte die Wahlwiederholung. Gebannt warteten sie ab, bis die Leitung letztendlich wieder unterbrochen wurde. Sie nahm ihren Kopfhörer ab und sah enttäuscht in die Augen von Martin.

»Wir haben wohl gerade kein Glück. Die Verbindung steht einwandfrei, aber er hebt einfach nicht ab.«

Sie beschloss, in die Küche zu gehen, um ihre Tasse mit frischem Tee nachzufüllen.

»Möchtest du auch einen Tee? Ich habe Pfefferminz, Früchte und so eine widerliche Karamell-Apfelmischung.« Christine goss sich heißes Wasser in ihre Culligs-Werbetasse und wartete auf eine Antwort von Martin, während sie eine zweite Tasse aus ihrem Küchenschrank zog. »Erde an Martin Luber. Tee? Jetzt?« Christines Ton wurde lauter, während sie ihren Kopf in die Richtung des Wohnzimmers drehte.

Doch Martin antwortete nicht.

»Herr Luber, schmollen bringt jetzt nichts. Es wird schon funktionieren. Willst du jetzt 'nen Tee oder nicht?«

Es schien, als würde sie mit sich selbst sprechen. Aus dem Wohnzimmer kam einfach keine Resonanz. Genervt von Martins ignoranter Art, kehrte sie mit ihrer Tasse zurück ins Wohnzimmer. Martin saß mit aufgesetzten Kopfhörern und weit aufgerissenen Augen vor ihrer Tastatur und tippte hektisch in das kleine Feld des Morse-Emulators.

»Was zur Hölle? Geh weg da!«, fauchte Christine und fegte ihren Kollegen weg von ihrem Stuhl. »Spiel nicht an meinem

Equipment rum, Mann. Weißt du, wie lange ich gebraucht habe, um diese Einstell…«

»Er ist dran«, raunte Martin mit weit aufgerissenen Augen.

»Verdammt noch mal, hast du nicht warten können?«, schimpfte Christine leise und überflog schnell die Daten auf dem Monitor. Die Leitung stand seit fünfzehn Sekunden und offensichtlich hatte Martin gerade erst begonnen einen Satz zu schreiben.

»Du machst mich irre. Geh weg da.«

Freudig gehorchte Martin, während er seine Augen nicht von dem kleinen, schwarzen Textfeld ließ. »Schreib was. Schreib was.« Hektisch deutete er auf den Monitor, doch er verstand Christines wütenden Blick und übergab ihr das Kommando.

Sie tippte:

Michael, bist du da?

»Ich bring dich um. Danach bring ich dich um«, murmelte Christine und startete die Aufzeichnung und Rückverfolgung, die sie eigentlich zu Beginn des Gespräches hatte aktivieren wollen.

Der Emulator tat, was er tun sollte, und wandelte die Worte in kurze und lange Töne um. Die Signalsalven schossen durch Martins und Christines Kopfhörer. Gespannt warteten sie auf eine Reaktion ihres Freundes. Es dauerte dreißig Sekunden, bis eine Antwort aus den digitalen Tiefen Martins Smartphone erreichte und eine lange Signalfolge in ihren Kopfhörern einschlug.

Decoding incoming Message.

»Mach schon. Mach schon.« Nervös rutschte Martin Luber auf dem Küchenstuhl hin und her.

Martin, bist du da? Ich empfange deine Signale.

»Frag ihn, wie es ihm geht. Frag ihn, was das für ein seltsames Bild war.«

Christine begann zu tippen und sendete ihre Nachricht wieder über den Äther. Anscheinend war die Verbindung stabiler, als Christine gedacht hatte. Michaels Antwort ließ nicht solange auf sich warten.

Das ist der Standort, an dem wir nach dem Zwischenfall rauskamen. Ich habe sofort ein Bild gemacht.

Was für ein Zwischenfall? Was ist mit Frederick und Armin passiert?

Sie haben sie getötet, verbrannt. Wir waren am LHC, als uns plötzlich schwarz vor Augen wurde. Als Nächstes befanden wir uns in dieser Welt. In diesem Wald.

»Was für eine Welt? Er ist wirklich nicht mehr auf unserem Planeten?« Martin konnte nicht fassen, was sein bester Freund da schrieb.

Christine deutete wortlos auf das Rückverfolgungsfenster von Watchdogg, welches wieder einmal die gleichen Koordinaten wie schon zuvor anzeigte.

Smollok-City Haint-District Miltra-Street 10c3

Wir werden alles daransetzen, dich zurückzuholen. Wir nehmen Kontakt mit Nofox auf. Bist du in Sicherheit?

Die Reaktion von Michael ließ auf sich warten. Sehr lange. Christine blickte auf die Verbindungsanzeige und sah, dass die Leitung stand. Nervös beäugte sie die Gesprächsdaueranzeige.

»Ist er weg?« Martins Blicke schossen auf Christines Monitor hektisch von einem Fenster zum anderen. Seit mehr als zwei Minuten warteten die beiden auf eine Reaktion von Michael, als plötzlich die unzähligen Pieptöne komprimiert niedertrommelten.

Ich habe mich in einem Haus versteckt. Zuerst dachte ich, ich bin auf unserem Planeten. Doch das bin ich nicht. Der Schein trügt. Es ist sehr gefährlich hier. Diese Monster sehen aus wie Menschen. Sie sind keine Menschen! Ihr müsst Nofox sagen, was passiert ist. Es darf nicht noch einmal geschehen. Diese Welt ist vertraut und fremd zugleich. Morgen werde ich nach Nahrung in einem nahegelegenen Gebiet suchen. Ich hoffe

Die Verbindung brach ab. Martin und Christine lauschten ungläubig dem bekannten Ton, während sie auf das Fenster des Decyrpter-Programms starrten.

»Oh mein Gott«, flüsterte Christine. Ihre Hände zitterten.

Es blieb keine andere Möglichkeit, als mit Nofox Kontakt aufzunehmen. Die beiden wussten, dass es sie ihre Jobs kosten würde, sollte es herauskommen. Doch es gab keine andere Option.

»Gut. Dann ziehen wir jetzt in den Krieg.« Christine speicherte den Verlauf, schloss sämtliche Fenster und begann in einem Ordner, der den Namen Illegal_Fun trug, zu suchen.

»Es ist aber nicht das, wonach es aussieht, oder?« Er traute seinen Augen nicht, als er das Innere des Ordners erblickte. Über fünfzig Unterordner boten sich ihm dar. Säuberlich nach Thematik und Anwendungsgebiet katalogisiert.

Christine öffnete und schloss die Dateien, um einen weiteren Unterordner zu öffnen und in der digitalen Schublade zu suchen.

»Wo habe ich es nur hingeräumt?«, murmelte sie konzentriert vor sich hin und wieder hörte Martin das schnelle Klicken ihrer

Maus. Schließlich fand sie im Ordner 34, im Unterordner Böse-sPony das Programm SenderCheating. Sie öffnete es, gab die Serverdaten ihrer Outlookadresse ein und verband SenderCheating mit Outlook. Ihr Mailprogramm schloss sich, um anschließend wieder hochzufahren. Outlook fuhr hoch und anstelle des bekannten leeren Balkens oberhalb ihres Mailprogramms erschien ein diabolisch grinsendes Smiley. Unterhalb des Smileys stand ein leereres Eingabefeld und darüber der Satz: Wähle den Namen.

»Wie willst du heißen?«

»Du fakst deinen Absendernamen im Firmenaccount?«

»Stell dich nicht so an. Ich werde die Mail sicherlich nicht mit meinem richtigen Namen abschicken.«

»Oh Gott, wir werden den Job verlieren. Sie werden uns verklagen.« Martin schlug die Hände über den Kopf zusammen.

»Das werden sie nicht, denn sie werden niemals herausbekommen, wer dahintersteckt. Ich nenne uns Discoverteam.«

Christine hatte entschieden, gab den Namen ein und eine leere E-Mail öffnete sich. Nach fünfzehn Minuten hatte die erfahrene Securityangestellte ihre Mail verfasst und prüfte kritisch den geschriebenen Text. Die E-Mail-Adresse des CEOs von Nofox herauszufinden, war keine Kunst, da jener Justin Mortensen in jeder Kommunikation mit Nofox in der Signatur neben dem Gerichtsstand, dem Newsbanner und der Firmenadresse zu lesen war. Christine trennte die Verbindung zum Firmennetzwerk. Öffnete ein weiteres Programm aus dem illegalen Ordner und wartete, dass die Verbindung stand. Das zweite Programm, dessen Namen Martin nicht lesen konnte, da er der russischen Sprache nicht mächtig war, veränderte sämtliche digitalen Spuren und beendete sein teuflisches Werk mit einem simplen OK. Christine blickte Martin beruhigend an, zwinkerte ihm zu und klickte auf Senden.

»Jetzt müssen wir abwarten, bis Herr Mortensen die Mail liest. Sei dir sicher, er wird antworten. Nach dieser Nachricht wird er keine andere Möglichkeit sehen. Willst du auch noch einen Tee?« Christine fuhr ihren Rechner herunter, stand auf und ging mit ihrer leeren Tasse in die Küche.

Für den Abend des 15. Aprils wurde eine Unwetterwarnung herausgegeben. Das launische Wetter schien sich den kommenden Ereignissen, die unaufhaltsam immer näherkamen, anzupassen.

Mark hatte sich trotz der Einwände von Elena für ein kleines, altes Motel im Herzen von Sofia entschieden. Das Gebäude sowie der ältere, auf einem Zahnstocher kauende Mann hinter dem Tresen der Rezeption hatten ihre besten Tage schon hinter sich gelassen. Hätte Elena nicht als Dolmetscherin zwischen Mark Allison, dem Star-Wissenschaftler aus New York, und dem namenlosen Sofioten mit dem Zahnstocher fungiert, so würde Mark wahrscheinlich immer noch vor dem Tresen stehen und verzweifelt gestikulieren.

Die Strapazen der langen Reise ließen Mark vier Stunden nach seiner Ankunft in Bulgarien wie einen Stein auf das Bett seines Zimmers fallen. Die Zeitverschiebung von sechs Stunden tat den Rest und so kam es, dass Mark Allison am nächsten Morgen gegen 6:30 Uhr hellwach aus dem verschmutzten Fenster seines Zimmers blickte. Der Berufsverkehr schob sich durch die zweispurigen Straßen der Innenstadt. Neben dem aufgebrochenen Gehweg erblickte er eine Mülltonne und zwei Männer, die darin etwas zum Essen suchten. Auf der anderen Straßenseite stieg ein Geschäftsmann aus seiner verdunkelten Limousine und betrat eine Bank. Das Gefälle zwischen Reich und Arm wurde ihm mit nur einem einzigen Blick aus dem Fenster des Motels klar.

Wenig später saß Mark Elena und Wanko in einem Café gegenüber. Die junge Frau musterte den Wissenschaftler erwartungsvoll, während ihr Freund verlegen auf seine Hände starrte.

»Wenn ich das richtig verstanden habe, ist dieser Wolkenkranz nach wie vor sichtbar?«

»Ja, ich bin heute Morgen noch mal an den Mauern des Nofox-Gebäudes gewesen. Er ist noch da«, sagte Wanko und schaute Mark kurz in die Augen.

»Und warum seid ihr die einzigen zwei Bulgaren, denen dieses, nennen wir es einmal, Wetterphänomen aufgefallen ist?«

Marks Frage war mehr als berechtigt und Elena offenbarte Mark, dass sie schon früher auf diese Frage gewartet hatte.

Nachdem Mark die beiden eingeladen hatte, machten sich die drei zu Fuß auf den Weg zum Nofox-Gelände. Elena wollte, dass Mark sich seine Frage selbst beantworten würde. Ein Fußmarsch von dreißig Minuten würde er gerade noch hinbekommen. Verwöhnt von der gelben Taxi-Kolonne New Yorks und dem Personal des Lieferservice, das Mark seit einem Jahr schon duzte, beschloss er, seine fixe Idee, mit dem Taxi hinzufahren, zu verwerfen.

»Ich muss wieder ins Fitnessstudio gehen, verdammt noch mal«, stöhnte Mark.

Zu guter Letzt erreichten die drei nach knapp vierzig Minuten die Stelle, an der der skelettierte Rabe zu Boden gefallen war. Mark betrachtete die Absturzstelle und – wie konnte es auch anders sein? – konnte nichts Auffälliges auf dem Rasen erkennen. Der Grund, weshalb der eigenartige Wolkenkranz niemandem weiter auffiel, erschloss sich Mark, als er zu dem Nofox-Gelände herübersah. Zum einen lag der Wolkenkranz weit unter den anderen Wolken, eine Tatsache, die der Wissenschaftler besser abschätzen konnte als Elena und Wanko. Zum anderen, und das war der ausschlaggebende Grund, war die Konstellation der hohen Gebäude, welche die Nofox umgab der Tatsache geschuldet, dass es niemand bemerkte.

»Dieser Kranz erscheint sehr schwach, aber er ist sichtbar.« Mark redete mehr mit sich selbst als mit seinen beiden Begleitern.

Wanko teilte ihm mit, dass dieser runde Zebrastreifen sichtbar war wie eh und je.

Ohne darauf zu reagieren, machte sich Mark auf den Weg zur Eingangspforte der Nofox. Elena und Wanko begleiteten ihn wortlos. Nach wenigen Minuten standen sie vor der roten Schranke und betrachteten den Sicherheitsmann in seinem kleinen Glashaus.

»Nicht Beno, Gott sei Dank«, platzte es aus Wanko heraus, während er erleichtert Elena ansah.

»Wer ist Beno?«

»Nicht so wichtig, Mark. Wanko ist von Zeit zu Zeit etwas eigenartig«, sagte Elena hastig.

Mark näherte sich dem Wachhaus und der Sicherheitsbeamte aktivierte die Sprechanlage.

»Wie kann ich Ihnen helfen?«

»Sie könnten mir damit helfen, indem Sie kurz aus Ihrem Glashaus herauskommen und mir bitte etwas erklären«, antwortete Mark höflich, doch sehr bestimmt.

Der Sicherheitsmann zog seine Augenbrauen verwundert nach oben. »Warum sollte ich zu Ihnen herauskommen?«

»Wenn Sie sich nicht eine Minute zu mir bemühen, um mir etwas zu erklären, werde ich nach meiner Rückkehr in New York einen Wirbel veranstalten, sodass Sie sicherlich keinen Job mehr als Sicherheitsbeauftragter bekommen werden. Nicht mal bei einem Pizzaservice. Wissen Sie eigentlich, wer ich bin?«

Und tatsächlich: Dieser abgedroschene Satz, den Mark eher sarkastisch vom Stapel gelassen hatte, fruchtete. Der Mann schaltete nach kurzer Bedenkzeit die Sprechanlage wieder ab. Fluchte augenscheinlich etwas vor sich hin, stand auf und öffnete die Tür.

»Was wollen Sie?« Es war nur allzu offensichtlich, dass der Sicherheitsbeauftragte der Firma Nofox mit seiner Beherrschung rang und Mark Allison genervt ansah.

Der Wissenschaftler aus New York blickte den Bulgaren ernst an. Ohne seinen Blick von dem Mann zu nehmen, hob er langsam seinen rechten Arm und deutete mit dem Zeigefinger gen Himmel. Irritiert blickte der Sicherheitsbeauftragte in den Himmel.

»Was soll das? Wollen Sie mich auf den Arm nehmen?«

»Was ist das?«, fragte Mark.

»Was ist was?« Der Sicherheitsmann holte sein Funkgerät raus.

»Erklären Sie mir bitte, was diese eigenartige Wolkenformation über Ihrem Firmengelände ist?«

Er steckte sein Funkgerät wieder weg und folgte wieder Marks Fingerzeig. Er suchte nach dem, was Mark meinte, bis er letztendlich fündig wurde, den Kopf schüttelte und den Mann aus New York lachend wieder ansah.

»Ich weiß nicht, was daran so lustig sein soll. Aber ich bin mir sicher, Sie werden es mir gleich erklären.«

»Sie kommen hierher, weil Sie ein paar komische Wolken über der Nofox sehen? Ich fasse es nicht.«

Augenscheinlich sorgte Mark für gute Unterhaltung und der anfänglich genervte Bulgare hatte Schwierigkeiten, keinen Lachkrampf zu bekommen. Je mehr der uniformierte Mann grinste und sein Gegenüber belustigt ansah, umso wütender wurde Mark.

»Es freut mich sehr, dass ich mit meiner ernst gemeinten Frage für so gute Laune sorge. Bekomme ich auch eine Antwort oder wollen wir beide jetzt ein Bier trinken gehen? Dann erzähle ich Ihnen noch ein paar Kalauer, ich laufe gerade erst warm«, konterte Mark, während er dem Mann sarkastisch und völlig überzogen auf die Schulter klopfte.

Es hatte gewirkt. Binnen Sekunden verlor der Sicherheitsbeamte seine gute Laune, blickte auf Marks klopfende Hand und machte einen Schritt zurück.

»Hören Sie zu, Mann. Auf dem Firmengelände befindet sich neben zehn Forschungseinheiten auch der Teilchenbeschleuniger. Abgesehen davon, dass hier tagtäglich Tests durchgeführt werden, arbeiten die Teams an der Entwicklung und Forschung des Teilchenbeschleunigers. Wissen Sie eigentlich, wie oft hier mal irgendein Rauch aufsteigt, etwas poltert oder kracht? Das ist in der Forschung normal. Wo gehobelt wird, fallen nun einmal Späne.«

Offensichtlich fuhr der in Rage geratene Mann an der Pforte nun mit seinem gefährlichen Halbwissen auf. Mark unterdrückte ein Schmunzeln und hörte dem Mann mit dem Funkgerät und dem bestickten Hemd gespannt zu. Schließlich beendete der seinen Monolog und wartete auf eine Reaktion von Mark. Doch der sah ihn regungslos an.

»Haben Sie verstanden, was ich gesagt habe?«, zischte der Mann und holte wieder drohend sein Funkgerät aus der Tasche.

Mark musste seine Strategie ändern. Eine weitere Diskussion mit dem Angestellten machte keinen Sinn und er beschloss, aufs Ganze zu gehen. Zu wichtig erschien ihm ein Statement der Nofox, um sich einen Gesamteindruck der Situation machen zu können. Sicherlich würde ihm hier niemand die Wahrheit über die Geschehnisse offenbaren und dennoch wollte er mit jemandem sprechen, der mehr wusste, um zu sehen, was er der Person an Informationen entlocken konnte. Mark griff in seine Innentasche, holte seinen Ausweis vom Dr. Muntwine Research Center hervor und hielt ihm den Mann unter die Nase.

»Wie ist Ihr Name?«, fragte Mark trocken.

»Milo Welinow.«

»Gut, Herr Welinow. Ich fange noch mal von vorne an. Mein Name ist Dr. Mark Allison. Ich komme im Auftrag des Nasa Space Weather Prediction Centers und dem Dr. Muntwine Research Center in New York, um den Vorfall hier zu untersuchen. Ich möchte sofort mit einer Person sprechen, die für das Experiment zuständig ist, das den Wolkenring ausgelöst hat. Wenn Sie sich weigern, mir entgegenzukommen, werde ich unverzüglich die NASA sowie das FBI kontaktieren. Ihre Entscheidung.« Mark übergab dem Mann seinen scheckkartengroßen Plastikausweis, während er selbstsicher und gelangweilt nach Taschentüchern in seiner Jacke suchte.

Diese Aktion konnte Mark zwar nicht den Job kosten, dennoch war er sich der Tatsache bewusst, dass er sich damit eine Menge Ärger einhandeln konnte.

Milo Welinow starrte auf den Ausweis und dann wieder auf Mark.

»Ich wollte nur erklären, dass hier alles in bester Ordnung ist. Ich wollte Sie nicht beleidigen, Sir. Mir war ja nicht klar, dass ...«

»Ist schon gut.« Mark schnäuzte in sein Taschentuch, verstaute es wieder und sah Welinow ernst an.

»Geben Sie mir bitte eine Minute. Ich werde das sofort klären.« Milo betrat hastigen Schrittes sein Glashäuschen, nahm den Hörer ab und tippte eine Nummer ein.

»Wow. Das hat gesessen«, flüsterte Wanko. Immer noch beeindruckt von Marks Bluff verfolgte er nervös jede der Bewegungen des Wachmannes.

»Jetzt muss es nur noch funktionieren. Aber das wird es. Das wird es ganz sicher«, sprach Mark leise, ohne sein Pokergesicht abzulegen.

Nach zwei Minuten aktivierte Milo Welinow die Sprechanlage. »Dr. Allison, es wird gleich jemand kommen und Sie abholen.« Die Sprechanlage wurde wieder deaktiviert.

Es hatte funktioniert.

Die kalte Wetterfront hatte an diesem 15. April auch den Süden Osteuropas fest im Griff. Obwohl der Tag noch jung war und die Temperaturen steigen sollten, hatte Mark das Gefühl, dass es von Minute zu Minute kälter wurde. Vielleicht lag es aber auch nur daran, dass er nun seit zehn Minuten vor der roten Schranke des Nofox-Komplexes stand und darauf wartete, dass ihn jemand abholen würde.

Fünfzehn Minuten später saßen Mark, Elena und Wanko im Foyer des verspiegelten Gebäudes, in dem die Geschäftsleitung untergebracht war.

»Guten Tag, mein Name ist Jennifer Rano. Ich bin für die Öffentlichkeitsarbeit der Nofox zuständig. Wenn Sie mir bitte folgen würden?«

Mark wurde aus seinen Gedanken gerissen.

Im dritten Stock des verspiegelten Gebäudes angekommen, fand er sich auf einem schwarzen Lederstuhl in dem Büro von Jennifer Rano wieder. Die schwarzhaarige, große Frau öffnete ihr Notebook und begann wild zu tippen. Wie akkurat doch jeder Gegenstand auf diesem Schreibtisch angeordnet war. Es machte fast den Anschein, als würde die wild tippende PR-Dame jede Stunde mit ihrem Staublappen über den Schreibtisch wischen, um auch jeden noch so kleinen Staubpartikel eliminieren zu können. Vor Marks geistigem Auge erschien ihm sein Schreibtisch oder jene Platte, die all dem Chaos standhalten musste.

»Dr. Allison, ich habe von Herrn Welinow erfahren, dass Sie einige Fragen bezüglich der Absonderungen im Himmel über unserem Gelände haben. Ist das richtig?« Jennifer klappte ihr Notebook zu und lächelte Mark freudig an.

»Können Sie mir für meinen Bericht an das Dr. Muntwine Research Center bitte erläutern, was das für Absonderungen sind?

Meine beiden Kollegen und ich stehen diesbezüglich etwas unter Zeitdruck.«

Jennifer Rano blickte Mark lange an. Mit prüfenden Augen sah die Frau an Marks Anorak hinunter und langsam wieder nach oben, bis sich ihre Augen wieder trafen.

»Darf ich erfahren, welche Untersuchungen Sie begleiten? Sie werden mir sicherlich ein Schriftstück der NASA vorweisen können.«

Die Frau der Marketingabteilung wurde misstrauisch und Mark öffnete in Windeseile jede Schublade seines Gehirnes. Plausibilität gegen Wahrscheinlichkeit. Einschüchterung gegen Logik und zu guter Letzt: Bedrohung gegen Angst. Mark stand auf und betrachtete die unzähligen Auszeichnungen, welche die Wand von Jennifer Rano verzierten.

»Ich muss Sie enttäuschen. Ich habe kein Schriftstück bei mir. Auch verfüge ich über keinen Beschluss, der mich ermächtigen würde, eine Stellungnahme von Ihnen oder Ihrem Unternehmen einzufordern. Sollten Sie allerdings darauf bestehen, gebe ich Ihnen gerne die Nummer von Dr. Rewcliff. Er leitet die zuständige Abteilung der NASA. Sicherlich können er und die amerikanischen Behörden Ihnen schnell einen Durchsuchungsbeschluss, oder was auch immer das für ein Dokument sein wird, zumailen. Ich kenne mich damit nicht aus und es ist mir ehrlich gesagt auch egal. Hier ist die Nummer.«

Mark öffnete sein kleines braunes Notizbüchlein, das er immer bei sich hatte, um seine Geistesblitze zu jeder Zeit aufs Papier bringen zu können. Er blätterte einige Seiten nach vorn und legte Jennifer Rano das offene Buch auf den Schreibtisch. Zum Vorschein kam neben einigen unleserlichen Stichpunkten eine Telefonnummer. Mark hatte hoch gepokert und die Tatsache, dass es sich bei der Nummer um Lisas Textilreinigung, Ecke Columbus

Avenue, handelte, musste er Jennifer Rano nicht auf die Nase binden. Rano blickte auf das braune Büchlein und dann wieder in Marks Gesicht. Sie schien abzuwägen, welcher Weg wohl der bessere für sie und die Nofox wäre. Mark setzte sich wieder auf seinen Stuhl, schlug seine Beine übereinander und hielt dem Blick von Jennifer Rano stand. Für einen kurzen Augenblick war das freundliche Lächeln der Nofox-Angestellten verschwunden und ihre Stirn hatte sich in Falten gelegt. Sie schloss das Buch, schüttelte den Kopf und begann verlegen zu lachen.

»Ich wollte Sie in keinster Weise kompromittieren. Natürlich müssen wir hier nicht Ihren Vorgesetzten einschalten. Nun, ich werde Ihre Frage gerne beantworten. Teile des Large Hadron Colliders wurden ersetzt beziehungsweise erneuert. Die auszuführenden Schweißarbeiten sind besonders umfangreich. Bis zu neun industrielle Schweißgeräte arbeiten hier gleichzeitig. Dadurch entsteht extreme Hitze. In dieser Höhe sind entsprechende Strömungen unterwegs, welche die Wolken verformen können, und in dem Fall ist dabei zufällig ein Kreis entstanden.« Jennifer beendete ihre Ausführung und hätte es Mark nicht besser gewusst, so wären die Schnelligkeit ihrer Antwort und ihr selbstbewusstes Vortragen der Lüge durchaus glaubhaft gewesen.

Mark öffnete wieder sein Buch, suchte die Seite mit der Nummer von Lisas Textilreinigung heraus und legte es erneut auf den Schreibtisch. Er nahm sein Handy und begann die Nummer einzutippen.

»Was machen Sie da?«, fragte Rano unsicher.

»Frau Rano, ich weiß, dass Sie auch nur Ihren Job machen. Genauso wie ich. Nur ein paar Stichpunkte. Mittelhohe Wolken haben eine Distanz von vier Kilometern zur Erde. Ihr Wolkenkreis gehört zur Kategorie der tief liegenden Wolken, sprich die Distanz hier beträgt zwei Kilometer.« Mark unterbrach seine Ausführung, lehnte sich nach vorn, sodass Jennifer Rano instinktiv zurückzuckte. »Zweitausend Meter über der Erde. Und Sie wollen mir erzählen, dass die Schweißgeräte, welcher Amperezahl auch immer, genügend Hitze erzeugen können, um Wolken zu verformen. Ernsthaft?«

»Das ist die Erklärung, die ich aus unserer Forschung bekommen habe. Wollen Sie mir unterstellen, zu lügen?« Pikiert sah sie Mark an.

»Es gibt zwei Möglichkeiten, wie wir das Problem aus der Welt schaffen können. Entweder wir vergessen diese Erklärung und Sie nennen mir den Grund dieser Umweltverschmutzung oder ich rufe meinen Chef Dr. Rewcliff vom NASA Space Weather Prediction Center an. Er wird sich dieser Sache dann annehmen.« Mark nahm sein Handy und wartete auf die Entscheidung der Pressesprecherin.

Sichtlich irritiert von Marks dominanter Art öffnete sie wieder ihr kleines Notebook und begann zu tippen. Minuten vergingen, ohne dass einer der vier Anwesenden ein Wort verlor.

»Ich habe gerade mit der Assistentin von unserem CEO geschrieben. Wir befinden uns momentan in einer sehr stressigen Entwicklungsphase, aber Herr Mortensen wird sich Ihrer in zehn Minuten annehmen. Sie können gerne hier warten. Bitte entschuldigen Sie mich.« Die Pressesprecherin schnappte ihr Notebook, verabschiedete sich kühl von Mark, Elena und Wanko und verließ den Raum mit schnellen Schritten.

»Gottverdammt, war das knapp«, fluchte Wanko erleichtert und klatschte mit der Hand auf seinen Schenkel.

»Wie heißt es doch so schön? Im Leben kommt es nicht darauf an, ein gutes Blatt in der Hand zu haben, sondern mit schlechten Karten gut zu spielen.« Mark zwinkerte den beiden schelmisch zu.

»Was machen wir, wenn der CEO uns durchschaut?« Elena zweifelte daran, dass ihre Glückssträhne weiter anhielt.

»Das wird nicht der Fall sein. Die Nofox will damit auf keinen Fall Aufsehen erregen. Hätte die Geschäftsführung diesbezüglich eine weiße Weste, so hätte Frau Rano die Nummer meiner Textilreinigung in New York angerufen und nach Dr. Rewcliff gefragt.«

Elena sah Mark entgeistert an und Wanko prustete laut los.

Nach wenigen Minuten öffnete sich die Tür und ein Mann in einem schicken Anzug und mit einer kleinen runden Brille betrat den Raum. Ohne Mark, Elena oder Wanko die Hand zu geben, ging er wortlos hinter den Schreibtisch von Jennifer Rano und blickte aus dem Fenster. Seine Hände umschlossen sich hinter seinem Rücken und er wippte leicht mit seinen Fersen. Elena sah Mark fragend an, doch er erwiderte ihren Blick nicht, sondern konzentrierte sich auf den Mann, der eine Aura der Dominanz und Überlegenheit aufbauen wollte. Schließlich drehte sich Justin um, musterte die drei Personen eingehend und nickte. Er setzte sich auf Jennifers Stuhl, zog seine Brille runter und rieb sich die Augen.

»Also von der NASA sind Sie, ja? Was haben wir denn für ein Problem, meine Damen und Herren?«

Sei wie ich, **Bustin**. Sei cool, lass dich nicht in die Enge treiben, **Bustin**.

ER sprach wieder zu ihm. Wenn es darauf ankam, war er da. Justin fühlte ihn, roch ihn. Für einen Moment hörte er das Knirschen seiner Lederjacke.

Mark lehnte sich wieder nach vorn und blickte dem CEO tief in die Augen. Er versuchte in der kurzen Zeit, die ihm zur Verfügung stand, einen Charakterzug, eine menschliche Schwäche, irgendeine Eigenschaft zu erkennen. Doch es schlug fehl. Mortensen hielt dem Blick stand und starrte Mark regungslos in die Augen.

Mark hatte das Gefühl, sein Gesprächspartner hätte seit seinem Erscheinen nicht ein einziges Mal einen reflexartigen Wimpernschlag zugelassen. Die Luft in dem Büro der Pressesprecherin wurde zunehmend trockener. Mark spürte, wie ihm das Schlucken schwerer fiel. Er lehnte sich wieder zurück, dachte für eine Sekunde daran, die Taktik mit seinem Büchlein und Lisas Textilreinigung nochmals anzuwenden, verwarf den Gedanken aber wieder. Bei Herrn Mortensen schien er eine andere Strategie anwenden zu müssen. Er hatte nur einen Schuss, einen verdammten Versuch.

»Zunächst möchte ich Ihnen danken, dass Sie sich kurzfristig die Zeit genommen haben, Herr Mortensen.« Mark suchte den charmanten Einstieg, um das Gespräch in eine angenehme Richtung zu schieben, doch es misslang.

Justin zog seine Augenbrauen nach oben, stoßartig und schnell atmete er aus.

»Herr Dr. Allison, ich habe heute zehn Konferenzgespräche, vier Meetings und unzählige E-Mails, deren Antwort bis heute Abend bei dem jeweiligen Empfänger vorliegen muss. Machen wir es kurz und ersparen wir uns das Geplänkel. Was gibt es für ein Problem?«

»Was für eine Absonderung ist über Ihrem Firmengelände zu sehen? Die NASA sowie das Dr. Muntwine Research Center erwarten von mir einen Bericht über die Vorkommnisse. Ich möchte das ungern an meinen Chef Dr. Rewcliff weiterleiten. Wir sollten Zeit sparen und nicht noch zusätzliche Behörden mit so einer Lappalie belasten.«

Es kann dir egal sein, **Bustin**. Wir sind eins. Es spielt keine Rolle, ob er blufft oder nicht. Halte dich an den Zeitplan. Noch fünf Tage, bis Nehebkau unser Leben verändern wird, **Bustin**. Nehebkau ist wichtig, **Bustin**.

»Nehebkau«, flüsterte Justin und starrte auf den Tisch.

»Wie bitte?«

Justin Mortensen sprach sehr leise, doch Mark hatte das Wort verstanden. Er hatte es schon einmal gehört, konnte es aber nicht einordnen.

Justin riss den Kopf nach oben. Stierte zwischen Mark und Elena vorbei. Seine Pupillen weiteten sich und er öffnete langsam den Mund. Irritiert von seiner Mimik, folgte Elena seinem Blick und drehte sich um. An der Tür des Büros und der säuberlich abgestaubten Plastikpflanze rechts daneben konnte sie nichts erkennen.

»Geht es Ihnen nicht gut?«, fragte Elena und sah Mortensen zweifelnd an.

Da stand ER. Er war gekommen, um ihm zu helfen. Justin betrachtete sein Ebenbild. Unrasiert, sein volles Haar nach hinten gegelt und den Zahnstocher lässig im rechten Mundwinkel. Er zwinkerte Justin an, öffnete seine Lederjacke und begann mit den beiden geöffneten Jackenseiten zu fächern.

Es ist warm hier drin, **Bustin**. Lass uns wieder an die Arbeit gehen. Gib den Leuten eine Antwort und dann verschwinden wir von hier, **Bustin**.

»Ja, in Ordnung«, antwortete Justin laut und deutlich und nickte der Plastikpflanze zu.

»Was ist in Ordnung? Herr Mortensen, ist alles okay?«, fragte Mark nun in einem lauteren Ton.

Justin war wieder bei Sinnen, setzte sich auf und strich seine Krawatte glatt.

»Hören Sie, Dr. Allison. Ich werde Ihnen keine Auskunft über unsere Forschungsarbeit geben. Sollte die NASA oder das Research Center unsere Auskünfte infrage stellen, können Sie gerne Ihre Behörden einschalten. Bitte verschwenden Sie nicht meine Zeit. Frau Rano hat Ihnen eine Stellungnahme gegeben. Leben Sie damit oder lassen Sie es bleiben.«

»Es ist sehr schade, dass Sie nicht kooperieren. Wir wollten lediglich eine Erklärung, was für Absonderungen über der Nofox in die Atmosphäre steigen. Soweit ich weiß, gehören der Himmel und die Umwelt noch nicht zu Ihrem Konzern«, konterte Mark schnell.

Justin begann zu lachen und erhob sich. Langsam ging er zur Tür des Büros und knöpfte sein Jackett wieder zu. »Dann würde ich vorschlagen, Sie sagen Ihrem Chef Bescheid. Sollten Sie in Erwägung ziehen, das FBI einzuschalten, grüßen Sie Mr. Crowley von mir. Wir stehen bereits in Kontakt. Ihre indirekten Drohgebärden sind dilettantisch. Auf Wiedersehen, meine Damen und Herren.« Justin öffnete die Tür und wartete.

»Ich wollte Ihnen weder drohen noch …«

»Auf Wiedersehen!«, unterbrach Justin nun in einem lauteren Ton Marks Satz.

Wenige Minuten später fanden sich Mark, Elena und Wanko vor der roten Schranke des Nofox-Geländes wieder. Sein unausgegorener Plan war nicht aufgegangen und dennoch haftete das Gefühl, weitergekommen zu sein, in seinem Kopf. Eine Recherche sollte Marks lückenhafte Erinnerung helfen, was für eine Bedeutung Nehebkau mit sich bringen sollte.

Elena und Wanko begleiteten Mark zu seinem Motel. Er schloss die Tür seines Zimmers auf, ging hastig zu seinem Bett und klappte sein Notebook auf.

»Meinen Sie wirklich, dass uns die Bedeutung von Nehebkau weiterbringt?«, fragte Wanko und ekelte sich ein wenig bei dem Anblick des verdreckten Motelzimmerfensters.

»Es wäre schön, wenn ihr mich duzen könntet. Wenn ihr mich siezt und ich an meine nicht vorhandene Kondition denke, hege ich Suizidpläne. Und ja, ich denke, es wird uns zumindest einen Hinweis geben. Das hoffe ich zumindest.«

»Nehebkau ist eine Göttin, oder?«, sinnierte Elena und versuchte sich wie Mark auch verzweifelt an den Geschichtsunterricht zu erinnern.

Mark fand, wonach er gesucht hatte. Seine Pupillen eilten von links nach rechts. Schließlich klappte er sein Notebook langsam zu, stand von seinem Bett auf und ging unruhig auf und ab. Das Ergebnis seiner Suche war offensichtlich erschreckend. Das war zumindest der Eindruck von Elena und ihrem Freund.

»Was ist? Was stand da?«, fragte Wanko verunsichert.

»Nehebkau wird in der Mythologie als zweiköpfige Schlange dargestellt. Er war im alten Ägypten der Wächter des Eingangs zum Duat. Also zum Jenseits, einer anderen Dimension. Zudem galt er als einer der zweiundvierzig Totenrichter.«

»Totenrichter?« Elena hatte diesen Begriff noch nie gehört.

»Die Geschichte besagt, dass die zweiundvierzig Totenrichter über den Menschen Urteil fällten. Ob er ein ewiges Leben nach dem Tod verdient hatte oder einen zweiten Tod sterben musste, um die Fehler seines jetzigen Lebens zu korrigieren«, fuhr er fort.

»Soll das bedeuten, die Nofox beschwört irgendwelche altägyptischen Gottheiten?« Wanko verstand den Zusammenhang zwischen der Firma für Kernforschung und der überlieferten Geschichte des alten Ägyptens nicht.

Mark Allison schüttelte den Kopf, drehte sich zu Wanko und lächelte ihn nachdenklich an.

»Nein. Es bedeutet im übertragenen Sinn, dass die Nofox mit diesem Projekt versucht, einen Weg in eine andere Parallelwelt aufzustoßen. Nach dem erbrachten Beweis 2013 für die Existenz der dunklen Materie rückten Einsteins und Hawkings Theorie, es gäbe viele Parallelwelten neben unserer, wieder in den Fokus der Wissenschaft. Ein Durchbruch in eine Parallelwelt und endgültiger Beweis einer solchen würden nicht nur die Geschichte der Menschheit komplett umschreiben und revolutionieren, sondern auch den jeweiligen Entdecker steinreich machen. Und so schließt sich der Kreis wieder. Die Gefahren, die solch ein Experiment mit sich führen kann, sind unvorhersehbar.«

»Oh mein Gott«, flüsterte Elena. Sie setzte das kleine, aber wichtige Mosaikstück in das bislang wirre Bild ein. Plötzlich verstand sie den Zusammenhang. »Wir schalten das FBI ein. Er hat sicherlich nur geblufft.« Elena lotete jede auch noch so kleine Eventualität aus, um dieses unkontrollierte Projekt zu stoppen.

»Nein, das hat er leider nicht. Mortensen sprach von Mr. Crowley. Besagter Crowley hat mich vor meiner Abreise angerufen und mir ans Herz gelegt, alles zu vergessen. Die Messstationen weltweit haben vor einigen Tagen verrücktgespielt. Das Herz dieses seismologischen Bebens befand sich in Sofia. Was ihr am Himmel gesehen habt und was wir gemessen haben, deckt sich mit meiner Befürchtung. Nofox hat wohl einen Testlauf unternommen, der offensichtlich nicht zu dem erhofften Ergebnis geführt hat. Weder das FBI noch die NASA wird uns behilflich sein. Im Gegenteil, damit würden wir nur ins Fadenkreuz geraten. Was hier vorgeht, ist von höchster Stelle genehmigt, vielleicht finanziert. Wir müssen einen anderen Weg finden. Soweit ich weiß, kamen bei diesem Testlauf Menschen einer IT-Firma ums Leben. Eventuell wäre es eine Möglichkeit, dort nachzufragen, was an diesem 6. April zwischen 7:53 Uhr und 7:56 Uhr passiert ist.«

Die Wege von Mark, Elena und Wanko trennten sich an diesem Tage. Das Pärchen wollte noch ein paar Besorgungen machen und Mark Allison widmete sich in seinem kleinen Motelzimmer einer ausgiebigen Recherche. Es galt, keine Sekunde mehr zu verlieren. Der Schleier der Unlogik war verflogen und Mark erkannte, was hier vor sich ging. Die Puzzleteile ergaben endlich ein Motiv. Der Wolkenkreis war das Resultat einer Elastizitätsverzögerung der Atome. Der Versuch, eine Tür wohin auch immer zu öffnen, war fehlgeschlagen und zurück war eine sichtbare Narbe in der Materie geblieben. Die Vögel waren zum falschen Zeitpunkt an der falschen Stelle umhergeflogen und hatten sich der veränderten Materie genähert. Es war nur eine Frage der Zeit, bis sich diese Anormalität wieder legen würde. Aber es würde zum nächsten Versuch kommen. Die Wissenschaftler der Nofox arbeiteten wahrscheinlich mit Hochdruck daran, ihre Fehler zu erkennen, zu korrigieren und die Daten für den Teilchenbeschleuniger neu zu programmieren. Was dann geschehen würde, wollte sich Mark nicht einmal ansatzweise ausmalen.

Gegen 22:00 Uhr hatte Mark alle Daten zusammen, alle Informationen aufgesogen und genug Material gesammelt, um sich am nächsten Morgen mit Elena und Wanko an die Arbeit zu machen.

Um 23:15 Uhr betrat der Wissenschaftler aus New York das Land der Träume. Geplagt von Albträumen, drehte sich Mark in dieser Nacht völlig verschwitzt von einer Bettseite zu der anderen.

Kapitel 10 – Mortensens Konstrukt

Mit einem heftigen Ruck riss er seinen Kopf nach oben. Michael war wieder eingeschlafen. Wie immer an diesem Ort war er voller Panik und Angst erwacht. Nach wenigen Sekunden war er wieder bei vollem Bewusstsein. Früher, als er nach einer erholsamen Nacht neben seiner Frau Rachel aufgewacht war, kam es nicht selten vor, dass er den Moment des Übergangs zwischen der Traumwelt und der Realität sogar genoss. Hier war es anders. Wie ein verwundetes Tier hatte Michael Miller gelernt, auf seinen Instinkt zu hören, um zu überleben. Logik oder Verstand schienen hier irrelevant und wurden im Keim erstickt. Er rieb sich den Schlaf aus den Augen und blickte zu seiner rechten Seite. Die Reste seiner befremdlichen Nahrungsreserven offenbarten sich ihm. Zwei Gläser mit dem schwarzen Zeug waren übrig geblieben. Bis heute Abend würde er sich das dickflüssige Gelee einteilen können. Wenn er sparsam wäre, vielleicht sogar bis morgen Früh, doch Michael wurde klar, dass der Moment gekommen war. Er musste heute zu den Gebäuden, die er von seinem Kellerfenster aus sehen konnte. Wie dumm er doch gehandelt hatte. Er hatte die Nahrungssuche vor sich her geschoben. Immer und immer wieder. Was würde passieren, wenn er heute nicht fündig werden würde? Nichts Essbares finden sollte? Er würde in seinen behüteten Keller zurücklaufen, sich ein paar Tage von dem Wasser am Leben halten und letztendlich jämmerlich verhungern. Michael blickte auf seine Schuhe. Die Schuhe aus einer anderen Welt. Er band seine Schnürsenkel erneut, stand auf und atmete tief ein.

Wenig später stand er auf der Veranda des verlassenen Hauses. Es widerstrebte ihm, sein sicheres Nest zu verlassen. Langsam ging er um das Haus herum, bis er an jener Stelle war, an der sich auch sein Kellerfenster befand. Sein Blick wanderten zu den Gebäuden, an die sich der Wald anschloss. Von hier aus konnte er nicht erkennen, was sich dahinter verbarg. Von seinem Kellerfenster aus hatte er die Gegend lang beobachtet und nie auch nur eine Bewegung ausmachen können, nicht von einem Tier oder einem anderen Wesen. Es war vielleicht ein Fußmarsch von zwanzig Minuten. Wenn er sich beeilen würde, könnte er es in fünfzehn Minuten schaffen.

»Es geht los«, flüsterte Michael zu sich und setzte sich in Bewegung. Sein Weg über die Felder bis hin zu dem kleinen Waldstück erinnerte ihn an die Spaziergänge, die er mit Rachel an schönen Sonntagen unternommen hatte. Eigentlich war es immer die gleiche Strecke, die das glückliche Paar entlangging. Vorbei an ihrem Haus, durch den Park, an dem kleinen Bach vorbei, der in die Isar mündete. Wie sehr er seine Frau vermisste. Es schmerzte so unsagbar. Michael wischte sich eine Träne von der Wange. Er konnte sich nicht erinnern, sich jemals in seinem Leben so allein gefühlt zu haben wie hier. Ein kleiner Zweig knackte unter seinen Schuhen und Michael wurde aus seiner Gedankenwelt gerissen. Es waren noch ein paar Hundert Meter, bis er am Ende des kleinen Waldstückes ankommen würde. Von dort aus trennten ihn noch fünfhundert Meter zu den Gebäuden, vielleicht war es auch ein Kilometer. Zumindest würde er von dort einen viel besseren Blick haben, um zu erkennen, ob der Fußmarsch dorthin sich als gefährlich erweisen würde oder nicht. Doch viel wichtiger war es, erkennen zu können, ob es sich um bewohnbare Häuser oder ein Fabrikgelände handelte.

Michael blieb stehen, er hatte das Ende des Waldstückes schneller erreicht, als er zuvor angenommen hatte. Der süßliche Geruch von Zimt stieg ihm in die Nase, der Michael unweigerlich an den Weihnachtsmarkt in München erinnerte. Warum roch es hier nach Zimt? War es Zimt? Am Ende des Waldstückes war seine Sicht auf die Gebäude wesentlich besser. Es waren keine Fabrikhallen, kein Industriegebiet. Vielmehr hatte er den Eindruck, als stünde er direkt vor einer kleinen Siedlung inmitten des Grün, das ihn umgab. Er wagte sich ein paar Schritte weiter nach vorn. Es machte den Anschein, als wären die Häuser verlassen, zumindest konnte er weder Licht noch Lebewesen erspähen. Michael Miller nahm all seinen Mut zusammen und wollte sich gerade auf den Weg machen, als etwas an seinem Hosenbein zog. Mit einem lauten Schrei drehte sich Michael um und blickte in die Augen eines kleinen Mädchens. Sein Herz raste vor Aufregung und er konnte seinen Puls in seinem Hals, seinen Schläfen und seiner Brust fühlen. Langsam tat er einen Schritt nach hinten. Das Gehölz brach unter seinen Schuhen. Sie war vielleicht sieben, höchstens neun Jahre alt und neigte den Kopf neugierig zur Seite. Nichts. Mit keinem Ton, keiner Geste wurde Michael begrüßt. Und dennoch sah das Mädchen völlig normal aus. Das Mädchen trug eine blaue Stoffhose und einen roten Pullover. Auf den ersten Blick schien es so vertraut, doch Michael wollte ihr nicht in das Gesicht blicken. Zu sehr befürchtete er, auch ihre unzähligen, viel zu klein geratenen Zähne zu sehen.

Was mache ich? Lauf weg. Sag was. Gib ihr die Hand. Lauf um dein Leben. Was mache ich?

Er beschloss, die Geste der Kleinen zu erwidern. Auch er neigte seinen Kopf zur Seite und versuchte mit aller Selbstbeherrschung, die er noch zusammenkratzen konnte, keinerlei Gefühlsregung in seinem Gesicht aufkommen zu lassen. Das Mädchen reagierte und neigte den Kopf zur anderen Seite. Michael folgte ihrer Reaktion. Die beiden verharrten in dieser Position. Er betrachtete ihre Hände. Die Oberfläche war zu glatt. Auch die Hautschichten schienen weniger zu sein als bei ihm. Er erkannte unzählige Adern, die ihre Haut marmoriert erscheinen ließen.

Sie hat keine Fingernägel. Sie hat keine Fingernägel. Die Finger enden einfach so. Ohne Fingernägel. Monster. MONSTER.

Michael sammelte sich, so gut er nur konnte, und wartete auf eine weitere Reaktion. Das Mädchen schien keine Angst zu haben. Sie musterte ihn aufmerksam.

Sie weiß, dass ich keiner von ihnen bin. Sie sieht, dass ich anders aussehe. Gott steh mir bei.

Das kleine Wesen brachte seinen Kopf wieder in eine normale Position. Es zuckte mit den Schultern und ließ anschließend die Arme regungslos nach unten baumeln. Michael schoss das Bild von Frederick und Armin durch den Kopf. Als sich diese Monster wild unterhielten, während sie ihre Arme leblos nach unten baumeln ließen. Er erwiderte das Zucken und brachte seinen Kopf wieder in eine gerade Position. Das Mädchen sprang mit Leichtigkeit rückwärts in den Handstand. So verharrte sie und neigte den Kopf wieder zur linken Seite. Das Spiel war zu Ende. Nicht einmal in jungen Jahren hatte er es geschafft, einen Handstand zu machen. Geschweige denn, währenddessen den Kopf langsam und ruhig zur Seite zu neigen. Es war aus.

Michael blieb regungslos stehen. Er betrachtete das Wesen, das offensichtlich keinerlei Probleme hatte, die Balance zu halten. Ihre Beine ragten gerade nach oben. Ein Gleichgewichtsausgleich mit abgewinkelten Kniekehlen war unnötig. Er fühlte, wie sich Schweißperlen auf seiner Stirn bildeten. Die Nase des Mädchens zuckte. Mit einem Satz kam sie wieder auf die Füße und roch offensichtlich Michaels Schweiß. Das Mädchen öffnete den Mund und begann klackende Geräusche in einer irrsinnigen Geschwindigkeit von sich zu geben. Unwillkürlich musste Michael an einen Büroklammerer denken. Er zuckte wieder mit den Schultern und schüttelte leicht den Kopf.

Ich verstehe dich nicht. Tu mir nichts. Was willst du? Wo bin ich? WAS WILLST DU VON MIR? Sprich. Sag was. Lauf so schnell du kannst.

Seine Gedanken begannen sich zu sortieren und er versuchte sich zu beruhigen.

Sprich mit ihr. Sag einfach nur Hallo. Sag Hi. Gib ihr die Hand. Einfach die Hand. Sei freundlich, begrüße sie.

Michael atmete tief ein, schloss die Augen und atmete langsam aus. Er öffnete sie wieder. Sie starrte ihn regungslos an.

»Hallo, ich bin Michael.«

Es war gesagt, er hatte es tatsächlich getan. Er betrachtete wie ein Außenstehender, wie seine offene Handfläche dem Mädchen entgegen ragte. Das kleine Wesen betrachtete abwechselnd Michaels Mund und seine Hand. Wieder neigte sie ihren Kopf zur Seite und beäugte den Informatiker neugierig.

»Du verstehst mich nicht«, sagte Michael schließlich konsterniert und senkte wieder seinen Arm.

Es machte keinen Sinn. Er würde sich einfach langsam wieder umdrehen und zurück zu dem Haus gehen. Sich im Keller verstecken und auf sein Ende warten. Das Mädchen würde bestimmt weitererzählen, dass sie ihn gesehen hatte. Es würden noch mehr kommen, ausgewachsene Wesen. Wozu sie in der Lage waren, hatte er schmerzlich am Beispiel von Frederick und Armin erleben müssen. Michael Miller wurde klar, dass es kein Entrinnen gab. Früher oder später würde man ihn finden. Ihm auch ein Pflaster auf den Arm kleben oder ihn als Hauptgericht zubereiten. Langsamen Schrittes machte er einen Bogen um das kleine Mädchen, um wieder den Rückweg anzutreten.

Geh einfach ganz langsam weiter. Sieh sie nicht an, geh einfach weg. Langsam und vorsichtig. Geh einfach weiter.

Michael hatte sich entfernt. Zwanzig Meter trennten ihn nun schon von ihr. Er hörte nichts hinter sich. Anscheinend machte sie keinerlei Anstalten, ihm zu folgen. Er hatte es geschafft. Nun musste er nur noch die Geschwindigkeit halten und nicht zu schnell werden. Alles würde gut werden, zumindest für den Moment.

»Bleib stehen.«

Michaels Pupillen weiteten sich. Wie versteinert blieb er stehen. Langsam drehte er sich zu dem Mädchen um. Das Wummern begann. Er hatte es vor Aufregung vergessen, es war wieder so weit. Schnell setzte sich Michael im Schneidersitz auf den Boden, beugte seinen Oberkörper nach vorn und hielt sich die Ohren zu. Im Laufe der Zeit hatte er gelernt, dass diese Position am erträglichsten war, um dieses durchdringende Geräusch zu überstehen. Anfangs hatten seine Nieren noch Stunden danach geschmerzt und seine Nase hatte geblutet. Es schien ihr nicht das Geringste auszumachen. Michael wendete seinen Blick ab und konzentrierte sich wieder darauf, den Moment zu überstehen. Das Laub vor ihm begann zu tanzen und er sah, wie seine Schnürsenkel im Einklang mit dem ohrenbetäubenden Basston vibrierten. Es war überstanden. Stöhnend erhob er sich wieder und blickte das Mädchen verständnislos an.

»Du verstehst mich?«, fragte er leise.

»Ja. Warum hast du dich hingesetzt?«, fragte das Mädchen.

Michael erschrak. Diese Stimme war es nicht gewohnt, Worte zu formulieren. Zumindest klang es sehr angestrengt. Gänsehaut bildete sich auf seinen Armen.

»Dieser Ton schmerzt so sehr.« Er sprach langsam und sehr deutlich.

»Woher kommst du?« Die Worte des Mädchens quälten sich durch ihre Stimmbänder nach oben.

Es hatte etwas unbeschreiblich Grauenhaftes. Als würde das Mädchen während des Sprechens gewürgt, drangen die Worte aus ihrem Mund.

»Von der Erde«, antwortete Michael.

»Wo ist das?«

»Weit weg. Wo bin ich?« Michael wusste die Antwort und dennoch wollte er es hören.

Das Mädchen näherte sich ihm und berührte seine Wange. Sie presste ihren Zeigefinger fest in seine Backe. So kräftig, dass Michael für einen Augenblick Angst hatte, sie würde ihm seinen Backenzahn herausbrechen. Es schmerzte, doch Michael fühlte, wie hart sich doch das Ende des Fingers ohne Nagel anfühlte. Das Mädchen ohne Namen ließ wieder von Michael ab. Einen Schritt nach dem anderen ging das Wesen rückwärts und entfernte sich etwas von Michael.

Sie neigte den Kopf zur anderen Seite und sah ihn verwundert an.

»In Miltra. Du stinkst«, sagte sie.

Im nächsten Moment sprang sie rücklinks auf ihre Hände und betrachtete ihn kopfüber. Der Anblick war so grotesk, dass er für einen Augenblick laut loslachen wollte. Er hatte das Gefühl, wahnsinnig zu werden, und ließ seinen Kopf verzweifelt in seine Hände fallen. Momente verstrichen und Michaels Beherrschung kehrte zurück.

»Wieso stinke ich? Wieso sprichst du meine Sprache?«

Das namenlose Mädchen tat aus dem Handstand einen Satz über Michael und landete direkt hinter ihm wieder auf den Händen. Erschrocken drehte er sich blitzschnell um.

»Du riechst nach Bounpor«, entgegnete sie und bewegte sich auf den Händen angeekelt einen Schritt zurück.

»Was ist Bounpor? Wieso sprichst du meine Sprache?« Erneut stellte er seine Frage. Trotz der gequälten Stimmlage des Mädchens sprach sie doch fließend seine Sprache.

»Das ist eine Wurmart. Und das Regelsystem deiner Sprache ist sehr banal. Das Kreischen der Oshayas ist schwieriger zu übersetzen als das.«

Ungläubig betrachtete Michael sie. Anscheinend war es gar kein kleines Mädchen. So zumindest sprach keine Heranwachsende in einem Alter von sieben Jahren. Womit hatte er es hier zu tun? Je mehr Michael darüber nachdachte, umso deutlicher wurde ihm, dass dieses Kind keines war. Weder entdeckte er kindliche Züge in ihrer Mimik, noch wirkte sie verängstigt, und dennoch neugierig.

»Ich weiß nicht, was ein Oshaya ist. Ich möchte nach Hause. Ist deine Rasse friedlich? Gibt es jemanden, mit dem ich sprechen kann? Wir waren zu dritt, aber meine Freunde wurden von einer Gruppe getötet. Wir wollen nichts Böses. Ich möchte einfach nur wieder zurück«, platzte es aus Michael heraus und er spürte plötzlich wieder einen Funken der Hoffnung in sich.

Vielleicht konnte dieses seltsame Mädchen ihm helfen. Vielleicht war sie nicht so wie diese Gruppe auf der Straße. Hoffnungsfreudig lächelte er das Mädchen an. Just in dem Augenblick, in dem Michael zu lächeln begann, weitete das Mädchen ihre Augen, öffnete entsetzt ihren Mund und zeigte ihm fletschend unzählige Zähne. Sie sprang wieder auf die Beine, machte zwei Schritte zurück und begann in einer Frequenz, die er noch nie in seinem Leben gehört hatte, zu kreischen und zu klackern. Unmenschlich laut drangen die Töne in Michaels Trommelfell. Es stach und schmerzte. Er drückte die Hände auf seine Ohren.

»Was machst du denn? Hör auf damit!«, schrie er.

Sie reagierte nicht auf seine Worte und fuhr mit den seltsamen und unfassbar lauten Tönen fort. Michael drehte sich von ihr ab und blickte wieder zu jenem Ort, den er eigentlich hatte besuchen wollen, als er aus der Ferne eine Gruppe von zehn Wesen auf sich zu sprinten sah. Teils auf den Beinen, teils auf den Händen. Er begann zu laufen, so schnell er nur konnte. Die Blätter und Zweige schnellten in seinem Blickwinkel an ihm vorbei. Er lief, so schnell er nur konnte, und spürte, wie sein Atem immer heißer wurde. Immer wieder blickte er nach hinten. Offensichtlich war sein Vorsprung groß genug gewesen, um die Wesen abzuhängen.

Gleich geschafft. Renn. Noch tausend Meter, vielleicht tausendfünfhundert ... Du schaffst es. LAUF.

Michael holte die letzten Reserven aus seinem Körper und erhöhte seine Geschwindigkeit. Nach wenigen Minuten erreichte er seine Bleibe, riss die Verandatür auf, stürmte ins Wohnzimmer und runter in den Keller. Er hatte die verdammten runden Treppenstufen vergessen und flog den Großteil der Treppe im hohen Bogen nach unten. Mit einem dumpfen Knall und einem lauten Stöhnen landete er auf seinem Brustkorb. Es war keine Zeit, sich darum zu kümmern. Aufgeschreckt lauschte er nach oben. Nichts. Vielleicht hatte er es doch geschafft und diese Monster abgehängt. Leise rappelte er sich auf und versteckte sich im hinteren Eck des Kellers.

Du stinkst. Du riechst nach Bounpor.

Der Satz des sonderbaren Wesens kam ihm ins Gedächtnis. Was würde passieren, wenn sie im Haus nach ihm suchen würden? Sie würden ihn riechen. Michael rappelte sich auf und lief die Treppen hinauf, vorbei am Wohnzimmer, direkt in die Küche. Er riss die Türen des Vorratsschrankes auf und nahm drei von den Gläsern mit dem Gelben heraus. Michael machte kehrt und rannte, so schnell er konnte, wieder nach unten. Essen konnte er das Gelbe nicht. Er würde sich wieder minutenlang übergeben müssen. Aus einem Gefühl heraus, ohne zu wissen, warum, schmierte er sich damit ein. Er öffnete Glas für Glas und rieb die gallertartige Substanz in sein Gesicht, auf seine Arme und Beine. Jede freie Stelle seines Körpers war über und über mit der gelben, zähflüssigen Masse bedeckt. Langsam tropfte der eklige Schleim von seiner Haut. Es war widerlich und wäre die Situation nicht so bedrohlich gewesen, hätte er das Gelbe gar nicht essen müssen, um sich zu übergeben. Ein Geräusch von oben ließ ihn zusammenzucken. Er hatte etwas gehört. Ganz sicher, da oben war jemand. Seine Augen wanderten in Windeseile von einem Eck des Kellers zum anderen. Silberkugeln. Kein Versteck. Schrank hinter der Treppe. Zu klein. Leere Gläser, Dosen und ein Behälter, in dem er sein Wasser nach unten transportierte. Es gab kein Entrinnen. Neben den Rohren an der Decke und dem seltsamen Humpen, den er stundenlang zusammengedrückt hatte, konnte er nichts erkennen. Wieder hörte er ein Klackern. Schritte. Sie unterhielten sich. Sie suchten Raum für Raum ab.

Es blieb keine andere Möglichkeit. Michael schlich hinter die Treppe des Kellers und bewegte den leeren Schrank vorsichtig nach vorn.

Kein Geräusch. Sei leise. Vorsichtig. Ganz vorsichtig.

Er hatte den Schrank um einen Meter nach vorn geschoben. Lautlos. Wieder hörte er das Klackern, diesmal war es näher. Deutlicher. Jemand trat auf die Stufen und ging langsam nach unten. Michael zwängte sich vorsichtig zwischen die Kellerwand und den kleinen Schrank. Sein linker Schuh stand noch heraus, der Platz war viel zu klein für einen ausgewachsenen Mann wie Michael. Verzweifelt versuchte er sich hinter dem kleinen Schrank zu verstecken. Die Schritte wurden lauter und das Klacken bedrohlich deutlicher. Sie waren keine zwei Meter von ihm entfernt. Bruchstücke seines Lebens liefen vor seinem geistigen Auge ab wie ein zusammenhangsloser Film. Der Arzt, der ihm offenbarte, dass er ein bösartiges Melanom habe, sein Einstellungsgespräch bei Culligs, der erste Sex mit Rachel, ihre Hochzeit und die Beerdigung seines geliebten Vaters.

Michaels Atmung wurde flach. Er schloss die Augen und presste die Lippen aufeinander. Zwei unterschiedliche Klackgeräusche ließen ihn erschaudern. Zwei waren in seinem Keller. Womöglich mehr? Sie würden ihn entdecken. Ihn riechen. Der Boden knarrte unter den Schritten. Das Geräusch wurde lauter und verstummte plötzlich. Es blieb stehen. Michael wagte es, seine Augen zu öffnen, und sah unter dem Schrank den Lichteinfall des Wohnzimmers auf der gegenüberliegenden Seite des Kellers hindurchscheinen. Da das Licht von zwei Schatten unterbrochen wurde, schlussfolgerte er, dass sich das Ding genau vor seinem Schrank befand. Die Schatten bewegten sich nicht und Michael Millers Augen fixierten die Schatten vor dem kleinen Schrank.

Geh weg. Geh weiter. Lieber Gott, bitte lass sie weggehen.

Die länglichen Schatten bewegten sich und wurden breiter. Die Kreatur hatte sich zur Seite gedreht. Warum? Michael blickte zur Seite. Das Geschöpf sah nur eine Wand, eine kahle Wand. Warum stand es seitlich zum Schrank? Gleich würde es um den Schrank herum schauen und ihn entdecken. Michael würde qualvoll verbrennen. Womöglich würden sie ihn auch zerfleischen und er würde als Snack auf einem Esstisch einer glücklichen Familie enden.

Ruhig. Bleib ganz ruhig. Atme nicht. Lebe nicht. Existiere nicht.

Der Schatten bewegte sich langsam und leise seitlich zum Schrank und verharrte wieder. Roch es etwas? Ein Klacken von oben war zu hören. Das Wesen im Keller erwiderte das Geräusch. Schier unendliche Momente schien der Schatten still vor dem Schrank zu stehen, als er sich plötzlich wieder bewegte. Seitlich zum Schrank.

Es ist aus. Es ist vorbei.

Mit einem Mal stand das Wesen seitlich vom Schrank und blickte direkt in die Lücke zwischen Mauer und Schrank, in der sich Michael zusammengekrümmt versteckt hatte. Michael hob den Kopf und sah dem Wesen direkt in die Augen. Zumindest versuchte er es. Das Gelbe war in seine Augen gelaufen. Mit dem gräulichen Schleier vor seinen Augen versuchte er zu erkennen, was das Monster tat. Sein Herz raste wie wild und er bemerkte, wie er anfing zu schwitzen. Nicht jetzt. Nicht hier. Die Kreatur beugte sich hinunter und sah über Michaels Kopf hinweg. Es zeigte seine Zähne und begann laut zu klacken. Ein zweites Ding näherte sich der Lücke zwischen Wand und Schrank. Beide starrten Michael an. Soweit er es durch die Trübung seiner Augen sehen konnte, blickten sie ihn nicht direkt an. Vielmehr fühlt sich Michael wie ein Gegenstand, der begutachtet wurde. Eine Salve von Klackgeräuschen wurde ausgetauscht und auch das zweite Monster beugte sich nach vorn. Schließlich erhoben sie sich wieder, sahen augenscheinlich auf Michaels Schuhe und Arm, drehten sich um und entfernten sich von Michaels Versteck.

Sie sehen mich nicht. Warum haben sie mich nicht gesehen?

Der Schweiß bildete sich immer schneller auf seiner Stirn. Die Tropfen liefen an seiner Schläfe langsam hinab. Wieder schloss Michael Miller seine Augen. Einer der Fremdlinge schoss plötzlich um den Schrank herum, beugte sich nach vorn und roch an dem Schrank, der Wand und seiner Hose. Michael kniff seine Augen so fest zusammen, wie es seine Muskeln nur zuließen. Das Geräusch, das aus der Nase des Wesens kam, war in direkter Nähe. Er hörte es, er fühlte den Luftzug. Schließlich ließ das Monstrum von seinem Tun ab, drehte sich um und klackerte wieder etwas zu seinem Kompagnon. Das erlösende Knarzen der abgerundeten

Treppenstufen ließ ihn aufatmen. Schließlich hörte er die Veran-datür. Angeekelt wischte er sich das geleeartige Zeug aus den Au-gen und verharrte in seinem Versteck.

Es waren mittlerweile über zwei Stunden vergangen, als Mi-chael langsam aus seinem Versteck hervorkroch. Bedächtig tat er einen Schritt vor den nächsten und blickte angespannt zu dem Treppenaufgang. Stufe für Stufe ging er langsam nach oben, spähte zur linken und rechten Seite des Wohnzimmers. Die Horde hatte das Haus anscheinend verlassen. Sein Magen meldete sich und nach seinem erfolglosen Beutezug blieb ihm nichts anderes, als sich in der Küche den Bauch mit Wasser zu füllen. Er trank zwei Liter, bis er das Gefühl hatte, satt zu sein. Michael blickte aus dem Küchenfenster und starrte gedankenverloren auf die wunder-volle grüne Landschaft, die ihn umgab. Wie friedlich doch dieser Anblick war. Natürlich und rein. Es war besser, den Rückzug an-zutreten und zu versuchen ein paar Stunden zu schlafen, bis er sich morgen einen neuen Plan ausdenken musste, um an Nahrung zu kommen. Die Zeit spielte langsam, aber sicher gegen ihn und ihm wurde klar, dass seine Lebenszeit schneller zu Ende gehen könnte, als er Sand spielerisch durch seine Finger gleiten lassen könnte. Er wendete sich vom Küchenfenster ab, fuhr sich erschöpft mit der Hand durch seine Haare und beschloss, wieder in den Keller zu gehen. Nochmals öffnete er die Tür des Vorratsschrankes und blickte in den gähnend leeren Innenraum. Es schien, als würden ihn die leeren Regale und Fächer des Schrankes hämisch ausla-chen, als er plötzlich seine Augen weit aufriss. Wie aus dem Nichts und ohne weiter darüber sinniert zu haben, kam ihm die Lösung. Alles schien schlagartig logisch und plausibel. Michael wusste nun, weshalb diese Kreaturen ihn nicht gesehen hatten.

Das Zwitschern der Spatzen, die auf dem Sims der verglasten Schlafzimmerfront saßen, weckte Justin an diesem 17. April sanft. Mit verschlafenem Blick grinste der Manager in Richtung seiner Glasfront. Einhundertvierzig Quadratmeter im Herzen von Sofia allein zu bewohnen, war zweifelsohne dekadent. Aber schließlich war er der CEO einer der anerkanntesten Kernforschungseinrichtungen der Welt. Noch vier Tage, bis Projekt Nehebkau starten sollte, und wer wusste schon, was er nach dem weltweiten Erfolg seines Projektes als Nächstes für eine Bleibe finden würde? Vielleicht würde er sich ein Haus mit Strandabschnitt in Miami gönnen. Doch die Recherche der letzten Nächte und das Überangebot an luxuriösen Immobilien ließen Miami auf Platz zwei fallen. Je mehr er sich damit beschäftigte und sich einlas, umso klarer wurde ihm, dass Hawaii eher zu seinem Stil passen würde. Von dort aus ließen sich die Geschäfte genauso regeln und Justin würde den Trubel um seine Person, verbunden mit den lästigen Paparazzi, elegant umgehen. Verschlafen griff er nach der kleinen Fernbedienung auf seinem Nachttisch und drückte einen Knopf. Mit einem leisen Surren kippten die Schlafzimmerfenster und die erfrischende Luft drang in das Innere. Heute legte Justin einen Homeoffice-Tag ein. Seine Assistentin leitete alle relevanten Gespräche auf sein Handy um. Keine Meetings, keine nervigen Besucher und vor allen Dingen kein Mr. Crowley. Zumindest bis Nehebkau sollte er Ruhe vor dem Jagdhund des FBIs haben. Danach würde die Welt der einmaligen Sensation sowieso euphorisch gegenüberstehen. Crowley und seine Organisation würden nach dem triumphalen Erfolg von Nofox nur noch ein Schatten ihrer Selbst sein. Er setzte sich auf, griff sein Notebook und checkte seine E-Mails. Nachdem er unzählige Nachrichten seiner Mitarbeiter entnervt überflogen hatte, erweckte eine E-Mail von dem Absender discoverteam@mortensen.gov seine Aufmerksamkeit.

Betreff: Nofox/Culligs Vertuschung

Hallo, Herr Mortensen,

die Mitarbeiter der Firma Culligs sind nicht tot. Das wissen Sie. Das wissen wir. Unter der Obhut des FBIs und deren perfider Täuschungsmaschinerie scheinen Sie sich in Sicherheit zu wiegen. Dem ist nicht so. Die durchdachte Verschleierungstaktik mag bei Vertretern der Medien und Wissenschaftlern fruchten. Wir haben Beweise von dem Vorfall und wir werden nicht scheuen, sie auch zu publizieren. Was wir wollen: ein Telefonat.

Überlegen Sie es sich gut, ob Sie Ihren schützenden Bruder von dieser E-Mail unterrichten.

Wir geben Ihnen bis 19. April Zeit. Andernfalls werden Sie in den Medien prüfen können, ob wir recht haben oder nicht.

Denken Sie gut nach, Mr. Mortensen.

Discoverteam

Die gute Laune war abgestorben. Langsam legte er sein Notebook neben sich auf das Bett, ohne die Mail des ominösen Discoverteams aus den Augen zu lassen. Der Vorhang in seinem Kopf öffnete sich mit einem Ruck und Justin Mortensens Kopfkino begann viele verschiedene Vorstellungen im gleichen Kinosaal abzuspielen.

Nachdenklich betrat er die Dusche und während das warme Wasser auf ihn niederprasselte, kreisten seine Gedanken unablässig um das Discoverteam. Wer auch immer hinter diesem lächerlichen Namen stand, er wusste, was geschehen war. Justin konnte das Projekt Nehebkau nicht gefährden. Fakt war, er musste reagieren, sie zumindest hinhalten. Er würde ihnen Geld anbieten. Viel Geld.

»Verdammt noch mal!« Keifend schaltete Justin den Wasserfall ab und rieb sich langsam das Wasser aus seinen Augen. Er hatte ein mächtiges Problem. Je mehr Zeit verging, umso klarer wurde ihm, dass dies keine harmlose E-Mail irgendeines Spinners da draußen war. Sollte er nicht reagieren, würde dieses Discoverteam tatsächlich an die Medien gehen und was dies für Auswirkungen haben sollte, wollte er sich erst gar nicht vorstellen. Die Medien waren mächtig. Einflussreicher als es die Politik jemals sein würde. Dieses Risiko konnte er nicht eingehen. Sein Ruhm und der damit verbundene endlich eintretende Erfolg würden in Gefahr geraten. Ein einziges Telefonat könnte das Problem aus der Welt schaffen oder zumindest nach den Projektstart von Nehebkau vertagen. Danach würde es sowieso keine Rolle mehr spielen und die Neider, Discoverteams und Crowleys dieser Welt auf den Platz zurückweisen, auf den sie gehörten. Während Justin seinen morgendlichen Kaffee in der Küche seines Apartments trank, betrachtete er die aufgehende Sonne über Sofia. Die kleinen Autos brachten kleine Menschen zu ihren kleinen Arbeitsplätzen und der Bus spuckte in regelmäßigen Abständen eine Traube Menschen aus, um im nächsten Moment eine weitere einzusaugen. Wie unbedeutend doch alles geworden war. Er ging wieder in sein Schlafzimmer, stellte sein kleines Notebook auf seinen Schoß und drückte entschlossen jenen Button, auf dem »Antworten« geschrieben stand.

Geben Sie mir eine Telefonnummer und eine Zeit.

Gruß

M.

Justin las diesen einen kurzen Satz immer und immer wieder durch. War es zu forsch? Sollte er noch etwas Beschwichtigendes hinzufügen? Etwas Diplomatisches? Vielleicht noch einen harmonisierenden Satz? Er seufzte, wollte IHN aber nicht zu Hilfe holen. Die Situation konnte er auch ohne ihn meistern. Justin konnte den Wirrwarr seiner Gedanken nicht mehr entknoten. Der Mauszeiger bewegte sich langsam auf den Sendenbutton.

Klick.

Die Mail wurde gesendet. Justin ließ sich nach hinten auf sein Kopfkissen fallen und betrachtete den Bildschirm.

»Du solltest einmal Stärke zeigen und die Sache mit Norman klären. Schließlich wirft das auch ein schlechtes Licht auf mich, Martin. Hast du nur eine Sekunde auch mal an mich gedacht?«

Sandra starrte Martin vorwurfsvoll an, während dieser mit seinen Händen die Kaffeetasse umgriff und auf den Tisch starrte. Er wartete nur darauf, wieder zu Christine fahren zu können.

»Martin, ich rede mit dir«, polterte sie, schob ihren Stuhl nach hinten und stapfte in den Flur.

Ficke doch einfach Norman noch ein bisschen, er wird sicher den Eintrag in der Personalakte verschwinden lassen. Ach, danke Sandra, du bist so selbstlos.

Martin grinste vor sich hin und war sich sicher, dass der Tag kommen würde, an dem er laut denken würde. Richtig laut. Danach würde er sicherlich wiehernd auf dem Boden liegen und sich den Bauch halten müssen, doch es wäre gesagt. So lustig ihm der Gedanke auch erschien, so sehr wusste er, dass in seinem skurrilen Kopfkino viel Ernsthaftigkeit mitschwang. Wie lange er die Situation stillschweigend ertragen würde, konnte er nicht sagen. Doch es würde der Tag kommen.

»Ja, Sandra.«

»Was ›Ja‹? Ist das alles, was du dazu sagen möchtest? Was ist nur aus dir geworden, Martin Luber?«

Sein Handy summte, er erhaschte einen Blick auf das Display und las in der Vorschau die Nachricht von Christine.

Komm so schnell du kannst. Unser Freund hat reagiert.

»Martin, ich rede mit dir!« Sandra kam aus dem Flur zurück in die Küche, griff sich mit beiden Händen um die Taille und sah ihren Mann fordernd an.

»Es tut mir leid. Ich habe gerade den Kopf voll wegen Michael, Frederick und Armin.«

Für einen kurzen Moment öffnete sie den Mund, schloss ihn wieder und winkte ab. Diesen verachtenden und mitleidigen Blick, den sie Martin in diesem Moment zuwarf, würde er nie wieder vergessen. Es stand außer Frage. Ihre Beziehung stand an einem Scheideweg. Vermutlich würde es nicht mehr lange dauern, bis der Virus »Betrug« in seinem Körper und Verstand immer schneller und weiter voranschreiten würde. Die Krankheit würde ausbrechen und diese Ehe scheitern lassen. An diesem Morgen des 18. Aprils wusste weder Martin noch Sandra, dass in drei Tagen ein anderes schreckliches Problem dem Beziehungsproblem den Rang abspenstig machen würde. Ihre Ehe, ihre Probleme und Martins temporäre Freistellung würden keine Rolle mehr spielen. Nie wieder.

Zwanzig Minuten und zwei Standpauken später fand sich Martin allein am Küchentisch wieder. Hastig zog er sich an, schloss die Tür des Hauses ab und hielt für einen Moment inne. Nachdenklich fiel sein Blick auf das Klingelschild. Luber – wie glücklich und harmonisch doch einst alles gewesen war. Die Zeiten hatten sich geändert und Martin befand sich in einem täglich wiederkehrenden Spießrutenlauf zwischen Christine, Sandra und der allgegenwärtigen Angst, dass alles auffliegen würde.

»Da bist du ja endlich.«

Christine wartete nicht, bis Martin eintrat, sondern machte sich eilig wieder auf den Weg in ihr vernetztes Wohnzimmer. Wenige Momente später hatte er die Nachricht von Justin Mortensen gelesen und blickte Christine erwartungsvoll an.

Um 10:30 Uhr. Die Nummer lautet: 0001-555 578 3364. Danach drücken Sie folgende Kombination: #1#44.

Christine schickte die Mail ab, während Martin entgeistert auf den Text starrte.

»Was soll das sein? Das ist doch gar keine Vorwahl, geschweige denn eine richtige Telefonnummer.«

»Das, lieber Martin, ist IMSI und natürlich ist das eine Telefonnummer.« Seine Kollegin verdrehte die Augen.

»Was ist IMSI?«

»International Mobile Subscriber Identity, kurzum eine Rufnummerverschlüsselung. Du bist aber schon sicher, dass du ein Informatiker bist, oder?« Sie kicherte.

Die leidenschaftliche Passion für die Datensicherheit und all ihrer Neuerungen unterschied ihn von seiner Kollegin. Christine lebte ihren Beruf, während Martin durch seinen Job überlebte. Die Minuten verstrichen und Christine bereitete alles vor, damit die Umleitung ihr Handy erreichen würde. Diese Ausrichtung schien weitaus einfacher und nicht sehr zeitaufwendig. Viel komplexer stellte sich die Tatsache dar, den Stimmverzerrer mit der Verknüpfung der Programme einzustellen, um letztendlich alles zu verwischen. Nach drei Testläufen und letzten Feinjustierungen betrachteten die beiden wieder die unzähligen Fenster und das kleine grüne Fenster im rechten oberen Eck des Monitors.

Ready for the reception

Bedrohlich pulsierte die schwarze Schrift in dem kleinen Fenster. Martin blickte auf die Uhr. In zwei Minuten würde er erfahren, was mit Michael geschehen war. In weniger als zwei Minuten hoffte er von ganzem Herzen, endlich die Wahrheit über Michaels Aufenthaltsort herauszufinden. Christine verkabelte ihr Telefon, setzte ihr Headset auf und auch Martin nahm wortlos seine Kopfhörer. Gespannt sahen die beiden auf die kleine Computeruhr.

10:29:43 Uhr.

Zur gleichen Zeit, knapp eintausendsechshundert Kilometer von München entfernt, folgte Justin Mortensen den Anweisungen der E-Mail und wählte mit zittrigen Händen die lange Zahlenkombination, die Christine ihm geschickt hatte. Den zweiten Tag in Folge hatte er zur Verwirrung seines einberufenen Führungsstabes des Projekts Nehebkau einen Homeoffice-Tag eingelegt. Die Wissenschaftler taten ihr Bestmögliches, um die Erwartungen von Mortensen zu erfüllen. In drei Tagen musste das Projekt starten und jede Stunde, die weiter voranschritt, zeigte einen Anstieg von E-Mails in Justins Posteingang. Konferenzgespräche wurden aufgesetzt, Online-Diskussionen anberaumt und Fragen direkt an ihn adressiert. Die Anzahl der roten Ausrufezeichen, welche die Mails priorisieren sollten, nahm überhand. Er konnte förmlich spüren, wie die Anspannung seiner Mitarbeiter von Stunde zu Stunde stieg. Das hektische digitale Treiben auf seinem Notebook nahm stetig zu.

Justin widmete sich wieder seinem Handy und sah die eingegebene Nummer, die es nur noch zu wählen galt. Ein Blick auf seine Uhr verriet ihm, dass er eine Minute über der Zeit war. Er atmete tief ein und drückte den Anrufbutton.

#1#44

Nach einem Augenblick der Stille klingelte es und Justins Herz begann zu rasen.

»Hallo, Herr Mortensen.«

Justin erschrak über die verzerrte Stimme. Sie ließ zwar erahnen, dass es sich um eine weibliche Person handelte, doch aufgrund der digitalen Verzerrung konnte er keine Rückschlüsse auf Alter oder Akzent ziehen.

»Was wollen Sie von mir?«

»Was ist am 6. April bei der Nofox passiert, Mr. Mortensen?«

»Teile des Large Hadron Colliders mussten erneuert werden. Aufgrund dieser Austauscharbeiten an den Rohren kam es zu einem Unfall. Ich nehme an, dass Ihnen der Rest bekannt ist.«

»Herr Mortensen, ich frage Sie jetzt noch einmal: Was ist am 6. April auf dem Gelände der Nofox passiert?«

Entschlossen griff er zu Plan B.

»Was geht Sie das eigentlich an? Wer sind Sie? Und was wollen Sie?«, zischte Justin energisch. Er würde es auch ohne IHN schaffen. Nein, er würde Ihn jetzt nicht zu Hilfe holen.

»Ich werde meine Frage ein letztes Mal wiederholen, Herr Mortensen. Andernfalls ist dieses Gespräch beendet und Sie werden die Konsequenzen Ihrer unkooperativen Art und Weise bald nachlesen können«, antwortete Christine ruhig und selbstsicher.

Für einen Augenblick herrschte Stille in der Leitung. Justins Hände begannen zu zittern. Seine Handinnenflächen waren plötzlich eiskalt geworden. Er brauchte Ihn. Er brauchte ihn mehr denn je.

Hektisch kritzelte Martin die Worte »zu barsch« auf ein Post-it und hielt es Christine unter die Nase. Sie schüttelte beruhigend den Kopf und zwinkerte Martin zu. Sie hatte den Blackjack in der Hand und das wusste Justin Mortensen.

Endlich durchbrach die Stimme des CEOs die Ruhe. »Hören Sie mir jetzt gut zu, denn ich sage das jetzt nur ein einziges Mal.

Natürlich war es kein Defekt am Rohr. Und natürlich sind die drei Mitarbeiter von Culligs nicht in der Pathologie. Es gibt jetzt zwei Wege, die Sie und Ihr mysteriöses Discoverteam einschlagen können. Der erste Weg ist: Gehen Sie an die Medien. Das wird Nofox zweifelsohne schaden. Denken Sie aber tatsächlich, Sie werden die Wahrheit über die drei Mitarbeiter dann schneller herausfinden? Glauben Sie allen Ernstes, dass wir das auf dem einfachsten und schnellsten Weg zulassen? Die zweite Option ist für Sie durchaus effektiver: Sie schicken mir bis zum 21. April eine Aufstellung der Gründe, weshalb ich Ihnen glauben sollte und weshalb Sie diese Information brauchen, und dann werde ich, sofern es plausibel klingt, Ihnen natürlich die Informationen sofort zukommen lassen. Ich weiß nicht, was Sie mit Ihrem Spiel bezwecken wollen, denn offensichtlich geht es Ihnen nicht um Geld. Wenn ich meinen Gedankengang weiterverfolge, bleibt nur eine einzige Schlussfolgerung, weshalb Sie so erpicht darauf sind, diese Information zu erhalten. Sie stehen in einem Verwandt- oder Bekanntschaftsverhältnis zu den Mitarbeitern.«

Etwas hatte sich verändert. Irritiert sahen sich Martin und Christine an. Es war die Stimme, die mit einem Mal selbstsicher und autoritär klang. Die Betonung der Worte war schlagartig anders geworden und Christine war sich für einen Moment nicht mehr sicher, ob sie wirklich noch mit dem CEO der Nofox sprach oder nicht.

»Die Stimme klingt plötzlich so rau«, flüsterte Martin leise und sah seine Mitwisserin verwundert an.

»Wir melden uns wieder.« Christine kappte die Verbindung und starrte ungläubig auf den Monitor.

»Was war das?«, fragte Martin beunruhigt.

»Ich weiß es nicht.«

»Danke, dass du gekommen bist, um ein Haar hätte ich es verbockt.«

»Mach so etwas nie wieder ohne mich, **Bustin**. Tu so etwas nie wieder. Möchtest du einen Keil zwischen uns treiben, **Bustin**?«

»Nein, nein. Ich dachte nur, ich kann ...«

»Nein. DU kannst nichts, **Bustin**.«

Er würde es schaffen, ihn wieder zu beschwichtigen. Er musste auf ihn hören. Es war zu riskant, in einer solchen Phase des Projekts eigenständig zu denken. Das wurde ihm jetzt bewusst. Wie ein Hund, der die Kopfkissen seines Herrchens zerfetzt hatte, senkte Justin den Kopf und wagte es nicht, ihn anzusehen.

»Es tut mir leid.«

Der Signalton einer eingehenden Mail erklang.

»Sieh schon nach, **Bustin**.«

Er nickte, öffnete seinen Posteingang und überflog die oberste E-Mail hastig.

Wir werden Ihrer Forderung nachkommen.

Werden Sie die Mitarbeiter der Culligs zurückholen können?

»Schreibe, was ich dir diktiere.«

Justin drehte sich zu IHM um und nickte wortlos.

Nennen Sie mir die Gründe und ich werde mich spätestens in drei Tagen bei Ihnen melden.

»Siehst du, **Bustin**. Wie Crowley haben wir nun auch das Discoverteam bis Nehebkau aufs Abstellgleis geschoben. Die Dinge könnten so simpel sein, wenn du nicht immer wieder versuchen würdest, zu denken. Lass es sein, **Bustin**.«

Justin blickte beschämt auf den Boden.

»Der Weg ist frei. Packe deine Sachen zusammen, fahr ins Büro und kümmere dich um deine Angestellten. Mach den Wissenschaftlern Dampf und fordere halbstündig ein Update über die Fortschritte des Projekts. In drei Tagen werden wir auf den Olymp der Forschung gehoben. Die Welt wird uns kennen und bewundern, doch nur wenn Nehebkau ein Erfolg wird, und das wird es, wenn du deine Leute vorantreibst, **Bustin**.« Er beendete seinen Monolog, nahm seinen Zahnstocher aus dem Mund und postierte sich direkt vor Mortensen.

Justin hatte selbst nach ihrer Versöhnung immer noch Schwierigkeiten, ihm in die Augen zu blicken. Er sah so dominant, erfolgreich und stark aus. Schweigend klappte er wieder sein Notebook zu, zog seine polierten, schwarzen Halbschuhe an und warf sich seinen Trenchcoat über.

Er stand immer noch im Wohnzimmer und sah abwechselnd Justin und seinen abgekauten Zahnstocher an.

»Braver Junge. Ab zur Arbeit mit dir, Erfolg kommt nicht vom Herumsitzen.«

Justin nickte wieder und schloss seine Wohnungstür hinter sich zu.

Kapitel 11 – Eile und Angst

Am darauffolgenden Morgen fand sich ein völlig übermüdeter Mark Allison mit Elena und Wanko in dem Café des Vortages zum Frühstück ein. Elena verkniff sich jeglichen Kommentar zu Marks zerknitterter Optik und bestellte den dreien Cappuccino. Die Armut Bulgariens traf Mark an fast jeder Ecke in Sofia und so unterschiedlich diese Welt für den New Yorker auch war, eins musste er den Bulgaren lassen: Kulinarisch machte den Bulgaren niemand etwas vor. Er genoss sein Frühstück bewusst und wurde von Schluck zu Schluck des heißen Cappuccinos wacher, wenn auch seine Optik etwas anderes sagte.

»Hast du etwas herausfinden können, Mark?« Wanko konnte seine Neugier nicht mehr im Zaum halten.

»Bei Nofox sind wir gegen eine Wand gelaufen. Aber wir haben immer noch die Möglichkeit, Culligs zu kontaktieren, um herauszufinden, was sie wissen beziehungsweise uns sagen wollen. Ich habe gestern lange auf der Seite von Culligs recherchiert. Es ist eine Securityfirma und unter den Referenzen fand ich auch Nofox. Meine Suche ergab unter anderem, dass es ein Youtube-Video eines Norman Spitz' im Interview mit einer Fachseite gibt. In dem Video erklärt Spitz, dass sie sich sehr glücklich schätzen, einen Kunden wie Nofox für sich gewinnen zu können. Und dieser Spitz ist Teamleiter für den Bereich Industry bei Culligs und seine Handynummer steht auf der Website von Culligs. Kurzum: Wir werden ihn anrufen und zu der Sache befragen.«

Beeindruckt sah Elena Mark an.

»Das ist ja Wahnsinn. Du bist wirklich ein Genie. Vielleicht hättest du doch besser in einer Detektei angefangen.« Elena grinste.

Mark lachte los und winkte ab.

Nach zwanzig Minuten befanden sich die drei wieder in jener unhygienischen Absteige, in der Mark nächtigte. Wieder einmal suchte Elena kritisch nach einer halbwegs sauber aussehenden Sitzgelegenheit und auch Wanko setzte sich als Allererstes wieder auf den alten Stuhl, der unter seinem Gewicht zwar ächzte, aber zumindest einen halbwegs sauberen Eindruck machte. Mark nahm sein kleines braunes Buch von seinem Nachttisch und suchte nach der Nummer von Norman, die er sich gestern Abend im Halbschlaf notiert hatte. Er wählte die Nummer mit der deutschen Vorwahl, aktivierte den Lautsprecher und wartete ab.

»Spitz, Firma Culligs.«

»Hallo, Herr Spitz. Hier spricht Jack Wilson von der Presseabteilung der Nofox«, begann Mark sicher.

Elena und Wanko sahen sich verwundert an, begriffen aber schnell, wohin dieser Schachzug führen sollte.

»Hallo, Herr Wilson. Wie kann ich Ihnen weiterhelfen?«

Deutlich verriet Normans Tonlage, dass er sich nicht darüber wunderte, mit der Pressestelle der Nofox zu sprechen.

»Wenn Sie mich so fragen, mir ist nicht mehr zu helfen«, scherzte Mark und Norman erwiderte seinen Satz mit Gelächter. Das Gespräch schien das richtige Gleis genommen zu haben und Marks Witz lockerte die Konversation merklich auf. »Nein, im Ernst. Herr Spitz, die Nofox wird eine Presseerklärung bezüglich des Vorfalls am 6. April verfassen müssen. Nun wollte ich von Ihnen in Erfahrung bringen, welche Informationen Sie Ihren Mitarbeitern von Culligs gegeben haben.«

»Ich verstehe nicht.«

»Sie gehören zur Führungsriege der Firma Culligs. Die Nofox muss eine Stellungnahme abliefern, dies soll allerdings in Abstimmung beider betroffener Parteien geschehen, sodass wir gewährleisten können, aus einem Sprachrohr mit den Medien zu kommunizieren. Wir müssen die Sache den medialen Augen nicht noch detaillierter unter die Nase reiben, als es nötig sein muss. Der Vorfall war schlimm genug.« Inbrünstig hoffte Mark, dass seine rasch erfundene Begründung genug kreativen und überzeugenden Charakter vermittelt hatte.

»Ach so, ich verstehe. Ich nehme an, Herr Wulligs wurde bereits darüber informiert, dass wir sprechen?«

»Natürlich. Wollen Sie sich kurz mit ihm abstimmen?«, improvisierte Mark.

»Nein, nein. Er hat genug um die Ohren. Wir haben letztendlich nur die Informationen aus dem Meeting von Herrn Wulligs, wie Sie sicher wissen. Es gibt keinerlei Grund zur Annahme, dass Gerüchte gestreut werden. Die beiden Mitarbeiter aus meinem Team haben wir beurlaubt, also besteht keine Gefahr, dass von unserer Seite Unwahrheiten verbreitet werden.«

Marks Synapsen arbeiteten auf Hochtouren und selektierten Informationen. Auf das Meeting konnte er unmöglich eingehen, das würde ihn binnen Sekunden verraten.

»Die Suspendierung Ihrer beiden Teammitglieder hatte Herr Wulligs uns bereits mitgeteilt. Na, jetzt komme ich nicht auf die Namen ... egal, ich sollte ...«

»Martin Luber und Christine Fröhlich«, antwortete Norman.

Schnell schnippte Mark mit seinen Fingern und Elena begriff sofort. Sie notierte die Namen in sein braunes Büchlein und sah den Wissenschaftler erwartungsvoll an.

»Jaja, wie auch immer. Gut, dann wissen wir, dass keinerlei andere Informationen an Ihr Team weitergegeben worden sind. Ich werde heute Nachmittag nochmals mit Herrn Wulligs sprechen, um die Presseerklärung absegnen zu lassen. Vielen Dank, Herr Spitz.«

Nachdem sich Norman verabschiedet hatte, drückte Mark den roten Knopf seines Handys, der ihn aus dieser Hölle voller Lügen und Schachzüge katapultieren sollte. Konkrete Erkenntnisse hatte der New Yorker nicht bekommen, aber dafür zwei weitere Namen, die ihm trotz oder gerade wegen der Suspendierung sicherlich nützlich sein würden. Mark öffnete seinen Internetbrowser und wurde nach wenigen Augenblicken fündig: Martin Luber UND Culligs ergab fünf Treffer.

Elena und Wanko standen hinter dem Wissenschaftler und blicken gespannt auf den Monitor.

»Wenn wir diesen Luber kontaktieren und er das seinem Chef erzählt, ist unsere letzte Chance dahin«, murmelte Mark besorgt und schrieb sich die nächste Nummer aus dem Internet in sein kleines braunes Buch.

Elena und Wanko sahen sich schulterzuckend an und machten es sich auf der Couch bequem. Sie schalteten den kleinen Fernseher an. Der Nachrichtensprecher verkündete in einer gedämpften Euphorie, fast schon gelangweilt, die nationalen und internationalen Neuigkeiten dieses Morgens. Während Mark noch nach den Kontaktdaten von Christine suchte, riss ihn Elenas erschrockener Seufzer aus seiner Recherche. Sein Blick wanderte von einer versteinerten Elena direkt weiter zu dem kleinen Fernseher seines Zimmers. Da er weder die Sprache des Nachrichtensprechers noch seinen Blick deuten konnte, blickte er auf das kleine, eingeblendete Bild rechts oberhalb des Moderators.

»Nein«, flüsterte der Wissenschaftler erschrocken.

In diesem Augenblick musste er weder die Mimik noch die Sprache des Mannes im Fernsehen verstehen. Das kleine eingeblendete Bild zeigte den Haupteingang, der direkt in das Herz des

Nofox-Imperiums führte. Jene Schranke und jenes Wachhaus, an dem er vor mehreren Stunden selbst schon gestanden hatte. Bauzäune mit Sichtschutz wurden offensichtlich herangekarrt und Teile der Schranke waren auf dem festgehaltenen Foto bereits von Bauarbeitern verdeckt.

»Er sagt ... Moment ... er sagt, dass aufgrund von Renovierungsarbeiten im vorderen Bereich des Nofox-Geländes heute Morgen Bauzäune aufgestellt werden und die Bauarbeiten eine Woche dauern sollen«, übersetzte Elena die Worte des Fernsehsprechers.

»Bullshit«, kommentierte Mark das Stillleben auf dem Bild.

»Zum Schutz und zur Sicherheit der Forschungsarbeiten wird der einsehbare Teil des Geländes verdeckt«, fuhr Elena fort.

Das Bild wurde ausgeblendet und der Präsident der Vereinigten Staaten von Amerika erschien in seiner üblichen Redepose. Elena stellte den Fernseher leise.

»Wir sollten uns das aus der Nähe ansehen«, schlug Wanko vor, worauf Elena und Mark mit einem synchronen Kopfschütteln reagierten.

»Nur um den Bauarbeitern bei der Arbeit zuzusehen und vielleicht noch von der Presse abgelichtet zu werden? Das macht keinen Sinn. Ich werde jetzt Luber anrufen.«

»Was wirst du ihm sagen? Versuchst du wieder die Nummer mit dem Pressesprecher der Nofox?«, fragte Elena.

»Nein. Es ist besser, wenn ich ehrlich zu ihm bin. Er wurde nicht ohne Grund beurlaubt und vielleicht verfolgen wir das gleiche Ziel.«

Mark betrachtete gedankenverloren den Fernseher und ging noch mal in sich. Sollte dieses Telefonat fehlschlagen, fiel ihm ad hoc kein Plan C mehr ein. Allison spielte noch ein letztes Mal alle

Eventualitäten und Möglichkeiten durch. Die Wahrheit, so schien ihm, war der beste Weg. Er verwies seine Logik in die hinteren Ränge seines Kopfes und horchte für einen Augenblick auf sein Bauchgefühl. Es war richtig. Er nahm sein Handy und wählte die Nummer von Martin Luber.

»Luber, hallo?«

Erleichtert, den richtigen Namen zu hören, atmete Mark leise aus.

»Hallo, Herr Luber, hier spricht Mark Allison. Ich möchte ...«

Sein einleitender Satz wurde abrupt von dem Hämmern an der Hotelzimmertür unterbrochen. Erschrocken blickten die drei zu der zerkratzten beigefarbenen Tür. Das kleine angebrachte Schild in der oberen Mitte der Tür, das im Brandfall den Weg aus dem Haus aufzeigen sollte, wackelte. Wieder klopfte es energisch. Einmal, zweimal.

»Ich rufe Sie gleich zurück. Verzeihen Sie«, flüsterte Mark hastig in das Telefon und legte auf.

Die drei standen leise auf und starrten die Hotelzimmertür an. Sein Instinkt schrie in seinem Kopf, dass dies nicht der Reinigungsservice des Motels war. Mark signalisierte Elena und Wanko, dass sie sich unter dem Bett verstecken sollten. Wanko sah Allison fragend an, doch sein ernster Blick verriet dem jungen Mann, dass dies der falsche Zeitpunkt war, darüber zu lamentieren. Wieder wackelte das Brandschutzschild und wieder erschütterte das kräftige Hämmern die Ruhe in dem kleinen Zimmer.

»Verdammt noch mal. Moment, ich zieh mich gerade an«, rief Mark genervt und wedelte wild mit seinen Armen zu Wanko.

Er folgte seiner Freundin und nach einer Minute war auch Wanko unter dem Bett des Hotelzimmers verschwunden. Akribisch scannten seine Augen jeden Winkel des heruntergekommenen Zimmers ab. Nichts. Keine Tasche, keine Beweise für einen Besuch. Bis auf die Reiswaffeln auf dem kleinen Schreibtisch neben dem Fernseher. Er ging zur Tür, drehte den Schlüssel schnell um und riss die Tür auf. Vor ihm standen zwei fremde Männer. Der größere von beiden war um die fünfzig. Unwillkürlich musste Mark sofort an Bruce Willis denken. Der Bartschatten in seinem Gesicht und die Glatze erzeugten in seinem Kopf sofort ein Ebenbild des bekannten Hollywoodschauspielers. Der kleinere Mann trug eine runde, stylishe Brille.

»Hallo, Herr Allison. Bitte verzeihen Sie die Störung. Dürfen wir kurz eintreten?«

Das Bild von Bruce Willis zerbrach binnen Sekunden. Die Tonlage war zu hoch, der Akzent zu schottisch. Die seltsamen Gedankengänge von Mark irritierten ihn selbst. Anscheinend war sein Gehirn zu sehr mit der Optik der beiden fremden Männer beschäftigt, als mit der Tatsache, dass sie seinen Namen wussten und um Einlass baten. Immer noch genervt, winkte Mark die beiden Männer hinein. Er drehte sich um und setzte sich auf den kleinen Stuhl neben dem Fernseher. Sichtlich gereizt von dem Besuch, öffnete er sein kleines Buch und begann konzentriert etwas zu schreiben. Aus seinem Augenwinkel konnte er erkennen, dass sich die beiden Männer kurz ansahen, bis sie schließlich eintraten und die Tür des Motelzimmers von innen schlossen.

»Ich nehme an, Sie wissen, weshalb wir hier sind?«, fragte ihn der Glatzköpfige.

Mark vernahm die Worte zwar, dachte aber nicht im Traum daran, seinen Blick von seinem kleinen Notizbuch zu nehmen.

»Ist einer von Ihnen Crowley?«, fragte Mark fast beiläufig und blätterte einige Seiten zurück.

»Nein, Herr Allison. Wir möchten Sie bitten, uns zu begleiten. Beantworten Sie uns in unserem Büro nicht weit von hier nur ein paar Fragen und dann hätten wir den formellen Teil erledigt. Ihr Ansprechpartner Herr Crowley wird sich dann zeitnah bei Ihnen melden«, erwiderte der kleine Mann mit den Pausbacken.

Mark musterte die Fremden und überlegte. Wenn er mitgehen würde, würde er vielleicht aus dem Verkehr gezogen werden. Er hatte seine Nase immerhin in Dinge gesteckt, die offensichtlich geheim bleiben sollten. Andererseits blieb ihm keine Wahl. Wenn er sich weigerte, würden ihn die Männer mit Gewalt mitnehmen, was Elena und Wanko aus ihrem Versteck locken könnte. Er versuchte weiterhin konzentriert auf sein Buch zu blicken. Schließlich schloss er sein Notizbuch, rieb sich die Augen und musterte die beiden Männer eindringlich.

»Gut. Lassen Sie mich nur für einen Moment im Bad verschwinden, ich komme dann runter.«

Die beiden Staatsbediensteten schauten sich kurz in die Augen.

»Wir warten gerne vor der Badezimmertür. Es ist kein Umstand.«

Der Plan schien nicht aufzugehen. Plötzlich sprang Mark wie vom Blitz getroffen nach oben, sodass die beiden FBI-Agenten erschrocken einen halben Schritt nach hinten auswichen.

»Kann ich bitte einfach nur in Ruhe auf die Toilette gehen? Das gibt es doch nicht!?«, plärrte Mark in einer Lautstärke los, dass seine Worte wahrscheinlich zwei Stockwerke unter ihm bei dem Empfang noch Gehör fanden. Peinlich berührt nickten die beiden Herren und machten sich auf den Weg, das Zimmer zu verlassen.

»Wir warten vor der Tür, Herr Allison«, sagte der Glatzköpfige und nickte seinem Partner zu.

Als sie das Zimmer verlassen hatten, krochen Elena und Wanko verängstigt unter dem Bett hervor. Mark hob den Zeigefinger vor die Lippen und deutete ihnen an, zu schweigen. Er ging zur Tür und betrachtete den Brandschutzplan des Gebäudes.

Dann drehte er sich zu Elena und flüsterte ihr ins Ohr: »Morgen, gleiche Zeit, gleiches Café zum Frühstück. Keine Sorge, ich weiß, was ich tue. Versteckt euch. Wenn ich weg bin, macht ihr, dass ihr hier verschwindet. Sie werden wiederkommen.«

Hastig packte er die wichtigsten Gegenstände in seinen Rucksack, kontrollierte, ob er nichts vergessen hatte, und öffnete lautstark die Badezimmertür.

»Eine Minute«, schrie er in Richtung Flur.

Er schloss die Augen und betete zum lieben Gott, dass sein Plan funktionieren würde. Sein Herz pochte bis in die Schläfen und mit feuchten Händen öffnete er zitternd die Zimmertür. Die Türklinke schnellte nach unten und Mark trat aus der Tür, während er sich noch sein blaues Hemd in die Hose stopfte. Prüfend blickte er in die Augen des Bruce Willis-Verschnittes mit viel zu hoher Stimme und wechselte seinen Blick zu seinem Lehrling.

»Wie lange wird das dauern? Ich habe in einer Stunde eine Telefonkonferenz mit meinem Chef«, murmelte der Wissenschaftler sichtlich entnervt.

»Wenn es ein paar Minuten später wird, stellen wir Ihnen ein Attest aus, Herr Allison«, witzelte der Ältere der beiden und ging voran.

Mark folgte ihm widerwillig. Nach einigen Metern stoppte er abrupt, sodass der Pausbäckige beinahe in ihn hineinlief.

»Mein Schnürsenkel. Verdammte gewachste Schnürsenkel, immer das Gleiche«, schimpfte Mark und bückte sich.

Allison ging in die Knie, drehte sich blitzschnell um und riss mit beiden Händen am rechten Fuß des glatzköpfigen Mannes, während er zeitgleich aufsprang und nach hinten weg sprintete. Bruce Willis landete mit einem Rückwärtssalto, gefolgt von einem dumpfen Knall, auf seinem Rücken in dem viel zu engen Hotelflur. Marc wagte einen Blick nach hinten und sah, wie der Jüngere versuchte über seinen Kollegen, der mit schmerzverzerrtem Gesicht auf dem Boden lag, hinwegzusteigen. Sein Plan schien aufzugehen. Er hatte Zeit gewonnen, wenn auch weniger als sechzig Sekunden. Schnell rief er sich den Fluchtplan ins Gedächtnis, rannte an seiner Hotelzimmertür vorbei, bis zum Ende des Flurs. Auf der rechten Seite befand sich, wie auf dem skizzierten Plan angegeben, die Brandschutztür. Der rote Aufkleber warnte, die Tür nur im Brandfall zu öffnen. Marks Herz raste, hätte er doch mehr Sport in seinem Leben gemacht. Er verdammte seine Trägheit. Er riss die Tür auf und es geschah, was der New Yorker sich erhofft hatte. Mit einem schrillen Ton wurde der Feueralarm des vierstöckigen Hauses ausgelöst. Der immer wiederkehrende hohe Piepton schmerzte in seinen Ohren und Mark hechtete die Treppe nach unten. Er nahm zwei, drei Stufen auf einmal und achtete konzentriert darauf, nicht zu stürzen. Das würde sein sicheres Ende bedeuten.

»Bleiben Sie stehen!«, schrie der jüngere Mann, noch weit genug von ihm entfernt, sodass Mark abschätzen konnte, eine reelle Chance zu haben, der bedrohlichen Situation zu entgehen.

Der Mann in der Lederjacke war ein Stockwerk über ihm. Vielleicht nur ein halbes. Mark vergeudete keine Zeit mehr an den Gedanken und konzentrierte sich auf seinen Sprint. Ein Stockwerk trennte ihn noch von der Tür im Erdgeschoss, die ihn in die Freiheit bringen sollte, als er mit der Ferse abrutschte und mit einem lauten Schrei am Ende des Treppenabsatzes aufschlug. Die gegenüberliegende Wand flackerte vor seinen Augen, doch binnen Sekunden stabilisierte sich sein Blick. Gehetzt blickte er hinter sich. Sein Verfolger mit den kindlichen Gesichtszügen befand sich keine fünf Meter hinter ihm und sprang die letzten vier Stufen mit wütendem Geschrei auf Mark. Geistesgegenwärtig drehte sich der Wissenschaftler auf den Rücken, sah den Agenten auf sich zu fliegen, beugte sein Knie und trat mit voller Kraft in das entgegenfliegende Gesicht des Mannes. Das laute Knacken verriet Mark, dass er seinem Kontrahenten das Nasenbein gebrochen hatte. Wie in Zeitlupe stürzte der Mann direkt auf Mark und blieb wimmernd auf ihm liegend. Allison strampelte sich hektisch frei, ergriff seinen Rucksack und stürzte das letzte Stockwerk nach unten. Er schlug die Tür auf und fand sich am Hintereingang des Hotels wieder. Aus der Ferne hörte er die Sirenen immer näherkommen und begann zu rennen. Mark preschte die Häuserblocks im Zickzack gen Westen entlang, als er schließlich völlig verschwitzt und am Ende seiner Kräfte an der Fensterfront eines Friseurs innehielt und nach Luft rang. Er wischte sich seine verschwitzten Haare aus der Stirn und betrachtete seinen zurückgelegten Weg. Niemand war zu sehen. Aus der Ferne hörte er den Sirenenbrei der immer noch anbrausenden Feuerwehrwagen und beschloss, seinen Weg in einer normalen Schrittgeschwindigkeit fortzusetzen. Sein Hemd klebte an seinem durchgeschwitzten Oberkörper und sein Puls hatte sich noch nicht beruhigt. Zwei Blocks weiter erkannte er das Schild des Hiltonhotels. Nicht gerade die günstigste Alternative, doch welche Rolle spielte es noch? Er hatte es tatsächlich geschafft, zwei FBI-Agenten abzuhängen. Er, der es in New York nicht einmal über das Herz brachte, vier Blocks zu Fuß zu gehen. Stolz grinste Mark vor sich hin und betrachtete während seines Fußmarsches zum Hiltonhotel die aufblühende Natur dieses 19. Aprils, welche immer farbenprächtiger aus dem Winterschlaf erwachte. Nach zehn Minuten hatte Mark den Eingangsbereich des noblen Hotels erreicht und suchte seine Kreditkarte. Nein, es wäre ein Fehler. Wenige Meter neben dem Empfangstresen befand sich ein Geldautomat und Mark hob viertausend Dollar ab. Schließlich wendete er sich wieder dem adretten Herrn hinter dem Tresen zu und versuchte so frisch und fröhlich, wie es ihm nur möglich war, zu wirken.

»Guten Tag, mein Herr, wie kann ich Ihnen behilflich sein?«, begrüßte ihn der junge Mann.

»Guten Morgen. Mein Name ist Edgar Honay, ich würde gerne für vier Tage hier einchecken. Haben Sie noch Zimmer frei?«

Der Hotelbedienstete lächelte Mark höflich an, tippte auf seiner Tastatur herum und strahlte ihm schließlich überzogen in die Augen.

»Sie haben Glück. Wir haben heute Morgen unerwartet eine Suite freibekommen. Der Preis liegt bei vierhundert Dollar pro Übernachtung. Exklusive Frühstück, versteht sich.«

»Ja, versteht sich«, murmelte Mark ironisch vor sich hin, während sein Herz die Entscheidung noch nicht getroffen hatte, die Arbeit einfach einzustellen.

Wenige Minuten später und eintausendsechshundert Dollar ärmer stand Mark inmitten des fünfzig Quadratmeter großen Hotelzimmers.

Während das warme Wasser aus der Dusche auf seinen Kopf und seine Schultern prasselte, fand sich Mark mit einer Hand abgestützt an der Duschwand wieder und dachte über alles nach. Er senkte seinen nassen Kopf nach unten und ergab sich dem wohltuenden, warmen Nass auf seiner Haut. Sein Puls hatte sich beruhigt. Er hatte es überstanden, zumindest für diesen Moment.

»Das Handy.«

Mark trocknete sich eilig ab und rannte in das Wohnzimmer. Keuchend kramte er schnell sein Handy aus dem Rucksack und als er das Mobiltelefon gefunden hatte, schaltete er es ab. Es benötigte nicht viel kriminalistisches Wissen, um zu schlussfolgern, dass er geortet werden konnte. Nach einem Anruf bei der Rezeption und einem kleinen Serviceaufschlag von einhundertfünfzig Dollar beteuerte die weibliche Stimme, dass sein neues Handy inklusive einer Prepaidkarte des bulgarischen Anbieters Mobiltel binnen einer Stunde auf sein Zimmer gebracht werden würde. Glücklicherweise machte es keinen Umstand, die Kosten für die Lieferung dem Kurier bar zu übergeben. Mark wollte nicht mehr aus dem Zimmer. Eigentlich wollte er gar nicht mehr sein. Die aufregende Verfolgungsjagd hatte ihm wohl doch mehr zugesetzt, als er sich eingestehen wollte. Gegen 12:00 Uhr war Mark stolzer Besitzer eines neuen Smartphones inklusive Gesprächsguthaben. Die schmerzliche Tatsache, dass wieder eintausend Dollar den Besitzer gewechselt hatten, blendete er, so gut es ging, aus. Mark gewöhnte sich mittlerweile daran. Fünfundvierzig Minuten später war das Telefon eingerichtet, die wichtigsten Nummern waren gespeichert. Er wählte wieder die Nummer von Martin Luber. Schnell drehte sich sein Kopf zur Hotelzimmertür. War da ein Geräusch? Ein Klopfen? Die Reinigungskraft, die ihren Servicewagen langsam an seinem Zimmer vorbeischob, ließ ihn für einen Moment glauben, schizophren zu werden. Er schien in Sicherheit.

»Luber, hallo?«

»Hallo, Herr Luber, hier ist nochmals Mark Allison.«

»Der Herr von heute Morgen. Ich erinnere mich. Sie waren etwas im Stress?«

»So kann man es bezeichnen. Ich hatte etwas Dringendes zu erledigen. Entschuldigen Sie bitte.«

»Kein Problem. Was kann ich für Sie tun, Herr Allison?«

Luber schien ein netter Zeitgenosse zu sein, sofern Mark das von der Stimmlage seines Gesprächspartners ableiten konnte. Allison hatte keine Lust und keine Kraft mehr, nach den richtigen Worten, der richtigen Tonlage und den richtigen Argumenten zu suchen, um Informationen zu erhalten. Es platzte nur so aus ihm heraus, ohne Rücksicht darauf, eventuell seinen letzten Strohhalm in dieser Sache abzubrechen. Mark hielt einen fast dreißigminütigen Monolog und er erzählte Martin alles, was er wusste, was er befürchtete und letztendlich auch, warum sie beim letzten Telefonat unterbrochen worden waren. In seinem Rededrang erwähnte er auch Crowley, das kurze Gespräch mit Norman Spitz sowie seinen obskuren Besuch bei Justin Mortensen. Martin unterbrach den unbekannten Mann nicht ein einziges Mal. Schließlich beendete Mark Allison seine Ausführung und fühlte sich auf eigenartige Weise befreit.

»Sind Sie noch am Telefon?«, fragte Mark leise, in einer peinlich berührten Art und Weise.

Nach ein paar Sekunden hörte er die befreiende Stimme seines Gegenübers.

»Ja, Mark«, erwiderte Martin in einer sehr ernsten Stimmlage.

Michael hatte sich in den vergangenen zwei Tagen von Gras und Beeren ernährt, um zu überleben. Weiter als in einem Radius von fünfzig Metern traute er sich nicht mehr von dem Haus weg. An das Gras hatte er sich gewöhnt, auch an die Blätter und die Rinde der Bäume. Allerdings mied er nach wie vor die blauen Pflanzen. Er fühlte sich unwohl, etwas zu sich zu nehmen, das phosphoreszierend blau aus der Erde wuchs. Anders verhielt es sich mit den schwarzen, grünen und orangen Beeren, die die Größe eines Fingernagels aufwiesen, wenn sie besonders prachtvoll waren. Auch von den gelben Beeren hielt er sich fern. Seine Erfahrung mit gelben Substanzen war nicht besonders gut, seitdem er hier war. Die Einnahme der grünen Beeren hatte einen unheimlichen Nacheffekt. Beim ersten Mal erschrak Michael und wurde fast panisch, als seine Stimme nach dem Verzehr der exotischen Früchte tief klang. Dieser eigenartige Effekt hielt fast eine ganze Stunde an und löste sich schlagartig wieder auf. Seine Erinnerung an seine Schulzeit, vielmehr an den Physikunterricht bei Frau

Plank, kam ihm wieder ins Gedächtnis. Diese Konsequenz trat zum Beispiel auch bei der Einnahme von Bromgas auf.

Nicht nur dass der Informatiker gelernt hatte, mit den ihm zur Verfügung stehenden Mitteln und Pflanzen zu überleben, eine andere Erkenntnis weckte seine gesamte Aufmerksamkeit, wenn er nicht gerade schlief, aß oder die Umgebung nach den Kreaturen ausspähte. Es waren die silbernen, hohlen Kugeln, die er um keinen Millimeter verschieben konnte. Einem unglücklichen Zufall verdankte Michael vor einem Tag den Durchbruch seiner Forschung. Überhastet wollte er in seinen schützenden Keller und wieder einmal übersah er die vorletzte Stufe der verfluchten abgerundeten Stufen. So kam es, wie es kommen musste. Michael flog die letzten Meter nach unten und blieb mit einem schmerzhaften Stöhnen auf dem Bauch liegen. Eine der silbernen Kugeln stand unweit von seiner unglücklichen Landeposition und er entdeckte eine kleine, kaum sichtbare Mulde an der unteren Hälfte der Kugel. Die Absenkung in dem Metall war so minimal, dass es Michael Miller unmöglich war, sie mit seinem Fingernagel zu berühren. Doch die Dornschnalle seines Ledergürtels hatte die exakte Größe, die Metallabsenkung, die möglicherweise einen Knopf darstellte, zu drücken. Es war ein Auslöser. Lautlos öffnete sich der kleine obere Teil der Kugel und ließ sich abnehmen. Vorsichtig entfernte Michael den leichten Deckel und blickte ins Innere der mysteriösen Kugel. Der innere Rand des Objektes war in einer Dicke von einem bis zwei Zentimetern mit Elektronik bedeckt. Eine derart verbaute Elektroniktechnik hatte er in seinem Leben noch nie gesehen. Platinen und Drähte in den skurrilsten Formen und Farben boten sich ihm dar. Doch mit seiner Vermutung hatte Michael recht behalten. Der Innenraum des runden Objekts war leer. Michael legte nach Stunden den Deckel, der keinerlei sichtbare Verschlusstechnik aufwies, wieder vorsichtig auf die offene Stelle. Der Deckel schien lautlos und binnen Sekunden mit dem Rest des Hohlkörpers zu verschmelzen. Mehrfach hatte Michael diesen

Vorgang wiederholt und den restlichen Körper nach weiteren Mulden abgesucht. Auch im Inneren der Kugel wurde er nicht fündig. Michael roch an sich, er sollte wieder zu dem kleinen Fluss unweit des Hauses gehen, um sich zu waschen, doch das hatte Zeit. Im Schneidersitz vor der Kugel sitzend, unrasiert und seine Hände wie zu einem Gebet gefaltet, starrte er wieder nachdenklich auf dieses silberne Ding, das ihm den letzten Nerv kostete. Er blickte abwechselnd auf sein Handy und die Kugel. An die Tatsache, dass das Telefon seit seiner unfreiwilligen Ankunft keinerlei Akku verlor, hatte er sich gewöhnt. Gleichwohl er nach einem Zusammenhang der beiden elektronischen Geräte suchte. An jenem Ort entluden sich elektrische Geräte nicht. Daraus schlussfolgerte er, dass dieses Ding, was auch immer es war, intakt sein musste. Kritisch fixierte er wieder diese verdammte Mulde in dem Metallding. Sollte er den Mechanismus erneut mit seinem Gürtel auslösen, um wieder einmal verständnislos in das Innenleben der Kugel zu blicken? Es war jedes Mal derselbe Ablauf. Ohne Erkenntnis, ohne den geringsten Fortschritt.

Wenn du immer das Gleiche machst, wirst du immer das gleiche Ergebnis erzielen.

Der Satz seiner geliebten Mutter fiel ihm wieder ein. Wie sehr sie ihm doch fehlte. Wie sehr ihm doch alles fehlte. Michael fuhr sich mit der Hand durch die Haare und dachte angestrengt nach. Transportieren konnte er das Ding nicht. Wie zur Hölle war es in den Keller gekommen? Es konnte natürlich sein, dass diese Kreaturen viel mehr Kraft besaßen, als sein Vorstellungsvermögen greifen konnte. Nein, diese Theorie genügte ihm nicht. Trotz der theoretischen Kraft wäre es immens anstrengend. Wer also würde sich die Mühe bereiten, diese Kugeln in den Keller zu schleppen? Er löste den Mechanismus erneut aus, nahm die Kuppel ab und starrte in den mit seltsamer Elektronik verzierten Hohlraum. Das quietschende Geräusch der Verandatür unterbrach seine Konzentration. Ängstlich drehte er den Kopf zur Treppe. Er hörte sie klackern. Sie waren wiedergekommen. Michael schnappte sich schnell sein Handy. Blitzschnell griff er nach dem Glas mit dem Gelben gegenüber der Kugel und versteckte sich hinter dem Schrank. Sein Puls raste, Panik machte sich in ihm breit.

»Ich werde sterben«, flüsterte er ängstlich zu sich.

Keine Option, keine Option. Du musst es versuchen. Es funktioniert.

Das Klacken wurde lauter und die Schritte kamen näher. Sie waren im Wohnzimmer, es blieb keine Zeit mehr für ängstliche Gedanken, Zweifel oder Panik. Leise öffnete Michael den Deckel des Glases und tauchte seine Finger tief hinein. Diesmal hatte er keine Zeit, sich mit der ekligen gelben Masse komplett einzuschmieren. Seine Finger näherten sich entschlossen seinen Pupillen. Michael verzog das Gesicht und rieb sich, so gut er nur konnte das Gelbe in die Augen. Es brannte. Der gelbliche Schleier vernebelte seine Sicht. Die Tür des Kellers wurde geöffnet und Michael hörte die Schritte die Treppe hinunterkommen.

Viele Schritte, zu viele Schritte. Es sind zwei, nein, drei. Oder vier.

Er begann wieder zu zittern und er blickte auf seine Hände. Schemenhaft erkannte er seine rechte Hand. Wie sehr doch dieses Gelbe in seinen Augen brannte. Weitaus mehr als beim ersten Mal. Die Wesen waren unten angekommen. Vereinzelt klackte eines der Wesen, dann war Stille. Es war zu still. Michaels Puls schlug so schnell, dass ihm seine Brust wehtat. Sollte er einen Blick riskieren? Er würde doch kaum etwas erkennen, doch wenn seine Theorie stimmte, wäre selbst ein schattenhafter Anblick der Situation mehr wert, als kauernd hinter dem Schrank zu warten. Langsam beugte sich Michael nach vorn und betrachtete die Umrisse von drei Gestalten. Was taten sie da? Soweit es der Nebel vor seinem

Auge zuließ, blickten sie sich an. Nein. Sie blickten auf die Kugeln. Michael konnte die Situation nicht zuordnen und kniff seine Augen angestrengt zusammen, um etwas mehr erkennen zu können. Just in dem Augenblick wurde ihm klar, was die Gestalten taten.

Der Deckel. Verdammt. Du hast den Deckel der Kugel nicht geschlossen.

Er war aufgeflogen. Zumindest wussten diese Wesen jetzt, dass jemand seit ihrem letzten Besuch hier gewesen war. Michael versuchte, nicht hysterisch zu werden. Seine einzige Chance beschränkte sich einzig und allein auf seine Theorie. Sie hätten auch wieder gehen können. Sie hätten sich einfach umsehen und die verfluchten Treppen nach oben steigen sollen. Aber nicht mit der offenen Kugel, soweit konnte Michael eins und eins zusammenzählen. Nun würden sie das komplette Haus absuchen, auch hinter dem Schrank. Kaum war sein Gedanke vollendet, geschah, was unvermeidlich geworden war. Eine der Kreaturen drehte sich um und sah sich langsam im Raum um. Immer noch ragte Michaels Kopf zur Hälfte hinter dem Schrank hervor und er verharrte in seiner Bewegung.

Es sieht mich. Es hat Jeans an. Sind das Jeans? Und Schuhe. Was ist das? WAS IST DAS? Er sieht mich direkt an.

Das Geschöpf kam näher. Das Wesen ging in die Hocke und starrte Michael direkt ins Gesicht. Nur wenige Zentimeter trennten Michael von diesem Monster. Er stellte das Atmen ein und blickte dem Mann direkt in die Augen und versuchte nicht zu zwinkern.

Du bist nicht da. Du bist versteinert. Tu nichts.

Langsam schob die Kreatur ihren Kopf nach hinten und richtete sich wieder auf. Es ging zu den anderen beiden und gab wieder klackende Geräusche von sich. Er hatte es geschafft.

BING

Michaels WhatsApp-Ton verkündete laut und deutlich den Eingang einer neuen Nachricht. Blitzgeschwind drehten die drei die Köpfe in Richtung des Schrankes.

Nicht jetzt. Lauf.

Michael riss seine Augen weit auf und starrte ängstlich in die schemenhaften Gesichter der Männer. Schweiß tropfte ihm auf die Nase. Sein Körper zitterte wie Espenlaub. Es war vorbei. Es war aus.

LAUF. JETZT.

Endlich löste er sich aus seiner Schockstarre, schoss hinter dem Schrank hervor und rannte, so schnell er nur konnte, die Treppe nach oben. Der schmierige Schleier vor seinen Augen machte ihn orientierungslos, doch aus dem Augenwinkel erkannte er, dass die drei Wesen hektisch von links nach rechts blickten. Oben angekommen, rannte er durch das Wohnzimmer und direkt in den Flur. Die Verandatür war in Reichweite. Sein rechter Fuß blieb an einem kleinen Schrank im Flur hängen und Michael prallte mit einem lauten Knall gegen den Türstock. Wie ein nasser Sack fiel Michael Miller auf den Rücken. Seine Ohren vernahmen ein dumpfes Knacksen und er spürte, wie etwas Warmes seine Nase hinunterlief. Es wurde dunkel. Seine Augenlider schlossen sich und er atmete tief aus. Michael hatte das Bewusstsein verloren.

Rachel kam zur Haustür herein und stellte erschöpft ihre Einkäufe auf den Boden. Leise öffnete sie eine der Tüten und nahm eine kleine Schachtel, verziert mit einer roten Schleife, heraus. Sie schlich ins Wohnzimmer und betrachtete ihren Mann. Er war wieder einmal eingedöst. Wie süß er doch aussah, wenn sein Mund halb offen stand und das Kinn auf seiner Schulter lag. Sie lächelte und tippte ihn liebevoll an. Michael erwachte.

»Für dich, mein Schatz, ein kleines Vorweihnachtsgeschenk für den liebsten Mann auf diesem Planeten«, hauchte sie ihm leise ins Ohr und küsste ihn sanft auf den Mund.

Michael richtete sich auf und nahm das Geschenk entgegen. Er zog die rote Schleife auseinander und hob den Deckel ab. Irritiert blickte er auf ein Glas mit gelber Flüssigkeit.

»Freust du dich denn nicht? Ich habe es überall gesucht.«

Michael sah verwirrt in die traurigen Augen seiner Frau.

»Was ist das?«, fragte er verstört und betrachtete das Glas.

»Wie konnte ich nur so dumm sein? Du hättest es dir sicherlich selbst kaufen wollen, oder? Aber bei Satos hatten sie es heute schon ausliegen, wach auf.«

Perplex betrachtete er das Glas und sah wieder zu Rachel.

»Was hast du gesagt?« Michael konnte nicht glauben, was seine Frau zu ihm gesagt hatte.

»Ich habe gesagt, dass ich durch die halbe Stadt gelaufen bin, wach auf. Nur um dir eine kleine Freude zu machen. WACH AUF!«, schrie Rachel plötzlich los.

Ungläubig betrachtete er den Mund seiner Ehefrau und die zum Vorschein gekommenen unzähligen, viel zu kleinen Zähne.

Michael öffnete die Augen. Die surreale Wirklichkeit hatte ihn wieder in seinen Fängen. Durch den Schleier der gelben Flüssigkeit erkannte er die Umrisse dreier Gestalten, die sich über ihn beugten. So schnell es sein getrübter Verstand zuließ, versuchte er sich nicht zu bewegen und die Augen offenzuhalten. Er hatte geträumt. Seine Nase stach und das vertrocknete Blut zog an seinen Barthaaren. Das Klacken drang wieder in seinen Gehörgang. Dieses schreckliche, unmenschliche Geräusch. Die drei Köpfe bewegten sich nach hinten und verschwanden aus seinem Blickfeld.

Bleib einfach liegen. Bewege dich nicht.

Die Geräusche der Schritte ließ ihn annehmen, dass einer der Männer in den Keller hinunterging. Für einen Moment herrschte Stille. Wenig später wurde das Geräusch wieder lauter, gefolgt von einem weiteren Klacken. Beherrscht starrte Michael die Decke des Flurs an, bis nach über einer Stunde die Kreaturen das Haus verließen. Was diese Wesen in seiner Nähe getan hatten, konnte er nicht sehen. Doch weder kommunizierten sie miteinander noch tat eines der menschenähnlichen Monster einen Schritt. Das Schnappgeräusch des Türschlosses hinter ihm ließ ihn aufatmen. Wieder einmal hatte er es überlebt. Michaels Theorie hatte sich bestätigt. Er wusste nicht, ob die Wesen ihn aufgrund des Gelees nicht sehen konnten oder der Geruch dieser unbekannten Substanz die Kreaturen fernhielt. Das beißend Gelbe hatte ihm ein zweites Mal das Leben gerettet. Sorgfältig rieb er sich, immer noch liegend, die zähflüssige Flüssigkeit aus seinen Augen und berührte vorsichtig seine Nase. Glücklicherweise hatte er sie bei der unfreiwilligen Begegnung mit dem Türrahmen nicht gebrochen. Ein schmerzhafter Stich schoss durch sein Kreuz, als er versuchte so leise wie möglich auf die Beine zu kommen. Vorsichtig tastete Michael seine Nase ab. Er zupfte sich das verkrustete Blut, so gut es ging, aus seinen Barthaaren und sah sich vorsichtig um. Niemand schien ihm Haus zu sein. Der Keller war nicht mehr sicher. Das ganze Haus gab ihm keine Zufluchtsmöglichkeit mehr. Wieso hatte er vergessen, diesen verdammten Deckel auf die Kugel zu legen? Wohl oder übel musste sich Michael Miller ein neues Versteck suchen, doch wie lange sollte dieses sinnlose Versteckspiel noch gehen? Er beschloss, ein letztes Mal in den Keller zu gehen, um das letzte Glas mit der gelben Flüssigkeit zu holen. Schließlich war es seine Lebensversicherung.

Als er sich noch einmal in dem dunklen Raum umsah, blieben seine Augen an der Kugel haften.

»Das kann nicht sein.«

Paralysiert betrachtete er das pulsierende, angenehme blaue Licht, das von dem Objekt ausging. In regelmäßigen Abständen flimmerte der bläuliche Schimmer durch das Innere der Kugel nach außen. Wie ein langsamer, ruhiger Herzschlag.

Es lebt. Es ist an. Aktiv. Eingeschaltet. Sieht es mich? Was ist das?

Zwangsläufig erinnerte sich Michael an die Fotocollage im Wohnzimmer. Das Strandbild und die offene Box mit dem blau irisierenden Inhalt. Es war der gleiche Farbton. Definitiv. Vorsichtig näherte sich Michael der Kugel und berührte sie mit einer Hand. Sie war weder warm noch kalt. Er legte sein Ohr auf die Oberfläche in der Hoffnung, ein Geräusch zu hören. Lautlos und immer wiederkehrend erschien der blaue Schimmer. Das durchdringende Brummen in der Atmosphäre lähmte ihn wieder für Minuten.

»Leck mich.« Genervt richtete er sich auf und machte sich auf den Weg nach oben.

Plötzlich vernahm er ein leises, kurzes Piepsen und seine Beine stoppten auf der fünften Stufe. Der Blick auf die Kugel verriet ihm, dass sich etwas aktiviert hatte. Ein paar Zentimeter unterhalb des kaum erkennbaren Deckels erschien ein Display. Hastig näherte er sich wieder der Kugel, um zu erkennen, was darauf stand.

01:20:39

Es war ein Countdown. Sein Instinkt schlug Alarm. Michael rannte nach oben, griff sich noch zwei Gläser aus dem zweiten Küchenschrank und verließ das Haus. Zur Waldlichtung mit den Gebäuden konnte er nicht marschieren. Nicht noch einmal. Also beschloss er, in die entgegengesetzte Richtung zu gehen.

Zweieinhalb Stunden Wanderung über das offene Feld setzten dem gebeutelten Informatiker zu. Michael musste eine Rast einlegen. Seine Kräfte verließen ihn. Er sah sich um und erkannte, vielleicht eine Stunde Fußmarsch von ihm entfernt, eine Stadt. Es waren keine vereinzelten Gebäude wie im Norden. Deutlich erkannte er die Umrisse unzähliger Häuser in verschiedensten Größen. Michael blickte auf eines seiner Gläser. Es gab keine Option, keine andere Strategie. Auf freiem Feld wäre er nicht nur gut sichtbar, er würde ohne Wasser über kurz oder lang jämmerlich verenden. Die Entscheidung war gefallen. Schritt für Schritt näherte sich Michael der Silhouette der Stadt, die von Meter zu Meter größere und bedrohlichere Formen annahm. Nach einer Dreiviertelstunde blieb er entkräftet stehen und konnte seinen Augen nicht trauen.

»Gott steh mir bei«, flüsterte er leise in einer viel zu hohen Tonlage hysterisch ins Nichts.

Kapitel 12 – Nehebkau

»Guten Morgen, meine Damen und Herren. Wir haben heute den 20. April. Dies ist unser letztes großes Meeting, bevor morgen um 8:59 Uhr Projekt Nehebkau startet. Ich bitte nun als Erstes Glenn Sarkonvic, Leiter der Sicherheitsabteilung des Projekts, uns einen aktuellen Status zu geben.«

Justin blickte prüfend in die Runde der fünfzig Anwesenden, die konzentriert auf ihre Notebooks oder dem CEO ins Gesicht blickten. Der kleine, untersetzte Mann im blauen Arbeitsmantel stand auf und kam nach vorn. Nervös lächelte er Mortensen an, der wiederum, von den vielen Schweißperlen auf der Stirn des Leiters der Sicherheit leicht angewidert, nach vorn sah.

Glenn wischte sich den Schweiß von der Stirn und trocknete seine Hand an dem Kittel ab.

»Wir haben alle Vorkehrungen getroffen. Die Gebäude 12,13 und 14, die sich in der Nähe des Startpunktes des Large Hadron Colliders befinden, werden morgen Früh um 7:00 Uhr geräumt und kontrolliert. Der geografische Verlauf des Experimentes führt unterirdisch durch das ganze Areal des Geländes, den Wald und wieder zurück. Die Gesamtlänge beträgt neunundzwanzig Kilometer. Die sicherheitsrelevante Länge beträgt vier Kilometer. Gebäude 1 und 7 werden teilweise geräumt. Die Vorbereitungen sind beendet und die Notfallszenarien für eine eventuelle Evakuierung des Geländes ausgearbeitet.« Glenn setzte sich wieder auf seinen Stuhl und starrte sein zugeklapptes Notebook an.

»Danke. Dr. Meloy, darf ich Sie bitten?«

Justin schrieb etwas in seinen Block, während der unfreiwillige Nachfolger von Professor Chestner nach vorn trat.

»Ich möchte einleitend erwähnen, auch wenn Sie es nicht gerne hören, dass wir das Experiment morgen mit höchster Sorge betrachten, Herr Mortensen.«

»Gut. Das haben Sie getan«, erwiderte Justin, ohne seinen Blick von seinem Block zu heben.

»Wir haben sämtliche Vorbereitungen in der Simulation abgeschlossen. Der Teilchenbeschleuniger wird morgen die ionisierten Atome auf der einen Seite und unsere veränderten Elementarteile auf der anderen Seite aufeinanderprallen lassen. Der Beschuss wird ...«

Justin schnaufte laut.

»Ich weiß, was ein Teilchenbeschleuniger macht, Meloy. Welche Szenarien erachten Sie nach den jüngsten Simulationen und dem neuesten Stand der Ergebnisse für wahrscheinlich?«, zischte Justin und bemühte sich augenscheinlich, seine Beherrschung nicht komplett zu verlieren.

Meloy blickte Justin besorgt an. Worte waren in diesem Moment überflüssig. Sein Blick sagte mehr aus, als es tausend Worte jemals hätten formulieren können. Dr. Meloy ließ seinen Blick für einen Moment über die Runde der Anwesenden schweifen. Sein Zeigefinger schob seine rechteckige Brille nach oben und er sah wieder zu Justin Mortensen.

»Die verschiedenen möglichen Szenarien hatte Ihnen seinerzeit Professor Chestner bereits aufgeführt, Herr Mortensen. Wir sind nach der letzten Emulation einstimmig zu dem Entschluss gekommen, dass die Wahrscheinlichkeit eines Erfolges des Projektes Nehebkau in diesem Stadium der Erforschung bei 1,47 Prozent liegt. Szenario eins und drei halte ich für wahrscheinlich. Entweder erschaffen wir ein schwarzes Loch, dass sich, so Gott will, wieder schließt, oder wir schaffen einen Level-1-Korridor. Die Entdeckung eines kontrollierten Multiversums halte ich beim jetzigen Stand der Forschung ...«

»Danke, Dr. Meloy.«

»... für unmöglich. Wir werden nichts beweisen und Einsteins Theorie nicht festigen können. Wie auch immer das Experiment ausgehen mag, es wird nicht das Ergebnis erzielen, das Sie sich wünschen. Im Gegenteil, wir werden etwas erschaffen, das vollkommen unkontrollierbar ist. Wir sollten hoffen, dass uns der Collider einfach nur um die Ohren fliegt. Eine Implosion des LHCs wäre das kleinste Übel. Etwaige andere Szenarien würden zu etwas führen, dessen Folgen wir weder abschätzen noch kontrollieren können. Ich denke, Sie sollten den Projektstart von Nehebkau nochmals ...«

»Danke, Mr. Meloy!«, unterbrach Justin abermals.

»... überdenken. Die Geister, die Sie rufen wollen, sind nicht kontrollierbar. Das hat nichts mit Forschung oder Wissenschaft zu tun. Das ist Wahnsinn.«

Dr. Meloy war fertig. Nicht nur mit seinem ausführlichen Monolog. Justin spürte, dass der Wissenschaftler aufgrund der Belastung psychisch angeschlagen war. Es spielte keine Rolle. 1,47 Prozent waren eine reale Chance.

»Als Letztes bitte ich nun unsere Pressesprecherin Frau Rano für ein Update nach vorn.«

Rano kam nach vorn, schlug ihr Notizbuch auf und begann sofort ihre Neuigkeiten den anwesenden Besuchern mitzuteilen.

»Wir haben zu allen eventuell eintretenden Ergebnissen Pressemeldungen verfasst. Die Übersetzung in die jeweiligen Sprachen erwarten wir heute Nachmittag von unserer PR-Agentur. Zwanzig Minuten dauert die Aufladung der Teilchen im LHC, bevor der

Beschuss startet. Bedeutet: Wir stehen ab 9:20 Uhr Gewehr bei Fuß und werden abhängig vom Ergebnis die jeweilige Pressemeldung an die Medien weitergeben.« Jennifer Rano setzte sich wieder hin und lächelte den CEO freudig an.

Justin schloss seinen Block, legte den Stift bedächtig neben seinen Block und stand auf. Es war warm geworden. Viel zu warm. Die Hitze stieg unaufhörlich in seinem Körper an. Er öffnete sein Jackett und ging ein paar Schritte im Meetingraum umher, bevor er seitlich an der Eingangstür des Raumes stehen blieb und die Teilnehmer musterte.

*Zeig ihnen, wer der Herr im Haus ist, **Bustin**. Wir haben ein Ziel vor Augen und werden uns das von Neidern und Angsthasen nicht kaputt machen lassen, **Bustin**.*

»Wissen Sie, was ich hier sehe, meine Damen und Herren?« Justin erwartete natürlich keine Reaktion oder Antwort. Dazu waren die Häschen zu verschreckt und warteten nur darauf, wieder in ihren Bau verschwinden zu können. Er blickte abfällig auf seine Angestellten und sagte mit durchdringender Stimme: »Ich sehe hier hoch bezahlte Angestellte, die nicht an das Projekt Nehebkau glauben. Ihr Job ist es, wie immer die Aufgaben zu erledigen, die Ihnen aufgetragen werden. Und genau das erwarte ich von jedem Einzelnen hier in diesem Raum. Sollte Nehebkau aufgrund menschlichen Versagens scheitern, werde ich die Verantwortlichen zur Rechenschaft ziehen. Das ist keine Drohung, das ist ein Versprechen. Sie bekommen im Laufe des Tages die Einladung für unser Meeting morgen um 11:00 Uhr. Bereiten Sie bis dahin alle Abschlussberichte unseres Erfolges vor. Die Zusammenfassung aller Berichte geht dann morgen Abend an unsere Vorstandsmitglieder, die, dank meiner Überzeugungskraft und meinem unermesslichen Enthusiasmus, zu einhundert Prozent an dieses Projekt glauben. Enttäuschen Sie uns nicht und vor allen Dingen nicht sich selbst. Danke.«

Ein letztes Mal wanderte sein Blick von einem verstörten Gesicht zum nächsten. Justin nickte höflich und verließ den Meetingraum.

Wenige Augenblicke später stand er in seinem abgeschlossenen Büro am Fenster und blickte wieder in das gegenüberliegende Fitnesscenter. Wie sehr sich doch ihre Körper stählten und formten. Unermüdlich schien ihr Drang nach Perfektionismus und Ästhetik zu sein. Wie viel diese Sportler und er doch gemeinsam hatten. Morgen würden sie diejenigen sein, die am Fenster stehen und in sein Büro starren würden. Bewundernd und begeistert von seinem Erfolg.

*Das hast du gut gemacht, **Bustin**.*

Justin drehte sich um und betrachtete IHN in seinem Stuhl sitzend. Er klatschte ein paar Mal lobend in die Hände und grinste Justin diabolisch an. Justin hatte alles richtig gemacht. Das hatte er gerade gesagt. Er hatte es doch gesagt? Freudig lächelte er ihn an und musterte voller Begeisterung seine Lederjacke. Eines Tages würde er sich auch so eine Jacke verdienen. Nach dem Erfolg, all dem Trubel und den Interviews würde er ihn fragen, ob er auch so eine Jacke tragen durfte.

*Na, dann schauen wir doch einmal, was unsere Forschungsmäuse morgen im Meeting zu berichten haben, **Bustin**.*

Mark und Martin hatten vereinbart, an diesem 20. April um 10:00 Uhr mit Christine, Elena und Wanko zu telefonieren. Ihnen war bewusst, dass die Zeit drängte. Der Aufbau des Bauzauns im Einfahrtsbereich der Nofox war beendet und offensichtlich ging es in die nächste Stufe. Wie verabredet erschienen Elena und Wanko zur vereinbarten Zeit im besagten Frühstückscafé, unweit seiner alten Bleibe. Mark fiel ein Stein vom Herzen, als er in die Gesichter der beiden jungen Bulgaren sah. Zu sehr hatte ihn doch die

Sorge zermürbt, dass dem Pärchen bei seiner Flucht aus dem Motel etwas hätte zustoßen können.

»Gott sei Dank, du bist okay, Mark«, stöhnte Elena und drückte den New Yorker innig.

»Ich bin sehr froh, euch zu sehen. Hat euch jemand gesehen?«, fragte Mark, nachdem sie sich gesetzt hatten.

»Nein. Es war niemand hinter uns. Wir haben die Geräusche aus dem Hotelflur gehört und als der Feueralarm los ist, sind wir rausgestürmt wie alle anderen Bewohner des Motels auch«, sagte Elena.

Mark erzählte den beiden von dem Telefonat mit Martin und dass sie in ihm und seiner Kollegin Verbündete gefunden hatten. Nach dem hastig runtergeschlungenen Frühstück machten sich die drei auf den Weg ins Hilton. Immer wieder sah sich Mark um, doch offensichtlich war ihm die Flucht vor dem FBI gelungen. Um exakt 9:59 Uhr drückte Mark die Wahlwiederholung und schaltete den Lautsprecher seines neu erworbenen Handys an.

»Luber, hallo?«

»Hallo, Martin. Elena und Wanko sind auch da.«

»Hallo zusammen, Christine hört auch mit. Ich habe ihr gestern alles erzählt und wir haben uns den Kopf darüber zermartert, welchen Schritt wir als nächsten unternehmen sollten. Wir wissen zwar nicht exakt den zeitlichen Ablauf dieses Irrsinns, aber wir sind uns sicher, dass wir keine Woche mehr haben«, sprudelte es nur so aus ihm heraus.

»Ja, das befürchte ich auch«, stimmte Mark zu.

»Wir sollten uns an die Vorgabe von Mortensen halten, damit er keinen Verdacht schöpft. Wir schicken die Mail an ihn morgen Früh los. Somit halten wir uns an die Vereinbarung und Mortensen bekommt, was er möchte«, antwortete Christine.

»Einverstanden«, erwiderte Mark. »Wir werden nach unserem Gespräch noch mal zum Gelände der Nofox gehen, vielleicht können wir irgendetwas beobachten«, fuhr Mark fort.

Die Kriegsstrategie wurde weiter detailliert besprochen und dennoch wusste keiner der fünf, dass der Feind bereits hinter ihnen stand und lachte.

»Oh Mann, die haben das Ding komplett abgeschottet«, murmelte Wanko resigniert und betrachtete die unzähligen Bauzäune und daran befestigten blickdichten Planen. »Wir sehen hier nichts. Nur weiße Planen. Die haben sogar darauf geachtet, dass wir nicht einmal zwischen den Zäunen hineinsehen können«, fuhr Wanko fort und suchte immer noch zwischen den Zäunen eine Stelle, um einen Blick ins Innere zu erhaschen.

Mark hielt sich nicht weiter mit den Zäunen auf und drehte sich zu dem aufgestellten Bauschild, das meterhoch in den Himmel ragte.

Wir bauen für Sie um! Objektträger: Nofox Inc.

»So, so.« Argwöhnisch betrachtete er das nichtssagende Bauschild, das offensichtlich neugierige Spaziergänger mit einem lapidaren Satz zufriedenstellen sollte. Der Wissenschaftler machte sich auf den Weg zum Ende der Bauzaunreihe, doch auch hier war es unmöglich, auch nur einen Zentimeter ins Innere des Eingangsbereichs der Nofox zu blicken.

»Hallo?«, schrie Allison plötzlich laut los, sodass Elena und Wanko zusammenzuckten.

»HALLO? ICH BRAUCHE HILFE!«, schrie er noch einmal.

»Es geht dir schlecht, Elena«, flüsterte er schnell zu der jungen Frau und widmete sich wieder dem stummen Bauzaun.

»Was wollen Sie?«, drang es aus dem Inneren des Geländes.

»Hier ist eine Frau. Es geht ihr sehr schlecht! Um Gottes willen, so helft ihr doch!«, schrie Mark wie von Sinnen weiter.

Im nächsten Moment hörte er ein Rascheln an einem der Zäune. Die undurchsichtige Abdeckung wurde ein Stück weit gelöst und ein älterer Mann blickte argwöhnisch hindurch. Mark näherte sich dem kleinen Loch und sah den Arbeiter panisch an.

»Sie ist zusammengebrochen, können Sie bitte einen Arzt rufen? Ich habe hier keinen Empfang, verdammt noch mal.«

Der Mann blickte an Allison vorbei zu Elena, die just in dem Moment reagierte und nichtssagend durch den Mann hindurchsah. Mark nutzte die kurze Zeit, um etwas durch die Lücke in der Plane zu erkennen.

»Bleiben Sie, wo Sie sind. Ich rufe den Rettungswagen«, sagte der Mann und verschwand hinter dem Zaun.

»Weg hier«, befahl Mark seinen beiden Freunden und sie entfernten sich schnellen Schrittes von der Nofox.

Ins Hotel zurückgekehrt, bestellte Mark Kaffee und Gebäckstücke vom Zimmerservice.

»Wirklich nichts?«, fragte Elena nochmals und biss herzhaft von ihrem Croissant ab.

»Nein, kein Hunger. Keine Baukräne, keine Baugerüste, keine Bauarbeiter. Wie wir es vermutet haben. Die Nofox schützt sich lediglich vor neugierigen Blicken, um Nehebkau, wie es Mortensen nannte, ungestört durchführen zu können. Allerdings macht mich eine Tatsache stutzig.«

»Was denn?« Elena nahm sich noch eine von diesen französischen Spezialitäten. Sie liebte Croissants einfach.

»Wenn Sie einen weiteren Versuch in ihrem Teilchenbeschleuniger planen und auch durchführen, so macht ein Bauzaun gar keinen Sinn. Das Experiment findet in einer unterirdischen Röhre statt. Wozu also dieses Theater mit dem Sichtschutz?« So sehr Allison auch sein gut trainiertes Gehirn anstrengte, ihm schien nicht ansatzweise eine logische Erklärung für dieses Unterfangen einzufallen.

»Na, wenn was in die Luft fliegt oder so, sieht's halt keiner«, überlegte Wanko laut.

Mark sah ihn entgeistert an.

»Habe ich was Falsches gesagt?«Wanko zog seine Augenbrauen verunsichert nach oben.

Plötzlich sprang Marc auf, packte mit beiden Händen Wankos Kopf und gab ihm einen dicken Schmatzer auf die Stirn.

»Du bist ein Genie, Wanko! Aber natürlich! Sie können eine oder mehrere Fehlerquellen nicht ausschließen und wollen im Falle dessen abgesichert sein.«

Manchmal lag die Lösung doch so nah. Doch so sehr sich Mark über die Lösung des Rätsels der Bauzäune freute, realisierte er schnell, wie gefährlich dieses Experiment selbst für die Forscher der Nofox zu sein schien.

»Wir müssen sofort mit Martin und Christine sprechen.«

»Machen wir doch am Nachmittag sowieso«, stellte Elena verwundert fest und verstand die plötzliche Hektik des ansonsten so besonnenen Wissenschaftlers nicht.

»Uns läuft die Zeit davon, Elena. Die Nofox wird sicher nicht jetzt einen Sichtschutz aufstellen, um in einer Woche etwas durch den Beschleuniger zu jagen. Ich denke, wir haben noch maximal zwei bis drei Tage.«

Mark zog sein Handy aus seiner Hosentasche und wählte die Wahlwiederholung. Es klingelte durch. Zu wichtig schien ihm die Erkenntnis mit den Bauzäunen, um weitere Stunden nur damit zu verbringen, allein darüber nachzudenken. Sie mussten handeln. Martin ging nicht ans Telefon. Resigniert legte Mark sein Telefon auf den kleinen Wohnzimmertisch.

»Verdammt, wo steckt er denn?«, murmelte Mark und rieb sich die Augen, als mit einem klirrenden Geräusch das Fenster hinter ihm zerbrach.

Die umherfliegenden Scherben landeten in seinem Haar und flogen scharf an seinem linken Ohr vorbei. Der ohrenbetäubende Knall und der darauffolgende Lichtblitz ließen Elenas Herz für einen Moment aussetzen. Die Blendgranate explodierte wenige Meter neben ihr und tat, was sie tun sollte. Die nächsten Momente der Orientierungslosigkeit gepaart mit dem schrecklichen Piepton ihn ihren Ohren ließen sie vor Angst erzittern. Ihre Augen suchten Wanko, nur schemenhaft erkannte sie, wie ihr Freund sich die Ohren zuhielt und schrie. Außer dem hohen, durchdringenden Pfeifton in ihren Ohren konnte sie kaum etwas hören. Sie konnte Mark nicht erkennen, der grelle Blitz beeinträchtigte die Reichweite ihres Sehvermögens. Dort, wo Mark Allison saß, erkannte sie nur einen weißen, undefinierbaren Punkt. Der Luftzug, der ihre Haare bewegte, verriet ihr, dass jemand an ihr vorbeirannte. Langsam, aber sicher ließ der Pfeifton nach. Ihre Sehkraft kehrte allmählich zurück und ihr Herzschlag beruhigte sich zunehmend. Elena kniff ihre Augen zusammen, um besser erkennen zu können, was um sie herum geschah. Vier Silhouetten standen etwas entfernt von ihr. War das Mark? Nein, Mark saß ihr immer noch gegenüber und rieb sich mit schmerzverzerrtem Gesicht sein Ohr. Sie blinzelte mehrmals und endlich löste sich der Schleier vor ihren Augen. Über ihnen standen vier schwerbewaffnete Personen mit Helmen und Sichtschutz. Der schmale Augenausschnitt der Gesichtsmasken ließ keine Zweifel mehr übrig. Angsterfüllt las Elena den Schriftzug auf der Brust einer der Männer: Brigada specialni sili.

»Antiterroreinheit«, stammelte Elena.

»Herr Allison, im Namen der Vereinigten Staaten von Amerika und des Staates Bulgarien verhafte ich Sie wegen diplomatischen Landesverrates sowie Industriespionage.«

Der etwas entfernten Stimme folgten langsame Schritte, bis schließlich jener ältere FBI-Agent vor Mark stand, dessen Optik ihn doch so sehr an Bruce Willis erinnerte. Mark blickte den hochmütig lächelnden Mann ohne Regung an. Seine Sinne hatten sich wieder geschärft und er musterte auch die schwerbewaffneten Männer, die sich nach der Blendgranate in Sekundenschnelle Zugang zu dem Hotelzimmer verschafft hatten.

»Diplomatischer Landesverrat und Industriespionage? Sie meinen wohl eher Körperverletzung eines FBI-Mitarbeiters. Einer anderen Schuld bin ich mir sicherlich nicht bewusst.«

Der glatzköpfige Mann näherte sich Mark und beugte sich langsam zu ihm herunter.

»Definition Landesverrat: Der Landesverrat ist in der Regel als Verbrechen gegen den Staat definiert. Definition Industriespionage: Wirtschaftsspionage ist die staatlich gelenkte oder gestützte Ausforschung im Zielbereich Wirtschaft. Die Körperverletzung sollte Ihr kleinstes Problem sein, mit dem Sie sich momentan beschäftigen sollten. Die zwei anderen Personen stehen unter dem Verdacht der Mittäterschaft. Und ja, Sie alle haben das Recht, mit Ihren Anwälten zu sprechen. Festnehmen.« Mark, Elena und Wanko waren an diesem Nachmittag auf allen bulgarischen Newstickern vertreten. Nach einer dreißigminütigen Fahrt mit Sirenen und irrsinniger Geschwindigkeit stoppten die Fahrzeuge der Spezialeinheit in einem Areal des Militärs. Abgeschottet von der Öffentlichkeit und in Einzelzellen inhaftiert, warteten die drei auf das Ungewisse.

»Er geht nicht ran. Ich habe es jetzt schon fünfmal versucht.« Martin blickte verzweifelt auf sein Handy.

»Kann er auch nicht mehr«, raunte Christine.

Martin sah seine Kollegin und mittlerweile auch beste Freundin verwundert an. Sein Blick folgte dem ihren und blieb auf dem großen Monitor haften. Christine hatte die Homepage des bulgarischen Senders Nova TV geöffnet. In einem großen, rot eingefärbten Banner im oberen Teil der Website las Martin die Breaking News des Tages:

++Spezialeinheiten nehmen drei Terror-Verdächtige im Hiltonhotel Sofia fest. Mehr in Kürze++

»Es muss sich hier nicht um Mark handeln«, beruhigte Martin in erster Linie sich selbst.

Christine warf Luber einen ungläubigen Blick zu und schloss die Seite wieder.

»Wir halten uns an den Plan und schicken Mortensen später die E-Mail mit seiner Forderung. Lass uns abwarten, was in den nächsten Minuten und Stunden in den Medien geschrieben wird«, fuhr sie fort, nahm ungefragt Martins Handy und verkabelte es wieder mit ihrem Rechner.

Eine halbe Stunde war vergangen, bis sie schlussendlich zufrieden nickte. Sie war schneller geworden.

»Na, dann wollen wir mal.«

Das übliche Prozedere begann und nach Augenblicken des bangen Wartens kam der ersehnte Erfolg. Michael hob ab und schnell begann Christine in ihren Encrypter zu schreiben:

Michael bist du da?

Ja

Ist alles in Ordnung?

Nein

Verdutzt sahen sich die beiden Informatiker an. Etwas hatte sich grundlegend verändert. Die kurzen Antworten von Michael waren unüblich.

Wir arbeiten daran, dich nach Hause zu holen. Ist dir etwas passiert?

Keine Antwort. Christine überprüfte die Programme, die ihr allerdings verrieten, dass die Leitung stand. Die Signale wurden einwandfrei übermittelt und Michael musste sie empfangen haben. Gebannt fixierten Martin und Christine das kleine schwarze Fenster inmitten des Monitors und warteten auf eine Antwort ihres Freundes.

»Ist er noch dran?«

»Ja, das ist er«, antwortete Christine leise und betrachtete abwechselnd die verschiedenen Parameter auf ihrem Monitor.

Nein, Martin. Versucht das nicht. Ich stehe hier auf dem Feld und bewege mich seit einer Stunde nicht mehr. Ihr dürft nicht versuchen, mich zurückzuholen. Ich kann es sehen. Ich kann alles genau sehen. Vor zwei Stunden bin ich zusammengebrochen. Es darf keinen Weg hierher geben. Kannst du das lesen, Martin? Tut es nicht.

»Was ist dort? Frag ihn, was dort ist.«

Michael, was ist los bei dir? Was siehst du? Bist du okay?

Wieder warteten Martin und Christine auf die Antwort ihres Freundes. Es schien, dass die Übertragung länger dauerte, wenn Michael mehr Signaltöne übermitteln wollte. Geballt trafen die elektronischen Signale wie ein Trommelfeuer im Kopfhörer von Christine ein.

Dieser Ort ist gefährlich und anders. Sie sind uns in so vielen Dingen überlegen. Ich stehe direkt davor. Ihr dürft nicht zulassen, dass das noch mal passiert. Ich kann nicht mehr klar denken. Es ist unbeschreiblich, es ist surreal. Gebt das bitte weiter. An die Regierung. An alle Regierungen unserer Welt. Ihr dürft auf keinen Fall noch mal so etwas machen. Martin, hast du alles richtig verstanden?

Perplex sahen sich die beiden an. Was auch immer Michael sah, wo auch immer er sich gerade befand, es jagte ihm eine Heidenangst ein.

Es kam alles an, Michael. Wie willst du ohne unsere Hilfe zurückkommen? Wir können dich nicht deinem Schicksal überlassen.

Christine tippte in Windeseile. Es dauerte nicht lange, bis sie eine letzte Nachricht von Michael Miller empfingen.

Ich habe das Gelbe. Wenn es ausgeht, bin ich verloren. Wenn ihr es öffnet, seid ihr verloren.

Die Verbindung wurde unterbrochen. Verständnislos sahen sich die beiden Freunde wieder an und lasen immer und immer wieder die übermittelten und dechiffrierten Nachrichten von Michael Miller. Seine Sätze ergaben keinen Sinn. Eine Logik, die daraus zu erkennen war, offenbarte sich weder Christine noch Martin. Die einzige Erkenntnis, die sie aus den Texten ihres Freundes erhielten, war der Fakt, dass Michael eine Todesangst hatte. Vielmehr noch. Allen Anschein nach bettelte und warnte Michael davor, den

Versuch nicht zu unternehmen. Christine wurde den Eindruck nicht los, dass sein eigenes Leben für Michael keine Rolle spielte.

»Wir können ihn dort nicht zurücklassen, das geht nicht.« Martin Lubers Satz war keine Bitte.

Martin und Christine beschlossen, sich den Rest des Nachmittags mit dem Erstellen der Mail an Justin Mortensen zu befassen. Konzentriert lasen sie ihre verfassten Zeilen, verwarfen sie wieder und begannen die E-Mail neu aufzusetzen. So grotesk ihr Perfektionismus auch zu sein schien, es musste vollendet und ohne den Hauch eines Zweifels bei Mortensen ankommen. Der letzte Strohhalm, an den sich die beiden klammerten, sollte sie zur Oberfläche des ganzen Wirrwarrs führen. Die Medien berichteten an diesem 20. April nichts mehr von Mark, Elena und Wanko. Ein defektes Gasleck im Osten von Dupniza dominierte die Schlagzeilen der Nachrichtenticker. Bisher zählte man aus Polizeikreisen fünfundzwanzig Tote und die Zahl schien weiter zu steigen. Die Medien stürzten sich auf das Unglück und der Kampf, exklusiv die ersten Neuigkeiten, Interviews und Fotos von der Unglücksstelle zu bringen, hatte begonnen.

Um 17:00 Uhr verließ Martin Luber wie immer die Wohnung von Christine, um vor seiner Frau beschäftigt am Küchentisch zu sitzen und sie interessiert zu fragen, wie ihr heutiger Arbeitstag gewesen war. Die illusorische Harmonie musste aufrechterhalten werden, zumindest so lange, bis alles wieder in normalen Bahnen verlaufen und sein bester Freund Michael wieder bei ihm sein würde.

Das laute Geräusch des Türschlosses verriet ihm die Ankunft von Sandra. Martin versuchte beherrscht seine Atmung unter Kontrolle zu bekommen. Er war spät nach Hause gekommen, wegen einer Straßensperre an diesem Tag. Endlich normalisierte sich sein Puls und er gab sich alle Mühe, so relaxt wie möglich zu wirken.

»Hallo, Schatz, wie war's heute?«, informierte er sich neugierig und hatte wie jeden Abend den Balanceakt zwischen einer vollkommen überdrehten Stimmlage und dem Desinteresse, welches er tatsächlich hegte, mit Bravour hinbekommen.

»Viele Meetings«, antwortete Sandra knapp und hängte ihren Mantel an der Garderobe auf. Ihre Stimmung war schlecht. Nach all den Jahren der Ehe konnte Martin anhand von zwei gesprochenen Worten herausfinden, wie die Laune seiner Frau war. Viel hatte sich das Ehepaar an diesem Abend nicht zu sagen. Sie aßen zusammen, wechselten ein paar belanglose Sätze, die eher einem Smalltalk als einem angeregten Gespräch glichen, und verbrachten den restlichen Abend still auf der Couch, berieselt von der Gameshow, die im Fernsehen lief. Es war spät geworden und gegen 23:00 Uhr löschte Martin das Licht des gemeinsamen Schlafzimmers. Er betrachtete die schattenhaften Umrisse von Sandra und dachte darüber nach, wann sie das letzte Mal Sex gehabt hatten. Womöglich war es im Juli letzten Jahres gewesen. Es erschien im zu lange her, gleichwohl ihm kein jüngerer Zeitpunkt einfiel.

»Ich liebe dich, mein Schatz.« Kaum hatten die Worte seinen Mund verlassen, wunderte er sich darüber, warum er sie ausgesprochen hatte. War es wirklich so? Wann hatte er das letzte Mal eine Liebesbekundung von Frau Luber gehört?

»Es ist spät, Martin. Schlaf schön«, nuschelte Sandra schlaftrunken vor sich hin.

Vielleicht war es sein Bauchgefühl, das ihn diese Worte sagen ließ. Vielleicht drängte ihn sein Unterbewusstsein in diesem Moment dazu, es laut auszusprechen. An diesem Abend fühlte sich Martin Luber sehr unwohl. Doch der Auslöser dieses Gefühls, das in ihm aufstieg, rührte nicht von Sandra oder ihrer nicht erwiderten Liebe. Martin lag in dieser Nacht noch sehr lange wach und konnte kein Auge schließen. Immer wieder kreisten seine Gedanken um seine unergründliche Beklommenheit, die einfach nicht weichen wollte.

Um 1:52 Uhr schlief Martin Luber neben seiner Frau ein.

Das letzte Mal.

Zur gleichen Zeit stand Justin Mortensen mit einer Tasse Tee an seinem Küchenfenster und blickte hinaus in die Nacht, auf das schlafende Sofia. Vereinzelt konnte er hier und da ein Scheinwerferlicht erkennen. Seit einer Stunde stand er nun regungslos an dem Fenster und beobachtete, wie auch die letzten Zimmerbeleuchtungen der gegenüberliegenden Häuser erloschen. Er war zu nervös, um zu schlafen. Der Blick auf seine Uhr ließ ihn kurz rechnen. Es war exakt 2:59 Uhr und in genau fünf Stunden sollte Projekt Nehebkau starten. Morgen um diese Zeit würde er sicherlich umringt von Journalisten und Blitzlichtgewitter sein. Immer wieder den vibrierenden Ton seines Smartphones fühlen, da unendlich viele E-Mails eintrafen. Die Welt würde morgen eine andere sein. Sein Leben würde ein anderes sein. Ein für alle Mal würde ihn seine Forschung auf den Olymp des Erfolgs emporheben. Er hatte es sich verdient wie kein anderer Mensch auf diesem Planeten. Davon war Justin felsenfest überzeugt. Vor etwa drei Stunden hatte er beschlossen, das komplette Forscherteam nach dem Projekt zu entlassen. Er wollte zukünftig keine Verlierer und Zweifler an seiner Seite sehen. Das passte nicht zu dem neuen, erfolgreichen Justin Mortensen.

»Kannst du nicht schlafen, **Bustin**? Bist du aufgeregt wie ein kleiner Junge?«

Er vernahm aus dem Wohnzimmer die altbekannte Stimme seines anderen Ichs. Justin stellte die leere Tasse auf den Tisch und verließ langsam die Küche. Er näherte sich dem Wohnzimmer und erkannte schon vom Flur seines Apartments aus die polierten Cowboystiefel, die auf seiner Couch lagen.

»Hallo ... ich ... Ja, es wird ein großer Tag«, säuselte er schüchtern zu ihm. Immer noch fiel es ihm schwer, ihn direkt anzusehen.

»Leg dich hin, kleiner **Bustin**. Morgen wird die Welt auf dich blicken und du willst doch nicht aussehen wie ein Haufen Scheiße. Das willst du doch nicht«, antwortete die raue, dominante Stimme. Er sah ihm ins Gesicht. ER lächelte.

»Ja, ich werde es versuchen. Und danke, dass du da bist und mir hilfst. Ohne dich würde ich all das ...«, platzte es plötzlich aus ihm heraus, bis ER ihn unterbrach.

»Hör auf mit diesen Lobhymnen. Ich kotze gleich. Sei ein braver Junge und geh ins Bett, **Bustin**. Es ist wie damals, als du sieben warst. Vor Weihnachten. Erinnerst du dich noch, was Dad immer gesagt hat? Wenn du nicht schläfst, traut sich das Christkind nicht in das Haus.«

Zustimmend begann Justin wild zu nicken. Er erinnerte sich daran.

»Ich lege mich hin«, flüsterte er leise, senkte seinen Kopf und schlurfte ins Schlafzimmer.

Er wollte ihn nicht verärgern und wie immer hatte er natürlich recht. Er brauchte ein bisschen Schlaf. Wie würde sein Gesicht auf den Titelseiten der Zeitungen weltweit aussehen, wenn er völlig übermüdet und mit Augenringen in das Blitzlichtgewitter lächeln würde? Justin öffnete die Schublade seines Nachttisches, nahm eine Schlaftablette und schloss die Augen. Die Minuten, bis das Medikament zu wirken begann, verbrachte er in Gedanken an Ruhm und an unzählige Interviews in Talkshows. Vielleicht würde er sogar den Präsidenten der Vereinigten Staaten kennenlernen.

Doch ganz sicher, er würde zum Abendessen ins Weiße Haus eingeladen werden. Vielleicht nicht diese Woche, aber ganz sicher diesen Monat.

Es wurde dunkel um Justin Mortensen.

Tag X war gekommen. Das Wetter am Morgen des 21. Aprils zeigte sich von seiner unruhigen, stürmischen Seite. Für den Lauf des Nachmittags wurden in Sofia und vielen anderen Teilen Bulgariens Sturmböen und Platzregen vorhergesagt. Justin wachte gegen 6:00 Uhr auf und ein Blick in den Spiegel ließ ihn zweifeln, ob die drei Stunden Schlaf ausreichend gewesen waren, um für die Weltpresse erholt und frisch zu wirken. Eine halbe Stunde später fand er sich in seinem Wagen wieder und begrüßte gegen sieben Uhr auf dem Weg zu seinem Büro seine Assistentin im Vorzimmer. An diesem Tag waren alle Mitarbeiter der Nofox bereits sehr früh an ihren Arbeitsplätzen. Die Anweisung von Justin wurde befolgt. Zufrieden schloss er die Tür seines Büros hinter sich, öffnete sein Notebook und wählte sich in den Videostream ein, der in vier kleine Fenster unterteilt war. Von hier aus sah er die Livebilder vom Teilchenbeschleuniger, der Steuerungszentrale des LHC, des Leitungsbüros der Sicherheit und ein Bild der aktuellen Messdaten des Large Hadron Colliders.

Protonen-Synchrotron (PS): negativ

Gigaelektronenvolt: 0 V

Photonenbeschuss: 0 %

Justin las die Uhrzeit ab: 7:29 Uhr. Es war noch Zeit genug, um sich einen Kaffee bringen zu lassen. Er betrachtete neugierig das Treiben der Forscher. Konzentriert tippten die Mitarbeiter in ihre Notebooks, hier und da wurde auf Bildschirme gedeutet, genickt und weitere Personen wurden hinzugerufen. Alles schien nach Plan zu laufen. Justin griff zum Telefon und tippte eine Kurzwahl.

»Dr. Meloy hier. Guten Morgen, Herr Mortensen«, begrüßte ihn eine Stimme, die alles andere als euphorisch klang.

»Hallo, Dr. Meloy. Wie sieht es aus? Sind wir im Plan?«

»Soweit sind alle Systeme überprüft. Der LHC heizt seit 4:00 Uhr auf und wird rechtzeitig für den Beschuss einsatzbereit sein«, antwortete Dr. Meloy knapp und sachlich.

»Danke.« Justin legte auf.

Er hatte keine Lust mehr, mit diesem Skeptiker zu sprechen. Meloy würde einer der Ersten sein, den er feuern würde. Die Minuten verstrichen wie Stunden, wie Tage. Justin beschloss, noch ein letztes Mal einen Blick auf das Fitnessstudio zu werfen. Ablenkung würde die Zeit sicherlich schneller vergehen lassen. Voller Erstaunen stellte er fest, dass niemand dort war. War wieder ein Kurs in dem anderen Zimmer? Es war unüblich, niemanden zu sehen, schließlich waren die Morgen- und Abendstunden die meist frequentierte Zeiten dieses Studios. Möglicherweise hatte das Studio heute wegen Wartungsarbeiten geschlossen, doch er erkannte auch keine Handwerker in den Räumen. Seine Augen suchten wieder den Minutenzeiger. Noch zehn Minuten bis zum grandiosen Erfolg. Justin setzte sich wieder und betrachtete die kleinen Fenster des Livestreams. Die Anzahl der Menschen in den verschiedenen Fenstern der Liveübertragung hatte sich deutlich erhöht. Hastig eilten Personen an den Kameras vorbei, nahmen an Steuerungspulten Platz und gestikulierten, während sie anscheinend angespannt miteinander sprachen. Eine Böe ließ das Fenster hinter ihm für einen Moment ächzen und der angekündigte Regen traf Sofia früher als angekündigt.

»Noch zwei Minuten«, stellte Justin mit dünner Stimme fest und betrachtete sein zitterndes Handgelenk.

Martin erwachte. Seine Shorts klebte an seinen Beinen und das Laken war nass. Er setzte sich auf. Er erinnerte sich an die letzte Nacht und an das beklemmende Gefühl in seiner Magengegend, das ihn lange vom Einschlafen abgehalten hatte. Er griff zu seinem Handy, das neben seinem Kopfkissen lag. Ein prüfender Blick auf den Onlinestatus seines Freundes verriet ihm, dass Michael seit ihrer letzten Kommunikation nicht mehr online gewesen war. Er hatte das dringende Bedürfnis, ihm zu schreiben, sich mitzuteilen, doch wusste er, dass seine Textnachricht unleserlich als Sammelsurium sämtlicher Zeichen bei Michael Miller ankommen würde.

»Bist du schon wach?« Er schrieb Christine.

»Ja.«

»Ich habe das Gefühl, ich drehe durch. Ich weiß nicht, was es ist, ich glaube, ich werde panisch.«

»Komm rüber.«

Justins linke Augenbraue zuckte. Seine schwitzige Hand bewegte den Cursor von einem Fenster des Livestreams zum anderen. Mit Argusaugen betrachtete er das Treiben auf den drei Livezuschaltungen. Das vierte Kästchen mit den Messdaten stand immer noch konstant auf null. Seine Pupillen suchten die Uhrzeit am Monitor. 7:58:50 Uhr. Mortensen spürte, dass sein Puls schneller wurde. Das Schlucken fiel ihm schwer.

Der Sekundenzähler stand auf 00. Der Moment war gekommen und hektisch rasten seine Augen von einem Fenster zum nächsten. Schließlich blieb sein Blick auf dem grafischen Bild des Large Hadron Colliders haften. Der Teilchenbeschleuniger fing an zu arbeiten.

Protonen-Synchrotron (PS): positiv

Gigaelektronenvolt: 450 Milliarden V

Photonenbeschuss: 0 %

»Er lädt auf. Es geht gleich los«, flüsterte er leise zu sich und betrachtete weiter gebannt die Anzeige.

Protonen-Synchrotron (PS): positiv

Gigaelektronenvolt: 8,1 Billionen V

Photonenbeschuss: 99,9999991 %

Der Teilchenbeschleuniger schoss mit nahezu Lichtgeschwindigkeit die Protonen aufeinander. Ruhe. Justin lauschte der Stille in seinem Büro. Justins Atem stockte. Schweißperlen liefen ihm von der Stirn und blieben an seinem Kinn hängen. Das Bild der Messdaten verschwand, das Fenster wurde schwarz. Nach wenigen Sekunden wurden die vorläufigen Daten des Beschusses angezeigt. Hastig überflog er die Ergebnisse.

Protonen-Synchrotron (PS): negativ

Gigaelektronenvolt: 77,1 Billionen V

Photonenbeschuss: 0 %

Fehlermeldung/Sektoren: **42**

»Was?«, stammelte Justin und sah wieder auf das Livebild der Steuerungszentrale des LHC. Seine Augen fixierten die Fehlermeldung auf dem Monitor.

Gerade als Mortensen die Kurzwahl von Dr. Meloy wählen wollte, um sich über die ihm unverständlichen Messdaten aufklären zu lassen, erschütterte ein dumpfer Knall sein Büro. Wenige Sekunden später ließ etwas die Kaffeetasse auf seinem Schreibtisch vibrieren. Ungläubig blickte er auf die kleinen Wellen der schwarzen Flüssigkeit und wählte atemlos die dreistellige Kurzwahl von Meloy. Das Telefon war tot. Justin wurde stetig nervöser und versuchte nochmals Kontakt zu seinem Mitarbeiter herzustellen. Es machte keinen Sinn. Die Leitung des Telefons war unterbrochen. Wieder wendete er seinen Blick auf den Monitor. Alle Fenster des Livestreams waren schwarz. Offensichtlich musste ein Bagger in der Nähe des Nofox-Geländes eine Leitung erwischt haben. Das zumindest versuchte sich Justin einzureden. Langsam legte er den Hörer zurück. Seine Hände griffen in sein Haar und er versuchte, nicht die Beherrschung zu verlieren. Sein Blick fiel wieder auf das gegenüberliegende Fitnesscenter, das immer noch geschlossen zu sein schien. Er bemerkte mit weit aufgerissenen Augen, dass nun alle Lichter in dem Gebäude erloschen waren. Justin erhob sich und trat an das Fenster. Die Straße lag dunkel unter ihm, auch die Straßenlaternen waren außer Betrieb gesetzt. Der Himmel wurde von einer dicken Schicht aus grauen Wolken bedeckt.

Justin griff nach seinem Jackett, verließ sein Büro und drückte den Knopf des Fahrstuhls. Scheinbar war das Stromnetz im Gebäudekomplex der Nofox noch intakt, wenn auch die Telefonleitung nicht mehr funktionierte. Mortensen stieg in den Lift, drückte den Knopf, der ihn in das Erdgeschoss des Hauses bringen sollte, und wartete ungeduldig, dass sich die Türen schlossen. Hektik übermannte ihn und er fixierte ungeduldig das kleine rote Display oberhalb der Aufzugstür. Vier, drei, zwei. Mit einem heftigen Ruck stoppte der Aufzug. Die roten Leuchtdioden erloschen und auch die Innenbeleuchtung des Aufzuges schaltete sich ab. Im Dunkeln, orientierungslos und voller Panik, begriff Justin schnell, dass der Stromausfall nun auch die Nofox erreicht hatte. Gefangen im Fahrstuhl fingerte er sein Handy aus seinem Jackett. Kein Empfang. Er leuchtete mit dem Display auf die Knopfleiste und drückte den Alarmknopf. Nichts geschah. Schweiß tropfte ihm von der Nase, während die Panik in ihm aufstieg. Verzweifelt sackte Justin Mortensen an dem Morgen des 21. Aprils in sich zusammen. Er setzte sich im Schneidersitz in die Ecke des Aufzuges und wartete darauf, dass die Beleuchtung des Aufzuges den kleinen Raum wieder erhellen sollte.

Martin klingelte wie jeden Morgen an Christines Haustür. Nach einem kurzen Stopp an der Tankstelle und mit vier Riegel der neuen Geschmacksrichtung Banane-Joghurt in der Hand wollte er sich für sein frühes Erscheinen entschuldigen.

»Es ist offen«, schallte ihre Stimme aus ihrer Wohnung.

Martin Luber tippte mit einem Zeigefinger gegen die Tür. Die Haustür öffnete sich einen Spalt. Ungewöhnlich, da Christine nicht nur in der Security arbeitete, sondern Sicherheit einen hohen Stellenwert für sie hatte. Er trat ein, schloss die Tür hinter sich und ging direkt ins Wohnzimmer seiner Kollegin. Sein Blick fiel zuerst auf den Schreibtisch und die riesigen Monitore, die darauf standen. Sie waren alle ausgeschaltet. Seitdem Martin Luber seine Kollegin zuhause besuchte, hatte er noch niemals erlebt, dass die Monitore ausgeschaltet waren. Er drehte seinen Kopf zur anderen Seite des Wohnzimmers und sah Christines Hinterkopf. Sie saß auf ihrer Couch und sah fern. Die Jalousien des Raumes waren nicht hochgezogen und ihr Bademantel verriet ihm, dass Christine offenbar außer dem Verschicken der WhatsApp-Nachricht und dem Einschalten des Fernsehers noch nichts weiter getan hatte. Nicht einmal ihren heiß geliebten Kaffee, den sie in der Früh doch so sehr brauchte, konnte er auf dem Wohnzimmertisch entdecken.

»Soll ich dir einen Kaffee machen?«, fragte er irritiert den Hinterkopf seiner Kollegin.

»Setz dich«, antwortete Christine monoton.

»Ist alles okay mit dir?« Martin machte sich allmählich ernsthafte Sorgen um sie.

»Setz dich«, wiederholte sie stumpf ihre Worte.

Martin gehorchte. Er setzte sich neben Christine auf die Couch und betrachtete ihre zerzausten Haare und den weit geöffneten Blick.

»Ich habe dir als kleines Dankeschön ein paar der neuen Riegel mitgebracht, von denen du mir erzählt hast.« Martin streckte ihr die Hand mit den Riegeln entgegen, doch Christine starrte nur das flimmernde Bild des Fernsehers an.

»Sieh doch«, stammelte sie leise und Martin folgte ihrem Blick.

Sie hatte den Nachrichtenkanal angeschaltet. Über dem Sprecher prangte in grellen roten Lettern das Wort »Sondersendung.« Christine stellte den Fernseher lauter.

»... schalten wir zu meiner Kollegin Susanne Paco nach Denver.«

Das kleine Bild im oberen Eck wurde herangezoomt, bis die Moderatorin den ganzen Bildschirm erfüllte und besorgt in die Kamera blickte.

»Danke, Fred. Auch in den Vereinigten Staaten wurden bisher einhundertfünfzig von den eigenartigen Phänomenen gemeldet. Damit erhöht sich die Anzahl der weltweit gemeldeten Wolkenkreise auf knapp eintausendzweihundert. Laut dem ersten Statement der NASA soll es sich nicht um eine atmosphärische Gefahr handeln. Auch die Gerüchte eines herannahenden Meteoriten wurden bislang nicht bestätigt. Der Sprecher des Weißen Hauses kündigte eine Pressekonferenz mit dem Präsidenten in einer Stunde an.«

Susanne Paco verschwand und Fred kam wieder zum Vorschein.

»Danke, Susanne. Meine Damen und Herren, momentan überschlagen sich die Meldungen, die uns erreichen. Wir sind natürlich stets bemüht zu selektieren, um Sie ausschließlich mit Fakten zu versorgen. Zu diesem Zeitpunkt kann man allerdings von einem weltweiten Phänomen sprechen. Der Verkehr in Tokyo kam nach dem Erscheinen dieser Wolkenstrukturen komplett zum Erliegen. Kollegen des Senders Al Jazeera sprechen von Massenpanik im arabischen Raum. Ich habe gerade die Meldung bekommen, dass in Paris sowie dem Einzugsgebiet der Hauptstadt Frankreichs binnen weniger Stunden sämtliche Lebensmittel ausverkauft waren. Wir zeigen für alle Zuschauer, die gerade zugeschaltet haben, ein Foto der ersten Sichtung dieses gigantischen Wolkenkonstruktes über Sofia in Bulgarien.«

Der Nachrichtensprecher verschwand und ein Foto kam zum Vorschein. Martin ließ die Schokoriegel fallen, ihm stockte der Atem.

»Es ist passiert, Martin. Es ist zu spät.«

Zeitfracht Medien GmbH
Ferdinand-Jühlke-Straße 7
99095 Erfurt, Deutschland
produktsicherheit@kolibri360.de